다산시
연구

다산시 연구

송재소 지음

사람에게서 문장이 나오는 것은 풀이나 나무에 꽃이 피는 것과 같다. 나무 심는 자는 나무를 심을 때 뿌리를 북돋아주고 줄기를 안정시켜주면 된다. 얼마 지나면 진액이 올라 가지와 잎이 퍼지고 이에 꽃이 핀다. 꽃은 밖으로부터 가져오지 못한다. 다산은 결코 기교에 능한 시인은 아니었지만 마음속 깊은 곳에서 우러나오는 그의 서정시는 꾸밈없는 진실성 때문에 독자를 감동시킨다.

丁若鏞

창비

이 책은 나의 박사학위 논문이다. 내가 학위논문을 제출한 것이 1984년이었으니 벌써 30년의 세월이 흘렀다. 개정증보판을 내기 위해서 다시 읽어보니 감회가 새롭다. 새로운 감회를 느끼는 것은 그동안 30년이라는 짧지 않은 시간이 흘러서가 아니라 이 논문을 쓸 당시의 시대적 상황이 새삼 떠올랐기 때문이다. 1979년 10월에 어둡고 긴 유신(維新)의 터널을 벗어나는가 했더니 그 이듬해에 찾아온 '서울의 봄'은 짧았다. 그야말로 '춘래불사춘(春來不似春)'이었다. 그리고 다시 이어진 추운 계절은 유신시절 못지않았다.

그 혹독한 추위를 견디면서 이 논문이 쓰였다. 아니 나는 그 혹독한 추위를 견뎌내기 위해서 이 논문을 썼는지도 모른다. 눈이 있어도 못 본 체, 귀가 있어도 못 들은 체, 입이 있어도 벙어리 노릇을 해야만 했던 그 엄혹한 시절에 다산시(茶山詩)를 읽는 것이 마음에 위안을 가져다주었고 일종의 대리만족을 느끼게 해주었다. 몇몇 시를 읽고 혼자서 눈물을 흘리기도 했다. 그만큼 다산의 시는 당시 사회의 여러 모순을 예리하게 파헤치고 날카롭게 비판하여 그것이 200여년 전에 쓰인 시라 여겨지지 않고 오늘의 현실에도 대응할 수 있는 답을 주는 것 같았다.

돌이켜보면 그때 나는 다산의 시를 빌려서 군사독재체제를 간접적으로 비판하려는 생각을 가졌던 듯싶다. 남들처럼 온몸을 바쳐 군사독재에 저항하지는 못하지만 글로나마 저항하는 대열의 말석에 끼이고 싶었다. 그래서 논문을 쓰는 동안 마치 다산 선생이 오늘의 군사독재를 대신 꾸짖기라도 하는 것 같아서 덩달아 신이 나고 나도 모르게 흥분하던 때도 있었다. 내 눈에 비친 다산은 당대 현실과 치열하게 대결한 시대의 양심이었다. 이 위대한 선각자를 방패삼아 나도 오늘의 현실과 대결해보고자 했던 것이다.

그런 시대상황에서 그런 의식을 가지고 쓴 논문이기 때문에 지금 읽어보면 다소 경직된 사고의 흔적을 발견할 수 있다. 그 결과 다산의 시를 지나치게 자의적(恣意的)으로 해석한 부분이 군데군데 눈에 띄기도 한다. 시를 해석함에 있어서 단선적(單線的)이고 단정적(斷定的)인 판단을 내린 곳이 보인다. 또한 다산의 시를 예술적인 시각에서 좀더 정밀하게 분석하지 못한 아쉬움도 남는다. 그러나 그 시절엔 예술이니 미(美)니 하는 담론이 일종의 사치로 치부되던 때였다는 사실로 구차스런 변명을 삼는다. 이 밖에도 크고 작은 오류들이 발견된다.

개정판의 서문을 쓰는 자리에서 장황하게 옛날 애기를 늘어놓은 것은 다산시를 보는 나의 기본적인 시각이 그때나 지금이나 크게 다르지 않기 때문이다. 군사독재하의 30년 전이나 군사독재가 사라진 지금이나 현실은 여전히 불만스럽고, 현실이 불만스러운 만큼 다산의 사상과 시는 영원한 현재성(現在性)을 지니고 나에게 다가온다. 물론 사회현실과 문학을 보는 나의 시야가 30년 전보다 조금은 넓어졌고 넓어진 정도에 비례해서 나의 자세도 부드러워진 것이 사실이다. 이것을 나이 탓으로 돌려야 할지, 생각이 성숙한 결과로 받아들여야 할지 모르겠지만 30년 전의 경직된 사고가 상당한 정도로 유연해진 것은 부인할 수 없다. 그러나 다산의 시를 읽고 있노라면 생각은 다시 30년 전의 그 치열했던 현장으로 돌아간다. 다산 선생이 나에게 정신 차리라는 경고를 하신 것인가? 이래저래 나는 다산 선생의 그늘을 벗어나지 못하고 있나보다.

다산 선생의 '무언의 경고' 때문만은 아니지만 이번 개정증보판에서는 초판의 원형을 거의 그대로 유지했다. 그 이유는 두가지이다. 첫째는 다산시를 보는 시각이 큰 테두리에서 달라지지 않았기 때문이고 둘째는 부분적이나마 글을 다시 써야 한다는 부담 때문이다. 다만 달라진 한글 맞춤법에 따라 어법을 다소 수정했고 한자(漢字) 사용의 빈도를 대폭 줄였다. 그리고 인용된 시의 번역문 중 오역(誤譯)을 바로 잡았고 어색한 번역문도 손질을 했다. 또 2005년에 쓴 「다산의 사언시에 대하여」 한편을 보론(補論)으로 붙였다. 다산이 그토록 강조했던 사언시(四言詩)에 대한 논의가 '다산시 연구'란 제목의 책에서 빠질 수 없다고 생각되기 때문이다. 초판에 부록으로 실렸던 「사암선생연보(俟菴先生年譜)」는 별도의 책으로 펴낼 예정이다.

언제나 편안하게 맞아준 염종선 이사를 비롯한 창비의 여러 벗들에게 고마운 마음을 전한다. 그리고 세심한 손길로 편집을 맡아준 정편집실의 유용민 씨에게 감사하다는 뜻을 전한다.

2014년 10월 지산시실(止山詩室)에서
송재소

금년은 나에겐 여러가지로 뜻깊은 해이다. 무엇보다도 올해가 다산 선생 서거 150주년이 되는 해이기 때문에 뜻깊다. 민족의 영원한 스승인 다산 선생의 서거 150주년은 나뿐만 아니라 우리 민족 모두가 기념해야 할 터이지만, 명색이 다산의 문학을 전공하고 있는 나에게 있어서는 남다른 감회가 없을 수 없다. 또한 보잘것없으나마 『다산시 연구』라 이름한 책자를 이렇게 뜻깊은 해에 출간하게 된 것이 기쁘다. 지난 3월 31일 선생의 기일(忌日)에 다산연구회 회원들과 함께 선생의 묘소를 참배하고 우리가 함께 번역한 『목민심서』(전6권)와 졸역서(拙譯書) 『다산 시선』을 선생의 영전에 바치면서 나는 속으로 다짐했었다. '금년이 가기 전에 기필코 책을 출간하리라'고. 그렇게 함으로써만 선생에게 진 빚을 조금이라도 갚을 수 있다고 생각했기 때문이다.

개인적으로 말한다면 금년은 내가 다산의 문학에 관심을 두고 공부하기 시작한 지 10년째 되는 해이기도 하여 뜻깊다. 10년이라는 시간 단위가 별다른 의미를 갖는 것은 아니지만, 굼벵이 같은 걸음으로나마 쉬지 않고 일하여 나의 공부에 하나의 매듭을 짓게 되어 한숨 돌릴 여유가 생겼다는 말이다. 생각하면 나는 본격적인 학문을 늦게 시작한 셈이다. 1966년에 학부 영문학과를 졸업하고 10년 만인 1976년에 대학원 국문학과에 입학하여 다산의 문학세계를 처음 접하게 되었다. 그로부터 10년 만인 금년에 이 초라한 책을 세상에 선보이게 된 것이다. 내가 대학원에 입학하던 그해에 나의 큰아들놈이 유치원에 입학했으니 이만저만 만학(晩學)이 아니었다.

그러나 "우리 집에는 원생(院生)이 둘"이라는 아내의 놀림을 받으면서도 이 같은 중간 결산을 하게 된 것은 오로지 다산시(茶山詩)의 매력 때문이었다. 그 당시 다산시를 한편 한편 읽어나가는 자체가 나에게는 신선한 충격이었다. 우리나라의 시인으로 이렇게 깊고 넓은 사상의 폭을 지닐 수 있을까 하는 경이감을 가지고 다산시를 읽었다. 거기에는 민족과 국가에 대한 뜨거운 정열이 응축되어 있었고, 함께 사는 이웃들에 대한 따뜻한 애정이 스며 있었다. 때로는 근엄한 스승의 목소리로, 때로는 불타는 혁명가의 몸짓으로, 때로는 다정한 시인의 속삭임으로 다산시는 나를 사로잡았다. 시가 모름지기 어떠해야 하는가를 다산 선생은 나에게 가르쳐주었던 것이다.

더구나 내가 다산시를 공부하기 시작하던 1976년경은, 소위 유신(維新) 말기의 증상들이 도처에서 드러나 사회 전체가 암울하고 침통한 분위기에 휩싸여 있던 때였다. 그러한 분위기 속에서 다산시를 읽는 것 또한 자신에 대한 위안이었으며 자기 다짐이었다. 어려운 시기에 민주화 투쟁의 깃발을 든 동료들을 바라보기만 한 채 소위 학자가 되겠다고 대학원에 들어가 몇백년 전의 책들을 뒤적이는 나 자신에 대한 부끄러움도, 다산시를 번역하고 소개하는 행위로 하여 조금은 가셔질 수 있었다. 그러나 문학하는 사람이 마땅히 지녀야 할 당대문학에의 관심을 소홀히 하고 있다는 자책감은 쉽게 떨쳐버릴 수 없다. 나의 한문학(漢文學) 연구가 현재적인 관심에서 출발한 것이긴 하지만, 이처럼 급박한 오늘의 현실을 타개하는 데에 과연 얼마만큼의 보탬이 될는지는 알 수 없는 일이다.

이 책의 자료 편에 수록한 「사암선생연보(俟菴先生年譜)」는 다산 선생의 현손(玄孫)인 정규영(丁奎英)이 편찬한 것으로 지금까지 나와 있는 다산 연보 중에서 가장 충실한 자료이다. 이 연보에는 다산 선생의 행적뿐만 아니라 선생의 대표적인 저술의 서문(序文)이 거의 수록되어 있어서, 이 연보만으로도 다산사상의 개요를 파악할 수 있도록 꾸며져 있다. 원래는 민족문화추진회에서 간행한 『국역 목민심서』의 부록으로 번역된 바 있으나 초역(抄譯)이었으며 주석(註釋)이 불충분하여 이해하기 어려운 부분이 많았다. 이 책에 번역하여 수록한 것은 최초의 완역본임을 밝혀둔다. 번역은 처음부터 내가 한 것이 아니고, 민족문화추진회 국역연수원의 최석기(崔錫起) 상임연구원과 경상대학교 허권수(許捲洙) 교수가 맡아서 한 것이다. 이 자리를 빌려 두분에게 감사의 뜻을 표한다. 다만 두분의 번역문을 내가 다시 검토하고 주석을 붙였으므로 오역(誤譯)에 대한 책임은 나에게 있음을 분명히 한다. 워낙 난해한 곳이 많아서 제대로 이해하지 못하고 번역한 부분이 허다하다. 대강의 뜻만이라도 전달되었으면 다행이겠다. 연보의 번역과 주석은, 박석무(朴錫武) 학형이 번역한 『다산 산문선』의 도움을 결정적으로 받았으며, 특히 주석 작업에 있어서는 창비사의 정해렴(丁海廉) 학형의 도움이 컸음을

10

부기해둔다.

　나의 이 학위논문을 일일이 살펴주시고 질정해주신 우전(雨田) 신호열(辛鎬烈) 선생님과 벽사(碧史) 이우성(李佑成) 선생님의 은혜를 잊을 수 없다. 또한 나의 지도교수이신 성산(城山) 장덕순(張德順) 선생님, 작고하신 백영(白影) 정병욱(鄭炳昱) 선생님, 백사(白史) 전광용(全光鏞) 선생님, 일모(一茅) 정한모(鄭漢模) 선생님께 감사드린다. 그리고 언제나 고마운 창비사 여러분에게 다시 한번 고마운 정을 전한다.

1986년 11월 11일

송재소

차
례

일러두기

1. 이 책에 인용된 다산 저작은 신조선사(新朝鮮社)의 『여유당전서(與猶堂全書)』를 영인한 경인문화사(景仁文化社)의 『증보여유당전서(增補與猶堂全書)』를 대본으로 삼았다.

2. 『증보여유당전서』의 면수 표시는 예컨대 『증보여유당전서』 제5집, 제10권, 30면, 앞장'은 『전서』 V-10, 30a'와 같은 식으로 했다. 그리고 독자의 편의를 위하여 괄호 안에 경인문화사의 『증보여유당전서』의 면수를 표시했다.

3. 역시(譯詩) 제목은 필자가 임의로 붙인 것이다. 그러나 원제목의 뜻을 가능한 한 살리려고 노력했다.

서론

이씨조선의 개국과 함께 국가의 지도이념으로 채택된 유교는 고려 말의 타락한 불교를 대신하여 하나의 이데올로기로서 참신한 역할을 수행하였다. 이씨조선이 받아들인 유교는 중국 남송(南宋)시대의 주희(朱熹)에 의해서 집대성된 성리학(性理學)인데, 이 성리학은 우리 나름대로 학문적인 깊이를 더하여 16세기 후반 퇴계(退溪)에 이르러 그 이론적인 정점에 달한다.

그러나 어느 시대나 마찬가지이듯이 하나의 새로운 이론이 낡은 이론을 대신하고 나면 새롭던 이론은 또다시 낡은 이론이 되어버리고 만다. 생산력의 발달을 포함한 역사적 조건의 변화와 더불어 한 사회의 이념적인 원리는 끊임없이 수정·발전하게 마련인 것이다.

새로운 이념으로 등장한 성리학도 언제까지나 그 권위를 보장받을 수는 없었다. 퇴계에서 정점에 달했던 성리학의 권위가 이조후기 실학자들에 의해서 도전을 받게 된 것은 역사의 당연한 추이라고 말할 수 있다.

실제로 성리학은 그 이후 지나치게 사변적인 경향으로 흘러 비생산적인 공리공담(空理空談)만을 일삼게 되었다. 뿐만 아니라 성리학은 집권층의 자기방어를 위한 도구로 이용되어 주자(朱子)의 이름으로 정적(政敵)을 탄압하는 사태에까지 이르렀다. 이제 성리학은 그 역사적인 기능을 상실하고 중세적 권위주의로 화하게 된 것이다. 이 시기에 오면 주자학이라는 이 교조적 이데올로기는 그 자체가 지닌 강한 보수성 때문에 봉건적 생산관계를 유지·강화하는 데에 이론적 근거를 제공하기도 했다.

이와 같은 교조적 권위주의에 젖어 있던 당시의 집권층은 이미 국가를 통치할 능력을 상실하고 있었다. 거기에다 임진왜란·병자호란을 겪고 난 후의 이조사회는 전란으로 고갈된 국가재정을 메우기 위하여 백성들로부터 과도한 세금을 징수해야만 했다. 이 과정에서 관리들은 온갖 협잡을 자행하며 백성을 괴롭혔다.

또한 집권층 내부의 권력투쟁을 통한 자체분열의 결과 살아남은 소수의 특권층이 국가의 중요 요직을 독점하게 되는데 이를 벌열(閥閱)이라 부른다. 이 벌열들은 자기들의 특권을 이용하여 광대한 토지를 사유화하게 되고 이에 따라 대부분의 백성들은 무전농민(無田農民)으로 전락하고 만다.

이러한 상황에서 조국과 민족이 처한 위기를 타개하게 위하여 진지하게 노력한 일군의 양심적인 학자들이 있었으니 이들이 바로 실학자이다. 이들은 대부분 권력층에서 소외된 자들로서 신분은 양반이지만 평민들의 이익을 적극적으로 옹호하고 나섰다.

실학은 경세치용학파(經世致用學派)·이용후생학파(利用厚生學派)·

16

실사구시학파(實事求是學派)의 세 유파로 나누어진다.[1] 경세치용학파는 제도개혁과 농민문제에 주로 관심을 기울였고, 이용후생학파는 기술개혁을 주창하여 도시의 상인·수공업자와 맥이 닿아 있었으며, 실사구시학파는 청대(淸代) 고증학(考證學)의 영향을 받아 학문을 근대과학으로 발전시키는 데에 기여했다.

다산 정약용은 인맥으로는 경세치용학파에 속한다고 하겠으나 실제로 그의 높은 학문수준은 실학의 3개 유파를 모두 포괄하고 있다. 그를 실학의 집대성자라 부르는 이유가 여기에 있다. 그만큼 그의 학문세계는 넓고도 깊어서, 그는 정치·경제·역사·지리·철학·문학·의학·교육·군사·과학 등 거의 모든 분야에 걸쳐 방대한 저술을 남겼는데 그 어느 것 하나도 가벼이 보아 넘길 수 없는 노작(勞作)들이다.

이 중에서 본 논문이 다루려는 대상은 그의 문학이다. 그는 다른 분야에서 남겨놓은 업적 못지않게 문학에 있어서도 훌륭한 업적을 남겨놓았다. 현전하는 그의 시문집 1권부터 7권까지에 수록되어 있는 총 2,500여수의 시가 일차적으로 이를 증명해준다. 시뿐만 아니라 문(文)에서도 그는 방대한 양의 작품을 썼는데 이 중에는 문학적으로 우수한 것들이 많다. 그러나 다산의 산문을 다루는 데에는 다음과 같은 두가지 문제가 따른다.

첫째는, 현재 한문학에서 관심의 대상이 되고 있는 '전(傳)' 내지 한문소설(漢文小說)의 문제이다. 다산은 명(明)·청(淸) 연간의 패사소품(稗史小品)류의 소설에 대하여 명백히 비판적인 입장을 취했기 때문에[2] 소

---

1 이우성 「실학연구 서설」, 『한국의 역사상』, 창작과비평사 1982 참조.
2 이 문제는 제1장 3절에서 자세히 거론됨.

설이라고 할 만한 글을 거의 남기지 않았다. 다만 그의 문집에 5개의 '전(傳)'이 수록되어 있을 뿐이다.[3] 이렇게 양적으로 빈약한 '전'을 가지고 그의 산문을 논의하기는 어려울 것으로 보이며, 이마저도 종래의 문집에 의례적으로 수록되어 있는 전들에 비하여 별다른 문학적 특성을 지닌 것 같지 않다.

둘째는, 소위 서(序)·기(記)·발(跋)의 문제인데 이것은 다산문학에만 국한될 성질의 것이 아니라 한문학 일반의 문제와도 깊이 관련된다. 한문학에서의 서(序)·기(記)·발(跋)류의 글들을 문학예술로 포섭하여 한문학 연구의 대상으로 삼아야 할 것인가, 아니면 단순한 실용문으로 처리해버리고 말 것인가는 어제 오늘의 문제가 아니다. 다산문학의 경우에는 특히 묘지명(墓誌銘)·기(記) 등이 중요하게 거론될 만하다. 이 문제의 궁극적인 해결을 위해서는 한문학 장르론에 대한 원론적인 연구가 심화되어야 할 것이고, 또 그만큼 앞으로 상당한 시일이 요구되리라고 생각된다. 이러한 문제가 해결되지 않고 있는 현 상황에서 다산의 산문을 거론하는 것이 지나친 모험이라 생각하여 본 논문에서는 이를 보류하고 그의 시를 집중적으로 다루고자 한다.

본 논문을 전개함에 있어서 필자는 무엇보다도 실학자로서의 다산에 초점을 맞추려고 한다. 왜냐하면 경세가(經世家)로서의 다산이건 시인으로서의 다산이건 간에 다산의 특질은 실학이라는 테두리 속에서만 그 모습이 드러날 것이기 때문이다. 그러므로 다산시 중에서 그의 실학적인 사고가 비교적 잘 나타나 있는 시가 본 논문의 주 연구대상이 될

---

3 『全書』I-17, 30b~35a, 「竹帶先生傳」「張天慵傳」「曹神仙傳」「鄭孝子傳」「蒙叟傳」 (1권 364~67면).

것이다.

다산시를 실학의 문맥 속에서 파악하기 위하여 두가지 방법이 원용되었다. 첫째는, 다산시를 다산사상과의 관련하에서 이해하려 했다. 다산의 경우, 그의 시와 기타의 저작들은 불가분의 관계를 가진다. 왜냐하면 당시 현실에 대한 심각한 고민과 끊임없는 모색의 결과가 한편으로는 『목민심서(牧民心書)』『경세유표(經世遺表)』『흠흠신서(欽欽新書)』등의 산문으로 나타나기도 했고, 또 한편으로는 시로 형상화되기도 했기 때문이다. 시도 쓰고 정치도 하는 당시의 양반 사대부들이 정치할 때에는 민족과 국가를 근심하면서(또는 근심하는 체하면서도), 시를 쓸 때에는 현실권 밖에서 음풍농월을 일삼았던 데에 반해서 다산의 경우는, 경세가와 시인이 분리되지 않고 하나로 통일되어 있다. 말하자면 그의 시는 병든 현실에 대한 임상보고서이고, 소위 일표이서(一表二書)를 비롯한 기타의 저작들은 그 처방전인 셈이다. 그러므로 그의 시는 그의 실학사상과 분리하여 생각될 수 없다.

둘째는, 다산시와 성리학자들의 시를 비교 검토함으로써 다산시의 특질을 밝혀보려고 했다. 다산시가 지니고 있는 특질은 실학자로서의 다산의 성격과 관련되고, 실학자로서의 다산은 실학시대 이전의 주류사상이었던 성리학과의 대비를 통하여 정당하게 규명될 수 있기 때문이다. 특히 제1장 제1절과 제5장에서 이 문제가 중점적으로 다루어지고 제3장에서도 부분적으로 거론된다.

본 논문의 제2장, 제3장, 제4장에서는 다산시를 사회시(社會詩)·자연시(自然詩)·우화시(寓話詩)의 세 부분으로 크게 나누어 고찰하고자 한다. 이렇게 세 부분으로 나눈 것은 일정한 기준에 의해서라기보다 그렇게 함으로써 다산시의 특질을 비교적 잘 드러낼 수 있다고 생각하기 때문이다. 사회시와 자연시는 시의 제재(題材)에 따라 분류한 것인데, 사회시는 다산시 중에서 가장 중요하게 거론되어야 할 부분이며, 그의 자연시 역시 자연을 제재로 하여 쓰인 우리나라 한시 일반이 가진 몰개성적(沒個性的) 성격에 비추어 볼 때 다산의 현실관 내지 세계관을 뚜렷이 담고 있는 시이다. 우화시는 신랄한 사회풍자를 담고 있다는 점에서 내용면으로는 사회시 계열에 속하지만, 다산이 다른 시인들보다 많은 양의 우화시를 남겼고, 또 이들 우화시에서 다산의 풍부한 상상력을 엿볼 수 있겠기에 별도의 장을 마련했다.

앞에서도 언급한 바와 같이 다산의 실학사상과 **직접적인 관련이 없는** 많은 시들이 본 논문에서 다루어지지 못했다. 실학사상과 직접적인 관련이 없는 시들은 대부분이 절구(絶句) 또는 율시(律詩)의 형식으로 된 짧은 서정시인데, 시의 편수로 말하면 이쪽이 더 많은 편이다. 편수가 많을 뿐만 아니라 이들 서정시에도 시인으로서의 다산의 특질이 그 나름대로 표현되어 있다. 다산은 결코 기교에 능한 시인은 아니었지만 마음속 깊은 곳에서 우러나오는 그의 서정시는 꾸밈없는 진실성 때문에 독자를 감동시킨다. 이러한 시에서 우리는 근엄한 경세가로서의 모습이 아닌 시인 다산의 또다른 일면을 엿볼 수 있다.

한 작가의 문학작품은 그 작가의 총체적인 삶의 표현이니만큼 작품 전체를 상호 유기적인 관련하에서 고찰해야만 한 작가를 올바르게 평가할 수 있을 것이다. 그런 의미에서 본 논문에서 다루지 못한 다산의 시들도 언젠가는 깊이 연구되어야 하리라고 생각한다. 이 점을 앞으로의 과제로 남겨둔다.

제1장
다산의 문학관

1. 도(道)와 문(文)의 관계

⃞1 주지하는 바와 같이 다산(茶山) 정약용(丁若鏞, 1762~1836)은 이조
후기 실학을 집대성한 학자이다. 그러므로 그의 학문과 사상은 실학자
로서 특징지어진다. 그리고 실학의 실학다운 점은 실학시대 이전의 주
류사상이었던 성리학과의 관계에서만 온당하게 해명될 수 있다. 실학
을 어느 시대에나 있을 수 있는 초시대적인 학문으로 보지 않고 한국사
의 발전과정의 일정한 단계에서 일어난 새로운 학풍으로 이해할 때 실
학과 성리학의 관계는 더욱 중요하게 부각된다. 실학은 성리학이 그 전
성기를 넘기고 난 후의 사상조류이기 때문이다.

물론 성리학은 주로 철학적인 여러 문제를 관심의 대상으로 하는 학
문이다. 그러나 우리나라 중세기의 성리학은 단순히 철학적인 영역에
국한되지 않고 정치·경제·사회·문화 전반을 지배하는 하나의 중세적

이데올로기로 군림했었다. 실학은 이와 같은 성리학적 사회질서에 대한 회의로부터 출발했다. 여기서 "성리학적 사회질서의 부정"이라 하지 않고 "성리학적 사회질서에 대한 회의"라고 말한 것은, 실학이 성리학적 사회질서 및 그 세계관을 전면적으로 부정하는 데까지는 나아가지 못했기 때문이다.

이렇게 된 데에는 여러가지 원인이 있을 수 있다. 우선 실학의 담당 계층이 어려서부터 유교적 교양을 익혀온 양반 사대부들이란 점에 가장 큰 원인이 있다. 성리학을 전면적으로 부정한다는 것은 중세 봉건사회를 지탱하고 있는 이데올로기를 부정하는 것이고, 이것은 결국 체제의 부정으로까지 연결되는데 이런 일을 수행하기에는 그들의 신분적 위치가 너무나 큰 제약조건으로 작용했던 것이다. 비록 그들 대부분이 정권으로부터 소외당한 계층의 학자들이긴 했지만 그들에게 객관적으로 주어진 계급적 기반을 벗어날 수는 없었다. 이것은 개인적인 선택과 결단의 차원 이전의 문제이다.

또한 냉철하게 생각해보면, 실학이 성리학을 전면적으로 부정하고 이를 완전히 극복했다는 발상 자체가 과학적 사고의 소산일 수 없다. 어느 한 시대의 주도적인 사상이 다른 새로운 사상으로 바뀌는 데에는 매우 오랜 시일이 걸리는 법이고, 이 과정에서 상당 기간 동안 낡은 사상과 새로운 사상은 공존하게 마련이다. 더구나 실학자들의 성장과정이나 교육과정을 통하여 성리학적 요소가 알게 모르게 그들의 사유체계 속에 침투했을 가능성을 배제할 수 없으리라는 사실을 감안한다면 그들이 성리학적 세계관을 말끔히 청산하고 나서 실학을 했다고 보기는 어렵다. 그러므로 성리학 대 실학이라는 도식적인 이분법만으로는 실학이 지닌 역사적 의의가 제대로 밝혀질 수 없다.

그러나 실학이 성리학을 완전히 극복하지 못했다고 해서 실학을 성리학의 연장선상에서 파악하려는 태도 또한 도식적 이분법 못지않게 실학의 성격을 왜곡하는 결과를 초래한다. 한국 중세기에 성리학이 누리고 있었던 권위주의적 성격을 고려해볼 때 성리학에 도전한다는 것은 도전한다는 사실 자체만으로도 그 의의를 충분히 인정받을 수 있다고 하겠다. 당시 성리학에 도전한다는 것은 하나의 강력한 교조적 이데올로기에 도전하는 셈이었기 때문이다. 또한 실학자 개개인에 따라서 다소의 차이가 있을 수 있겠지만 그들의 성리학에 대한 비판은 매우 철저한 바 있었다. 다산의 다음과 같은 말은 그 좋은 보기가 될 것이다.

지금의 성리(性理)의 학문을 하는 사람들은 이(理)니 기(氣)니 성(性)이니 정(情)이니 체(體)니 용(用)이니 하고, 본연(本然)이니 기질(氣質)이니 이발(理發)이니 기발(氣發)이니 이발(已發)이니 미발(未發)이니 단지(單指)니 겸지(兼指)니 이동기이(理同氣異)니 기동이이(氣同理異)니 심선무악(心善無惡)이니 심선유악(心善有惡)이니 하면서, 세 줄기 다섯 아귀로, 천가지 만 잎사귀로 나뉘어 털끝 하나 실오라기 하나까지 분석하여 서로 성내고 서로 배척하며 조용한 마음으로 묵묵히 연구하고 핏대를 올려 목줄기를 붉히고는 스스로 천하의 높고 묘한 이치를 다 안다고 여겨, 동쪽으로 받고 서쪽으로 부딪치며 꼬리를 잡고 머리를 벗겨서 문마다 하나의 깃발을 세우고 집마다 하나의 보루를 쌓아서 죽을 때까지 그 송사(訟事)를 해결하지 못하고 대(代)를 전해도 그 원한을 풀지 못한다. 자기편에 들어오는 사람은 존대하고 나가는 사람은 천대하며, 자기와 학설이 같은 사람은 떠받들고 다른 사람은 공격하면서 스스로 자기가 근거로 삼고 있는 것이

옳다고 여기니 어찌 허술하지 않겠는가.[1]

이와 같이 다소 감정적인 색채까지 곁들인 듯한 맹렬한 비판은 성리학에 대한 다산의 태도가 매우 부정적이었음을 보여주는 것이며, 이것은 그가 성리학을 완전히 극복했는가 그렇지 못했는가의 결과에 관계없이 대단히 중요한 의미를 지닌다.

이렇게 볼 때 실학과 성리학이 공유하고 있는 점을 밝히기보다는 그 차이가 무엇인가를 규명하는 것이 실학을 올바르게 이해하는 길이 된다. 다시 말하여 실학 속에 남아 있는 성리학적 잔재는 굳이 강조할 필요가 없다는 것이 필자의 생각이다. 또 그렇게 함으로써만 역사를 전진적인 방향에서 이해할 수 있으리라고 생각한다.

다산의 문학관도 이러한 시각에서 파악하고자 한다. 즉 다산의 문학관과 성리학적 문학관의 공통점을 추적하기보다는 그 차이점을 밝힘으로써 실학자로서의 다산의 문학관이 지닌 특징을 추출하고자 한다.[2] 그리고 이 과정에서 다산이 남긴 많은 양의 사회시에 대한 이론적인 근거

---

1 『전서』 I-11, 19a, 「五學論」 1(1권 231면), "今之爲性理之學者 曰理 曰氣 曰性 曰情 曰體 曰用 曰本然 氣質 理發 氣發 已發 未發 單指 兼指 理同氣異 氣同理異 心善無惡 心善有惡 三幹五梔 千條萬葉 毫分縷析 交嗔互囂 冥心默硏 盛氣赤頸 自以爲極天下之高妙 而東根西觸 捉尾脫頭 門立一幟 家築一壘 畢世而不能決其訟 傳世而不能解其怨 入者主之 出者奴之 同者戴之 殊者伐之 竊自以爲所據者極正 豈不疎哉."

2 이 문제에 관하여 김흥규(金興圭) 교수는 "이러한 검토를 거쳐 우리는 정약용의 시론이, 성리학 대 실학의 관계에 대한 일부 논자들의 손쉬운 양분법과 달리, 송대 정주학자(程朱學者)들이나 16세기 조선조 사림(士林)의 관점과 전혀 상반되는 대립적 성격만을 가진 것은 아님을 발견하게 된다"라고 하여 성리학과 실학의 연속성도 양자의 차이점 못지않게 중시되어야 한다는 입장에 서 있다. 1982년 11월 11일~14일에 개최된 다산학 학술회의 발표요지 「정약용의 시론」, 117면 참조.

를 아울러 찾을 수 있기를 기대한다.

다산과 비교하여 다룰 성리학자로는 퇴계(退溪) 이황(李滉, 1501~1570)을 선택하기로 한다. 그것은 퇴계가 우리나라 성리학자의 대표적 인물일 뿐만 아니라 문학론에 있어서도 성리학적 문학론의 한 전형적인 형태를 보여주기 때문이다.

2 퇴계는 "시(詩)는 학자에게 가장 긴절(緊切)하지는 않은 것이다"[3]라 했고, "문예(文藝)에 공교한 것은 선비[儒]가 아니다"[4]라고 말했다. 이 말은 물론 성리학에서 내세우는 '문이재도(文以載道)'의 이론에 바탕을 둔 도본문말적(道本文末的) 사고를 그대로 반영한 것이다. 다산도 "시는 요긴한 일이 아니다"[5]라 했고, "나의 본성이 시율(詩律)을 좋아하지 않는다"[6]라 했으며, 또한 유배지 강진(康津)에서 아들들에게 보낸 편지에 우리나라의 고전들을 읽을 것을 당부하는 가운데 "시집들은 서둘러 읽을 필요가 없다"[7]라고 말했다.

이와 같이 다산은 퇴계와 마찬가지로 문(文)보다 도(道) 쪽에 더 큰 비중을 두는 입장에 서 있다. 이런 의미에서 본다면 다산은 성리학적 문학관의 연장선상에 있다고 잠정적으로 말할 수 있다. 그러나 이들이 문보다 더 우위에 놓은 도의 실체가 무엇이며, 어떤 과정을 거쳐 도를 체득하게 되는가, 그리고 도와 문의 관계가 어떠해야 하는가 하는 문제에

---

3 『退溪先生言行通錄』 권5, 장43(『增補退溪全書』 4, 성균관대학교 대동문화연구원 1978, 103면), "詩於學者 最非緊切."
4 『退溪先生言行通錄』 권2, 장27(같은 책 36면), "工文藝非儒也."
5 『전서』 I-21, 18b, 「示兩兒」(1권 447면), "詩非要務."
6 『전서』 I-18, 6a, 「示二子家誡」(1권 377면), "余性不喜詩律."
7 『전서』 I-21, 4b, 「寄二兒」(1권 440면), "但詩集不須急看."

대해서는 견해를 달리한다. 시를 포함한 문보다 더 긴요한 것이 도라는 점에서 양자의 문학관이 표면적으로는 일치하는 듯하지만 도에 대한 이들의 개념의 차이가 두 사람의 문학관을 확연히 갈라놓고 있다. 그리고 이 문학관의 차이는 문이재도론(文以載道論)에서 보여준 양자의 공통점을 무효화할 만큼 근본적인 차이이다.

퇴계와 다산이 각각 도를 어떻게 파악하고 있는가를 논하기 전에 우선 도를 체득하기 위한 과정과 방법에 있어서의 양자의 차이를 살펴보기로 한다. 『퇴계선생언행통록(退溪先生言行通錄)』에는 제자인 조목(趙穆)과의 다음과 같은 대화가 기록되어 있다.

(선생께서) "아무개는 글재주는 아주 좋지만 사람됨이 매우 허술하니 한스러운 일이다. 그는 문학만 힘쓸 줄 알지만 마음 다스리는 일 〔治心〕이 가장 긴요한 것이니 소홀히 해서는 안되는 것이다"라 말씀하셨다. 내가 이내 "마음 씀이 바르지 못하면 비록 문학이 있더라도 무엇에 쓰겠습니까?"라 대답하니 선생이 말씀하시기를 "문학을 어찌 소홀히 할 수 있겠는가? 문(文)을 배우는 것은 마음을 바르게 하는 것 〔正心〕이다"라 했다.[8]

이 대화의 요지는 "마음 다스리는 일이 가장 긴요한 것"이라는 퇴계

---

8 『退溪先生言行通錄』권2, 장22(『增補退溪全集』4, 33~34면), "某人甚有文才 而爲人 甚虛疎 可恨 是知務文學矣 治心最緊 不可忽也 余因率爾而對曰 心行不得正 雖有文學 何用焉 先生曰 文學豈可忽哉 學文所以正心也." 『退溪先生言行錄』에는 상기 인용문 의 끝 부분이 "學問所以正心也"라고 되어 있는데 본고에서는 『退溪先生言行通錄』을 따랐다.

의 말에 있다. 마음을 다스리는 것은 도를 깨닫기 위해서이다. 성리학에 있어서의 도는 천지만물에 충만하여 유행불식(流行不息)하는 천리(天理)를 가리킨다. 소위 도를 닦는다는 것은 이 천리를 깨달아 그것에 순응하기 위한 내면적 수양을 말하는데 이것은 마음을 다스림으로써만 가능한 것이다. 그러므로 성리학의 최대의 과제는 개인적으로 마음을 다스리는 일이고, 마음을 다스린다는 것은 곧 마음을 바르게 하는 것〔正心〕이다. 문학도 마음을 바르게 하는 일과 관련을 맺을 때에만 존재할 가치를 부여받는다. 그러므로 치심(治心)·정심(正心)을 전제로 하지 않고 문학을 하는 사람은 허술해지기 마련이다.

이렇게 성리학에서는 마음 다스림이 중요하기 때문에 학문의 경향이 개인적이고 내면적이고 정적(靜的)인 성격을 띠게 된다. 마음을 바르게 하는 수양은 기본적으로 혼자서 하는 일이기 때문이다. 물론 마음을 바르게 하는 일 자체가 성리학의 궁극목표는 아니다. 마음을 바르게 함으로써 유학의 최종목표인 치국(治國)·평천하(平天下)에까지 나아가는 것을 이상으로 삼고 있다. 그러나 성리학에서는 마음을 다스리는 과정 자체에 너무나 큰 비중을 두기 때문에 불가피하게 대사회적인 관심으로부터 거리가 멀어지게 된다. 2천여수에 가까운 퇴계시(退溪詩)에 사회성이 거세되어 있는 것은 이러한 이유에서이다.

다산의 경우는 어떠한가?

사람에게서 문장이 나오는 것은 풀이나 나무에 꽃이 피는 것과 같다. 나무 심는 자는 나무를 심을 때 뿌리를 북돋아주고 줄기를 안정시켜주면 된다. 얼마 지나면 진액이 올라 가지와 잎이 퍼지고 이에 꽃이 핀다. 꽃은 밖으로부터 가져오지 못한다. 성의(誠意)·정심(正心)으로써 뿌리를 북돋우고, 독행(篤行)·수신(修身)으로써 줄기를 안정시키고, 경전(經典)과 예(禮)를 깊이 연구함으로써 진액을 빨아올리고, 널리 듣고 예(藝)를 떠나지 않음으로써 잎과 가지를 퍼지게 한다. 이에 그 깨달은 바를 유취(類聚)하여 축적해놓고 축적한 바를 발표하여 문장을 만들면, 이를 보는 사람들이 문장이라고 여긴다. 이것이 바로 문장인 것이니 문장은 밖으로부터 가져오지 못한다.[9]

훌륭한 글을 쓰기 위한 문장수업의 과정을 논한 글인데 이 과정은 곧 다산에게 있어서의 도(道)의 체득과정이기도 하다. 그런데 이 글에 사용된 성의(誠意)·정심(正心)·독행(篤行)·수신(修身) 등의 용어는 성리학에서도 항용 사용하는 말들이다. 그러나 이들 용어가 지시하는 실질적인 의미는 성리학에서의 그것과 다르다. 그러므로 다산이 이들 용어를 어떻게 파악하고 있는가 하는 문제가 다산의 문학관을 이해하는 열쇠가 된다. 이제 성의·정심의 문제를 표본으로 하여 그 차이점을 밝혀보기로 한다.

불교에서 마음 다스리는 법〔治心之法〕은 마음 다스리는 것을 사업(事業)으로 여기지만, 우리 유가(儒家)에서 마음 다스리는 법은 사업을 마음 다스리는 것으로 여긴다. 성의(誠意)·정심(正心)이 비록 배우

---

9 『전서』 I-17, 46b, 「爲陽德人邊知意贈言」(1권 372면), "人之有文章 猶草木之有榮華耳 種樹之人 方其種之也 培其根安其幹已矣 旣而 行其津液 羃其條葉 而榮華於是乎發焉 榮華不可以襲取之也 誠意正心 以培其根 篤行修身 以安其幹 窮經硏禮 以行其津液 博聞游藝 以羃其條葉 於是類其所覺 以之爲蓄 宣其所蓄 以之爲文 則人之見之者 見以爲文章 斯之謂文章 文章不可以襲取之也."

28

는 자의 지극한 공부이긴 하지만 매양 일〔事〕로 인하여 뜻을 성실하게 하고 일로 인하여 마음을 바르게 하는 것이지, 벽을 마주보고 마음을 관찰하여 스스로 그 허령(虛靈)한 본체(本體)를 점검하여 텅 비고 밝게 하며 티끌만큼도 물들지 않게 하는 것, 이것을 성의니 정심이라고 하는 일은 없다.[10]

　여기서 다산이 비난한 것은 불교의 치심지법(治心之法)이지만 실은 성리학을 염두에 두고 한 말이다. 같은 글에서 그는 "옛사람들의 마음 다스림은 일에 응하고 물(物)에 접(接)하는 데에〔應事接物〕 있는 것이지 정(靜)을 주로 하고 굳게 침묵을 지키는 데에〔主靜凝默〕 있었던 것이 아니다"[11]라고 하여 주정응묵(主靜凝默)함으로써 마음을 다스리고 그렇게 하여 마음을 바르게 한다는 성리학적 수양태도가 옳지 않은 것임을 거듭 주장하고 있다. 다산에 의하면 응사접물(應事接物)함으로써만 마음을 바르게 할 수가 있다. 일〔事〕을 매개로 하지 않고서는 성의니 정심이니 하는 말들이 성립될 수 없다는 것이 그의 생각이다. 여기서 말하는 '일'은 인간이 사회생활을 해나가는 과정에서 수행하는 여러가지 일이고 '물(物)'은 객관적으로 존재하는 일체의 대상을 가리킨다. 이 '물'은 자연물일 수도 있고 당시의 사회제도일 수도 있다.
　'일〔事〕'은 특히 인간관계에서 성립되는 여러가지 일을 말하는데 다산에 의하면 이 일들을 '실심(實心)'으로 해나갈 때 마음이 바르게 된

---

10 『전서』 II-1, 9a, 『大學公議』(2권 5면), "佛氏治心之法 以治心爲事業 而吾家治心之法 以事業爲治心 誠意正心 雖是學者之極工 每因事而誠之 因事而正之 未有向壁觀心 自檢其虛靈之體 使湛然空明 一塵不染 曰此誠意正心者."
11 같은 책 같은 곳, "古人所謂正心 在於應事接物 不在乎主靜凝默."

다.[12] 그리고 마음을 바르게 하는 것의 최고형태가 다산에게 있어서 효(孝)·제(弟)·자(慈)로 표현된다. 물론 이 효·제·자는 가족단위의 구성원에게만 적용되는 좁은 의미의 가족윤리에 국한된 개념이 아니고, 임금과 신하, 목민관(牧民官)과 백성들, 나와 이웃과의 관계 등에서 성립되는 모든 인간관계의 가장 이상적인 형태를 지칭한다.

다산은 성의·정심의 문제뿐만 아니라 '경(敬)' '의(義)' 등의 개념에 대해서도 같은 견해를 견지하여 "물(物)에 접(接)한 후에 경(敬)이라는 명칭이 생기고 일에 응(應)한 후에 의(義)라는 명칭이 확립되는 것이니 접하지 않고 응하지 않으면 경과 의가 있을 까닭이 없다"[13]고 하여 응사접물(應事接物)의 중요성을 강조하고 있다. 다산의 다음과 같은 말은 성리학적 수양론이 그의 생각과 다르다는 것을 단적으로 드러내주는 말이다.

천리(天理)를 보존하고 인욕(人欲)을 물리치는 기회는 사람과 사람이 서로 접촉하는 데에 있다.[14]

천리를 보존하고 인욕을 물리치는 일은 성리학의 최대의 과제인데 다산이 보기에 그것은 사람과 사람이 서로 접촉하는 실천행위를 통해서만 달성될 수 있는 것이다. 그러나 성리학에서는 천리를 보존하고 인욕을 물리치기 위하여 개인의 내면적인 수양에 주로 의존한다.

---

12 같은 책 13b, 『大學公議』(2권 7면) 참조.
13 같은 책 9b, 『大學公議』(2권 5면), "接物而後 敬之名生焉 應事而後 義之名立焉 不接不應 無以爲敬義也."
14 같은 책 13b, 『大學公議』(2권 7면), "存天理遏人欲 其機其會 在於人與人之相接."

이렇게 볼 때 다산과 성리학의 수양론은 스스로 구분된다. 즉 성리학적 수양론이 정적(靜的)이고 이론적이며 개인적인 경향을 띠는 데 반하여 다산에게서는 그것이 동적(動的)이고 실천적이고 사회적인 성격을 갖게 된다. 일에 '응(應)'하고 물(物)에 '접(接)'해야만 성의(誠意)·정심(正心)·경(敬)·의(義) 등이 실질적인 의미를 획득하게 되는데 이렇게 응하고 접하는 행위 자체가 동적인 실천행위이며 응하고 접해야 할 대상이 '일〔事〕'이요 '물〔物〕'이라는 점에서 사회적인 성격을 띠지 않을 수 없는 것이다.

③ 결국 다산에게 있어서나 성리학에 있어서나 문(文)이 도(道)를 싣는 그 무엇이라는 점에서는 견해가 일치하지만, 문에 실리는 도의 실체가 무엇이냐 하는 데에서 생각을 달리한다고 볼 수 있다. 그러면 다산이 뜻하는 도는 구체적으로 어떤 것인가?

문은 도(道)를 싣는 것이고 시는 뜻〔志〕을 말로 나타낸 것이다. 그러므로 그 도가 세상을 바로잡고 구제하기에 부족하고 그 뜻이 텅 비어 세운 바가 없으면 비록 그 문이 야단스럽고 시가 아름답더라도 이는 빈 수레를 몰면서 소리를 내는 격이고 광대가 풍월(風月)을 말하는 것과 같으니 이를 어찌 전할 수 있겠는가?[15]

이 글에 나타난 바와 같이 다산에게서의 도(道)는 "세상을 바로잡고

---

15 『전서』 I-13, 7b, 「西園遺稿序」(1권 267면), "文所以載道 詩言志者也 故其道不足以
    匡濟一世 而其志枵然無所立者 雖其文嘲轟犇放 而詩藻麗 是猶驅空車以作聲 而倡優
    談風月也 何足傳哉."

구제하는"도이다. 물론 이 말이 내포하고 있는 의미가 너무 넓기 때문에 그 범위와 성격이 뚜렷하지 않은 것은 사실이다. 더구나 이 말은 성리학에서도 꼭 같이 내세울 수 있는 말이다. 그러나 다산이 말하는 도(道)가 성리학에서 말하는 천리와 같이 형이상학적이고 추상적인 의미의 도가 아닌 것만은 분명하다. 이 도는 사회적인 실천윤리의 시각에서 파악되어야 할 성질의 도이다. 다산이 "우리 도는 인륜(人倫) 밖에 있는 것이 아니다"[16]라고 말했을 때의 인륜이 응사접물(應事接物)에서 성립되는 효(孝)·제(弟)·자(慈) 바로 그것임을 생각한다면 다산이 말하는 도의 의미가 분명해질 것이다. 거듭 말하거니와 응사접물은 인간의 사회생활에서 이루어지는 일체의 실천적 행위를 총칭하는 말이다. 그러므로 인간의 사회적 실천윤리의 가장 올바른 형태를 추상화한 개념이 도(道)이고, 훌륭한 글은 이 도를 실어 표현할 수 있어야 한다.

그런데 위의 글에서 다산이 세상을 바로잡고 구제할 수 있는 도를 가져야 한다고 말했을 때에는, 바로잡히고 구제되어야 할 만큼 세상이 어지럽다는 사실이 전제되어 있다. 따라서 세상이 왜 어지러워졌으며 어떤 형태로 어지러운가에 대한 통찰이 도와 밀접한 관련을 맺게 된다. 세상이 어지러워진 원인을 알아야 그것을 바로잡고 구제할 방도가 마련되기 때문이다.

성리학에서는 그 원인을 개인적인 결함에서 찾고 있다. 즉 개개인이 천리(天理)를 보존하고 인욕(人欲)을 물리치기 위한 자기수양을 제대로 하지 못했기 때문에 세상이 어지러워졌다고 생각한다. 앞에서 살펴본 바와 같이 천리를 보존하고 인욕을 물리치기 위해서는 마음을 잘 다

---

16 『전서』Ⅱ-8, 19b, 『論語古今注』권2 (2권 189면), "吾道不外乎人倫."

스려야 한다. 그런데 마음 다스리는 일은 각자가 해야 할 일이다. 임금
은 임금대로, 신하는 신하대로, 수령(守令)은 수령대로, 농민은 농민대
로, 노비는 노비대로 자신의 마음을 다스리는 공부를 해야 한다. 성리
학자들의 시는 대부분 이렇게 마음 다스리는 일의 중요함을 노래하거
나 자신이 마음을 다스리는 과정에서 느낀 괴로움이나 즐거움을 읊은
시들이 많다. 퇴계가 가장 존경했던 선배인 회재(晦齋) 이언적(李彦迪,
1491~1553)의 다음 시는 그 한 예가 될 것이다.

> 천리(天理)·인욕(人欲) 항상 서로 다툰단 걸 생각하여
> 혼자일 때 위태롭고 가늘기 마련이니
> 더 한층 조심하고 삼가야 하네
>
> 한 생각 어긋나면 문득 금수(禽獸) 되는지라
> 척연히 놀라 깨어 푸른 등을 바라본다.[17]

> 常思理欲互相勝　幽獨危微倍戰兢
> 一念差來便禽獸　惕然驚起對靑燈

　제2행의 위태롭고 가늘다는 말은 『서경(書經)』「대우모(大禹謨)」의
"인심(人心)은 위태롭고 도심(道心)은 가늘다〔人心惟危 道心惟微〕"에서
따온 말로, 인심은 위태로워서 무너지기 쉽고 도심은 가늘어서 붙들기

---

17 『晦齋先生文集』권1, 장11, 「夢覺有感」(『晦齋全書』, 성균관대학교 대동문화연구원
　1973, 36면).

어렵다는 뜻인데 여기서 인심은 인욕(人欲)에, 도심은 천리(天理)에 각각 대응된다. 이 천리와 인욕의 갈등 속에서 천리를 보존하고 인욕을 물리치지 못하면 인간은 금수(禽獸)나 다름없이 되어버린다. 그렇게 되지 않기 위하여 항상 조심하고 삼가리라는 자기 다짐이 이 시의 본뜻이다. 이렇게 조심하고 삼간다는 것은 곧 마음을 다스린다는 것을 의미한다. 이 시의 마지막 행이 이를 말해주고 있다. 이 시의 제목은「꿈에서 깨어 느낌이 있어(夢覺有感)」인데, 꿈에서 놀라 깨어나 '푸른 둥〔靑燈〕'을 바라본다는 데에 깊은 뜻이 함축되어 있다. 이 푸른 둥은 곧 마음이다. 물론 푸른 둥을 문자 그대로 해석할 수도 있다. 불을 켜놓은 채 잠을 자다가 깨어나 등불을 바라본다고 읽을 수도 있고, 책을 보다가 잠깐 잠이 든 후 깨어나 방안에 켜져 있는 등불을 본다고 읽을 수도 있다. 그러나 그렇게 보기에는 푸른 둥의 이미지가 너무 강하다. 실제로 켜져 있는 등불이건 아니건 간에 이 청등(靑燈)은 하나의 상징으로 보아야 한다. 주자가 말한 바의 "허령불매(虛靈不昧)"한 본체로서의 마음과 캄캄한 밤을 환히 밝혀주는 한밤중의 푸른 둥은 자연스럽게 연결된다.[18] 그러므로 천리를 보존하고 인욕을 물리치기 위하여 조심하고 삼가겠다는 자기 다짐은 마음을 잘 다스려야 하겠다는 자기 다짐이 된다.

이와 같이 성리학에서는 마음 다스리는 일이 매우 중요한 과제가 되고 마음만 잘 다스리면 어지러운 세상이 바로잡힐 수 있다고 생각한다. 물론 사람마다 마음을 잘 다스릴 수만 있다면 세상이 평온해지긴 할 것이다. 그러나 이런 일은 퇴계(退溪)·율곡(栗谷)·하서(河西) 등이 살았던

---

18 마음을 푸른 둥에 비유한 것은 그의 다음과 같은 시에도 보인다. "빈 산 한밤중에 옷깃을 여미니/한 점 푸른 둥은 한 조각 마음일레(空山中夜整冠襟, 一點靑燈一片心)." (같은 책 권2, 장10b,「觀心」, 같은 책 45면)

16세기에나 가능한 일이었을 것이다. 이들은 모두 임진왜란 이전에 세상을 떠난 전전세대(戰前世代)였다. 임진왜란과 병자호란을 겪은 후 다산이 살고 있었던 시대는 개개인이 마음을 다스리고 앉아 있기에는 상황이 너무나 급박했다.

이상과 같은 성리학적 견해와는 달리 다산은 세상이 어지러워진 원인이 객관적인 사회환경에 있다고 생각한다. 이 사회적 환경은 구체적으로 다산이 살았던 18세기 후반과 19세기 초의 이조사회가 안고 있었던 사회적인 모순이다. 다산 당시의 사회적인 모순이 어떠한 것인가에 대해 이 자리에서 자세한 설명을 할 필요까지는 없을 것이다. 다만 다산의 저작들에 나타난 바를 종합해보면, 토지제도를 비롯한 소위 삼정(三政)의 문란과 이를 둘러싼 지방관들의 가렴주구(苛斂誅求), 노론(老論) 벌열층(閥閱層)의 독점적 전횡, 봉건적 신분제와 과거제도(科擧制度) 등 제도상의 모순이 주로 사회문제로 지적되고 있다.

이 제도적 모순은 필연적으로 여러가지 결과를 초래하는데 각종 제도가 잘못됨으로써 빚어진 현상 중에서 가장 심각한 것이 농민들의 토지 상실과 거기에 따른 궁핍화 현상이라고 다산은 판단한 것 같다. 그러므로 일반 백성들의 굶주림이 다산에게 있어 가장 중요한 사회문제의 하나였다. 문(文)은 이와 같은 모든 사회문제를 바로잡을 수 있는 도(道)를 담아야 한다는 것이 다산의 확고부동한 신념이다. 이 지점에서 시가 해야 할 일은 너무도 자명하다.

무릇 시(詩)의 근본은 부자(父子)·군신(君臣)·부부(夫婦)의 도리에 있으며, 더러는 그 즐거운 생각을 선양하기도 하고 더러는 원망과 사모의 정을 알려주기도 한다. 그다음에는 세상을 근심하고 백성을 긍

휼히 여기며 언제나 힘없는 사람을 도와주고 가난한 사람을 구제하려는 마음을 가지고 방황하며 안타까워 차마 버리지 못하는 뜻을 지닌 후에라야 바야흐로 시가 되는 것이다. 자기 자신의 이해에만 매달리면 시라고 할 수 없다.[19]

임금을 사랑하고 나라를 근심하지 않는 것은 시가 아니다. 시대를 아파하고 세속을 통분해하지 않는 것은 시가 아니다. 옳은 것을 찬미하고 잘못을 풍자하며 선을 권장하고 악을 징계하려는 뜻이 없으면 시가 아니다. 그러므로 뜻〔志〕이 확립되지 못하고 배움이 순정치 못하고 대도(大道)를 듣지 못하고 임금을 바르게 인도하지 못하며 백성들에게 혜택을 베풀려는 마음이 없는 자는 시를 지을 수 없다.[20]

다산의 이 말은 시를 지나치게 공리적으로 생각했다는 비난을 받을 소지가 있긴 하지만 이것은 다산 문학론의 전개과정에서 볼 때 너무나 당연한 논리적 귀결이라 할 수 있다.

④ 성리학적 문학관과 다산 문학관의 차이는 도(道)와 문(文)의 관계에 대한 견해에서도 드러난다. 성리학의 이론에 의하면 문이 실어야 하는 도는 선험적으로 주어진 그 무엇이다. 따라서 도는 시로 표현되지 않

---

19 『전서』 I-21, 18b, 「示兩兒」(1권 447면), "凡詩之本 在於父子君臣夫婦之倫 或宣揚其樂意 或導達其怨慕 其次憂世恤民 常有欲拯無力 欲賙無財 彷徨惻傷 不忍遽捨之意 然後方是詩也 若只管自己利害 便不是詩."
20 같은 책 9b, 「寄淵兒」(1권 443면), "不愛君憂國 非詩也 不傷時憤俗 非詩也 非有美刺勸懲之義 非詩也 故志不立學不醇 不聞大道 不能有致君澤民之心者 不能作詩."

아도 존재한다. 성리학에서 중요한 것은 도의 깨달음이지 시가 아니기 때문에 도를 시로 표현해도 좋고 표현하지 않아도 좋다. 사실상 성리학자 중에는 의식적으로 시를 쓰지 않았던 사람도 있다. 그렇기 때문에 시는 여기(餘技)일 수가 있고 소기(小技)일 수가 있다.

다산의 경우에도 도(道)가 문(文)보다 우위에 선다는 점에서는 성리학의 견해와 일치한다. 그러나 도가 문보다 우위에 선다는 말은 도와 문을 분리해놓고 도를 위해서는 문을 하지 않아도 좋다는 말은 아니다.[21] 다산의 말을 들어보자.

무릇 문장이란 어떤 것인가? 학식이 마음속에 쌓여 문장이 밖으로 드러나는 것은 마치 창자에 고량진미가 가득하여 광택이 피부에 드러나는 것과 같고, 목구멍에 맛 좋은 술을 들이켜면 얼굴에 붉은 기운이 드러나는 것과 같다. 문장을 어찌 답습하여 얻을 수 있겠는가? 화중(和中)의 덕(德)으로 양심(養心)하고 효우(孝友)의 행실로 선성(繕性)하여, 경(敬)으로써 마음을 지니고 성(誠)으로써 일관하여 떳떳이 변치 말며 부지런히 도(道)를 바라고 나아가야 한다. 내 몸을 사서(四書) 속에 살게 하며 육경(六經)으로 나의 지식을 넓히고 역사책으로 고금의 변천을 통달하며 예악형정(禮樂刑政)의 도구와 전장(典章)·법도(法度)의 고(故)가 가슴속에 쌓이고 나서, 사물과 만나거나 시비(是非)·이해(利害)와 부딪치면 내가 축적해놓은 것이 마음속에서 막혀 있다가 넘실넘실 흘러나온다. 그럴 때 그것을 한번 세상에 나타내

---

21 다산이 도(道)·문(文)의 분리를 부정하고 양자를 연속적인 것으로 이해했다는 점은 김흥규 교수에 의하여 이미 밝혀진 바 있다. 「다산의 문학론에 있어서의 도(道)와 문(文)」, 『현상과 인식』 5호, 1978 참조.

서 천하만세(天下萬世) 사람들에게 보이고 싶어지는데, 그 형세가 막을 수 없게 되면 나타내고 싶은 것을 한번 쏟아내지 않을 수 없다. 사람들이 이를 보고 문장이라 이르니 이것을 문장이라 하는 것이다.[22]

창자에 고량진미가 쌓이면 피부에 광택이 나고, 술을 마시면 얼굴이 붉어지는 것과 마찬가지로 도(道)가 축적된 나머지 자연적으로 표출되는 것이 문장이라는 것이다. 그러면 다산에게 있어 도가 문보다 우위에 선다는 말은 어떤 뜻인가? 다산에게 있어 도와 문의 관계는 저『대학(大學)』의 "物有本末 事有終始 知所先後 則近道矣"에서의 본말(本末)·종시(終始)·선후(先後)와 같은 관계로 이해해야 되리라고 생각한다. 다산은『대학』의 이 구절을 주자와는 달리 독특하게 해석하여 의(意)·심(心)·신(身)이 본(本)이고 가(家)·국(國)·천하(天下)가 말(末)이며, 성(誠)·정(正)·수(修)가 시(始)이고 제(齊)·치(治)·평(平)이 종(終)이라 주장했다. 그리고 본(本)과 말(末), 시(始)와 종(終) 중에서 먼저 할 것과 나중에 할 것을 안다면 도에 가까울 것이라고 했다.[23] 여기서 성의(誠意)·정심(正心)·수신(修身)을 먼저 하고 제가(齊家)·치국(治國)·평천하(平天下)를 나중에 할 것이라 말한다고 해서 제가·치국·평천하가 덜 중

---

22 『전서』 I-17, 45b, 「爲李仁榮贈言」(1권 372면), "夫文章何物 學識之積於中 而文章之發於外也 猶膏粱之飽於腸 而光澤發於膚革也 猶酒醴之灌於肚 而紅潮發於顏面也 惡可以襲而取之乎 養心以和中之德 繕性以孝友之行 敬以持之 誠以貫之 庸而不變 勉勉望道 以四書居吾之身 以六經廣吾之識 以諸史達古今之變 禮樂刑政之具 典章法度之故 森羅臂次之中 而與物相遇 與事相値 與是非相觸 與利害相形 卽吾之所蓄積 壹鬱於中者 洋溢動盪 思欲一出於世 爲天下萬世之觀 而其勢有弗能以遏之 則我不得不一吐其所欲出 而人之見之者 相謂曰文章 斯之謂文章."
23 『전서』 II-1, 17b, 『大學公議』(2권 9면) 참조.

38

요하다는 말이 아니다. 다만 성의·정심·수신을 본으로 삼아야만 제가·치국·평천하가 실현될 수 있다는 말이다. 그러므로 본(本)·말(末)·시(始)·종(終)으로 나눈 것은 해나가야 할 일의 순서를 지시하기 위함일 뿐이다.

마찬가지로 도(道)와 문(文)의 관계도 문장수업을 하는 과정에서의 선후 관계로 파악함이 옳을 것 같다. 즉 도(道)를 본(本)으로 함으로써만 올바른 문장이 쓰일 수 있다는 것이 다산의 생각이다. "시는 긴요한 일이 아니다"라는 다산의 말도 이런 각도에서 이해되어야 하리라고 본다. 시가 긴요한 일이 아니라고 해서 시를 써도 좋고 안 써도 좋은 것이 아니다. 시를 써야 하는가 그렇지 않은가 하는 문제 이전에 도(道)가 축적되면 자연적으로 시가 쓰이지 않을 수 없게 되는 것이다.

그러면 도(道)가 어떻게 문(文)으로 변용되는가? 고량진미가 피부의 광택으로 나타나고 마신 술이 얼굴의 붉은 색으로 드러나는 것과 같은 과정으로 변용된다. 앞서 인용한 바 있는 「양덕인 변지의에게 주는 글(爲陽德人邊知意贈言)」에서도 다산은 "사람에게서 문장이 나오는 것은 풀이나 나무에 꽃이 피는 것과 같다"고 했는데 다 같은 뜻의 말이다. 여기서 우리는 두가지 사실을 지적할 수 있다.

첫째는, 도(道)가 문(文)으로 변용되는 과정이 필연적인 과정이라는 점이다. 별도로 존재하는 도를 문이 그저 신기만 하는 것이 아니다. 도는 따로 존재하는 그 무엇이 아니다. 인륜(人倫)의 올바른 실천이 전제될 때에만 도가 의미를 지니게 된다. 이 도가 축적되면 나무에 꽃이 피듯 필연적으로 문이 되어 드러난다. 나무에 꽃이 피는 현상은 그럴 수도 있고 그렇지 않을 수도 있는 것이 아니다. 일정한 조건이 구비되면 반드시 꽃이 피게 되어 있다. 이렇게 되면 도와 문은 구별됨이 없이 하나로 통일된다. 이것은 도와 문의 관계를 이원론적(二元論的)으로 파악하는 것이 아니고 일원론적(一元論的)으로 보려는 태도이다. 따라서 다산에 있어 강한 실천적 의미를 가지는 도(道)가 필연적으로 문(文)이 되기 때문에, 그렇게 해서 이루어지는 문도 사회적 실천과 무관할 수 없다. 나아가서는 글을 쓰는 행위 자체가 도의 실현이 되는 의미까지 획득한다. 이렇게 볼 때 문(文)은 결코 여기(餘技)일 수가 없고 소기(小技)일 수가 없다.

둘째는 도(道)가 문(文)으로 변용되는 과정을 일종의 예술적 여과과정으로 볼 수 있다는 점이다. 시인의 경험 속에 축적된 도는 일정한 여과과정을 거쳐서 문으로 표현된다. 이것은 마치 고량진미나 술이 사람의 몸속에서 용해되고 흡수된 후에 피부에 나타나는 것과 같다. 나무에 꽃이 피는 경우도 마찬가지이다. 피부에 드러난 것은 고량진미나 술 그대로의 형태가 아니며, 나무에 피는 꽃도 뿌리에서 빨아올린 자양분과는 그 형태가 전혀 다르다. 말하자면 고량진미·술·자양분 등이 변증법적인 자기부정의 과정을 거쳐 얼굴의 광택이나 꽃으로 전환되는 것이다.

도(道)가 문(文)이 되는 과정도 마찬가지여서 도 그 자체가 문이 될 수는 없다. 이것은 도는 도이지 문은 아니라는 식의 형식논리적인 말이 아니다. 시인이 말하고자 하는 사상내용의 생경한 표출이 예술작품이 될 수 없다는 얘기이다. 물론 도가 문으로 변용되는 과정이 현대적 의미에서의 예술적 창작과정이라고 단정할 수는 없다. 또한 이 과정이 구체적으로 어떻게 이루어지는지도 다산의 글에 나타나 있지 않다. 그러나 다산의 다음과 같은 말은 이 문제와 관련해서 음미해볼 필요가 있다.

반드시 먼저 경학(經學)으로 기반을 확립한 후에 이전의 역사를 섭렵하여 그 득실(得失), 치란(治亂)의 근원을 알고 또 실용의 학문에 마음을 두어 옛사람들의 경세제민(經世濟民)에 관한 글을 즐겨 읽어야 한다.

마음이 항상 만민에게 혜택을 베풀고 만물을 발육시키려는 생각을 가진 후에라야 글 읽는 군자가 될 수 있고 이와 같이 된 후라야 혹 안개 낀 아침, 달 뜨는 저녁, 짙은 녹음, 가랑비 내리는 때를 당하면 문득 뜻이 촉발되고 표연히 생각이 떠올라 저절로 읊게 되고 저절로 시가 이루어져 천연의 음향처럼 맑아진다. 이것이 시인의 생동하는 경지이다.[24]

이 글의 일차적인 의도는, 도(道)를 근본으로 하여 열심히 공부한 후에 시를 써야 훌륭한 작품이 될 수 있다는 교훈을 아들들에게 가르치려는 것이다. 그러나 다산은 이 글에서 분명히 시 창작과정에서의 도의 변용을 염두에 둔 것같이 보인다.

경학과 실용의 학문과 경세제민에 관한 글이 어떻게 해서 안개 낀 아침, 달뜨는 저녁, 짙은 녹음, 가랑비 내리는 때를 매개로 하여 천연의 음향처럼 맑은 시로 변용되는가? 그 과정이 구체적으로 언급되어 있지는 않지만 어쨌든 이 과정을 거쳐야만 나무에 꽃이 피듯 아름다운 시가 쓰일 수 있다. 꽃이나 피부의 광택과 같이 아름다워야 하는 것이 시이고

---

24 『전서』I-21, 4b, 「寄二兒」(1권 440면), "必先以經學 立著基址 然後涉獵前史 知其得失理亂之源 又須留心實用之學 樂觀古人經濟文字 此心常存澤萬民育萬物底意思 然後方做得讀書君子 如是然後 或遇煙朝月夕 濃陰小雨 勃然意觸 飄然思至 自然而詠 自然而成 天籟瀏然 此是詩家活潑門地."

자양분이나 고량진미 자체가 시일 수 없다고 한다면, 도(道)가 문(文)으로 변용되는 과정을 예술적 창작과정으로 보아도 좋으리라고 생각한다. 그의 시가 풍부한 사상성과 강한 사회비판적 성격을 지녔음에도 불구하고 소위 '5자어록(五字語錄)' '7자어록(七字語錄)'식의 범상한 작품으로 떨어지지 않고 일정한 수준의 예술성을 유지하고 있는 이유도 여기에 있다고 생각한다.

2. 주체적 문학정신

(1) '조선시 선언'

다산의 문학관에서 우리가 주목해야 할 사실의 하나는 그의 시가 강한 민족주체의식을 담고 있다는 사실이다. 그 당시 민족 또는 국가란 개념은 중국과의 관련하에서만 의미를 가지는 것인데 중국의 문자인 한자로 시를 쓰면서 민족주체의식을 담는다는 일이 언뜻 모순되는 말인 것 같지만 다산은 그 나름대로 중화주의(中華主義)의 절대적 권위로부터 벗어나려고 노력했다. 그리고 이러한 노력의 결과가 그의 '조선시 선언(朝鮮詩宣言)'으로 응축된다. 이제 그가 「노인의 즐거움(老人一快事)」에서 내세운 '조선시'의 성격을 구명함으로써 다산의 주체적 문학정신이 지닌 의미를 밝혀보고자 한다. 우선 해당 시를 인용해본다.

　　늙은 사람 한가지 유쾌한 일은
　　붓 가는 대로 마음껏 써버리는 일

구태여 경병(競病)에 구속될 필요 없고
고치고 다듬느라 더딜 것 없어

흥이 나면 당장에 뜻을 실리고
뜻이 되면 당장에 글로 옮긴다

나는야 조선사람
조선시(朝鮮詩) 즐겨 쓰리

그대들은 그대들 법 따르면 되지
오활하다 그 누가 비난하리오

구구한 그 격(格)과 율(律)을
먼 곳 사람 어떻게 알 수 있으랴

(…)

배와 귤은 그 맛이 각각 다른 것
입맛 따라 저 좋은 것 고르면 되지[25]

老人一快事　縱筆寫狂詞

25 『전서』 I-6, 34a, 「老人一快事六首 效香山體」 제5수(1권 115면).

競病不必拘　推敲不必遲

興到卽運意　意到卽寫之

我是朝鮮人　甘作朝鮮詩

卿當用卿法　汚哉議者誰

區區格與律　遠人何得知

(…)

梨橘各殊味　嗜好唯其宜

이 시에서 다산이 "나는야 조선사람/조선시 즐겨 쓰리"라고 하여 소위 '조선시 선언'을 한 배경은 다음과 같은 두가지 측면에서 이해되어야 하리라고 본다. 첫째는, 우리나라 사람이 한자를 빌려 시를 쓰는 데서 오는 현실적인 어려움을 사실대로 인정한 결과이고, 둘째는 다산의 주체성, 즉 모화사상(慕華思想)에서 탈피하려는 의지이다.

우리나라 사람의 입장에선 한자가 일종의 외국어였다. 아무리 어려서부터 한문을 공부하고 또 실제 생활에서 별 불편 없이 한문을 구사했다고 하더라도, 중국인과 생활습관이 다르고 중국어와 음운체계가 꼭 같지는 않았던 만큼 여러가지 문제가 따랐을 것으로 생각된다. 이조 말까지 관청의 공용문에 이두(吏讀)를 사용한 것도 이와 같은 문제를 해결하기 위한 하나의 방법이 아니었나 생각된다. 말하자면 같은 한자를 사용하더라도 그것이 중국에서 쓰이는 것과 꼭 같은 정도로 쓰일 수는 없었을 것이다.

산문에서는 또 그런 대로 큰 불편 없이 통용되었다 하더라도 시에 있어서는 그 양상이 상당히 달랐을 것이다. 소위 이사부동(二四不同)이니 이륙대(二六對)니 하여 평측(平仄)을 맞추고 대구(對句)를 만들고 운

44

(韻)에 신경을 써야 하는 등 까다로운 규칙을 그대로 지켜서 시를 쓰기란 여간 어려운 일이 아니었을 것이다. 이와 같은 시의 기본규칙을 지키는 일은 중국어의 관습에 완전히 젖어야 가능한 일인데, 같은 글자라도 중국인의 발음과 우리나라 사람의 발음이 다른 이상, 사성(四聲)의 미묘한 음감(音感)을 체득해서 중국인과 꼭 같은 시를 쓴다는 것은 용이한 일이 아니었을 것이다. "구구한 그 격(格)과 율(律)을/먼 곳 사람 어떻게 알 수 있으랴"라는 말은 이런 사정에서 나온 것이 아닌가 한다. 이병기(李秉岐) 선생의 다음과 같은 말은 우리의 추측을 좀더 확실한 것으로 해준다.

종래 써오던 한문은 우리의 제이국어화(第二國語化)하였던 것이다. 사실 이두(吏讀)보다도 한글보다도 가장 숭상하고 많이 써왔으며 시와 문이 중국의 그것과도 달랐다. 『규장전운(奎章全韻)』을 내려 외고 평측(平仄)을 맞추고 일생을 신음하여 지은 시이지만 중국 사람들은 이를 도리어 무운시(無韻詩)라 하였고 산문으로도 좌전(左傳)·팔대가(八代家) 등 그대로 본받았으나 겨우 당(唐)의 여폐(餘弊)와 방불(彷佛)하였다는 평을 받았을 뿐이었다.[26]

허균(許筠)의 『성수시화(惺叟詩話)』에는, 부벽루(浮碧樓)에 걸려 있는 현판의 시들을 중국의 사신이 올 때엔 모두 철거해버린다는 사실이 기록되어 있는데[27] 이것은 현판의 시들이 중국인 앞에 떳떳이 내놓을

---

26 『朝鮮歷代女流文集』 해설.
27 『惺所覆瓿藁』 권25, 「惺叟詩話」(『許筠全集』, 성균관대학교 대동문화연구원 1972, 230면).

만하지 못했기 때문일 것이다. 이러한 사실을 봐도 우리나라에서 한자로 시를 쓰는 일은 결코 쉬운 일이 아니었음을 짐작할 수 있다. 물론 몇몇 시인에 의해서 중국시와 거의 비슷한 시가 쓰이지 않은 것은 아니다. 중국인들이 칭찬했다는 최치원(崔致遠)·이제현(李齊賢)·박제가(朴齊家) 등의 시가 그것이다. 그러나 이들은 대부분이 중국을 다녀왔거나 중국에서 오래 살았던 사람들이다. 또한 중국에 가보지 못한 사람들 중에서도 천재적인 언어감각을 구사해서 중국시와 같은 시를 쓴 경우가 있었을 것이다. '조선시'를 쓰겠다고 말한 다산 자신만 하더라도 한문구사(漢文驅使)에서 당대의 제일인자였다. 그러나 이들 몇몇 예외적인 경우를 제외하면 최치원 등이 그러한 시를 쓸 수 있었던 것은 그들의 시적 재능에 또다른 요소가 첨가되었기 때문이다. 중국에 가본 일이 없는 다산이 "나는야 조선사람/조선시 즐겨 쓰리" "구구한 그 격과 율을/먼 곳 사람 어떻게 알 수 있으랴"라고 말한 것은 당연한 일이었을지 모른다.

그러나 우리나라에서 한자로 시를 쓰기가 어려웠다는 사실만으로 다산의 '조선시 선언'을 설명하기에는 곤란한 점이 있다. 조선인이라고 해서 모두 다산과 같은 생각을 가졌던 것이 아니기 때문이다. 다산시와 다산사상 전체와의 관련하에서 고찰해보면 여기에는 그의 주체적인 사고가 뒷받침되어 있다는 것을 알 수 있다. 즉 그는 중화주의의 절대적 권위로부터 벗어나 있었던 것이다. 우선 그는 종래의 화(華)·이(夷) 개념을 부정한다.

성인(聖人)의 법은 중국이면서도 오랑캐의 짓을 하면 오랑캐로 대우하고, 오랑캐이면서도 중국의 짓을 하면 중국으로 대우하니, 중국

과 오랑캐는 그 도(道)와 정치에 있는 것이지 강토에 있는 것이 아니다.[28]

이렇게 화(華)와 이(夷)를 구분하고 같은 글에서 북위(北魏)·여진(女眞)·거란(契丹) 등의 우수성을 들어 지역적으로 보면 이들이 오랑캐이지만 응당 중국으로 대우해야 한다고 주장한다. 특히 그는,

　　청(淸)이 나라를 세웠을 때에는 군사의 칼날에 피도 묻히지 않았고 시장의 점포도 바꾸지 않았으며 귀영가(貴盈哥) 이래로 태백(泰伯)과 중옹(仲雍)의 풍도를 지닌 자가 여럿이 있었으니 또한 거룩하지 않은가.[29]

라고 말하여 당시 노론 계열의 집권층에 아직도 가시지 않고 있던 시대착오적인 존명사상(尊明思想)을 정면으로 반박하여 청나라를 두둔하기도 했다. 진보적인 실학자였던 안정복(安鼎福) 같은 사람까지도 원(元)·청(淸)을 '집도(劫盜)'라 하여 원·청에 정통의 위치를 주지 않았던 점에 비하면[30] 다산의 이론은 매우 앞선 생각이라 하겠다.

　다산이 이와 같이 주장한 것은 중국대륙의 정통론(正統論) 자체에 대한 관심 때문이기도 하겠지만 이 같은 주장 속에는 동이(東夷)에 속해

---

28 『전서』 1-12, 7a, 「拓跋魏論」(1권 243면), "聖人之法 以中國而夷狄 則夷狄之 以夷狄而中國 則中國之 中國與夷狄 在其道與政 不在乎疆域也."
29 같은 책 8a, 「東胡論」(1권 243면), "淸之得國也 兵不血刃 市不易肆 而貴盈哥以來 有泰伯仲雍之風者數人 不亦韙哉."
30 이우성 「이조후기 근기학파(近畿學派)에 있어서의 정통론의 전개」, 『한국의 역사상』, 창작과비평사 1982 참조.

있는 우리나라의 독자성을 내세우려는 주체적 사고가 밑받침되어 있다. 우리나라가 중국문화권에 부속되어 있는 나라가 아니고 우리 나름의 전통과 문화를 가진 민족국가라는 의식은 다산 이전에 성호(星湖) 이익(李瀷)에서 불완전한 채로 이미 싹트고 있었는데 다산에 이르면 이 의식이 더욱 확고해진다. 우리나라의 아름다운 자연을 보고 대명산천(大明山川)을 생각하고 평화로운 시대를 숭정일월(崇禎日月)이라고 여기는 식의 사대주의적 사고방식에서는 완전히 벗어나 있었다.

여기서 다산은 중국과 구별되는 우리나라의 역사와 강토에 대하여 관심을 돌리게 된다. 그는 "지리지학(地理之學)은 유자(儒者)가 반드시 힘써야 할 바이다"[31]라고까지 말했다. 그가 남겨놓은 많은 양의 역사지리서는 이러한 의식에서 집필된 것이라 볼 수 있다. 그는 『대동수경(大東水經)』 『아방강역고(我邦疆域考)』 등에서 우리나라의 역사지리에 관하여 치밀한 고증을 해놓았는데 이것은 민족 단위의 국가의식에 근거한 것이다.

다산은 여기에 머물지 않고 나아가 우리나라가 우수한 문화를 가진 민족임을 주장한다.

『사기(史記)』에 "동이(東夷)는 어질고 선하다"고 했는데 참으로 그럴 만한 이유가 있다. 하물며 조선은 정동(正東)의 땅에 위치해 있기 때문에 그 풍속이 예(禮)를 좋아하고 무(武)를 천하게 여겨 차라리 약할지언정 포악하지는 않으니 군자의 나라이다. 아! 이미 중국에 태어나지 못할진댄 오직 동이(東夷)뿐인지고.[32]

---

31 『전서』 I-8, 15a, 「地理策」(1권 157면), "地理之學 儒者之所必務."

이 말 속에는 아직도 모화사상(慕華思想)의 잔재가 완전히 가셔지지 않고 남아 있다. 그러나 중국에 사신으로 가는 한치응(韓致應)에게 써준 서(序)에서 그는, 중국이 중국이 된 이유는 요(堯)·순(舜)·우(禹)·탕(湯)의 정치와, 공자(孔子)·안연(顏淵)·자사(子思)·맹자(孟子)의 학문이 있기 때문이라 말하고, 우리나라는 이미 이들 성인의 정치와 학문을 받아들여 우리 것으로 만들어놓았으므로 구태여 중국까지 가서 배울 필요가 없다고 말했다.[33] 이 글은 중국에 간다는 사실로 해서 다소 우쭐해하는 한치응에게 경계하라는 뜻으로 쓴 것인데 이처럼 다산은 중국문화에 대하여 열등의식을 느끼지 않았고 오히려 우리나라의 문화를 자랑으로 여겼다. 그러므로 다산에 이르러 민족허무적인 사고는 청산되었다고 말할 수 있다.

이 땅에 태어나 이 땅에서 사는 것을 부끄럽게 생각하지 않고 떳떳하게 여긴다면 구태여 중국적인 시를 써서 중국시의 흉내를 낼 필요가 없어진다. 흉내를 낼 필요가 없을 뿐만 아니라 흉내를 낼 수도 없고 흉내를 내어서도 안 된다는 것이 다산의 생각이다. 여러가지 이유에서 비록 한자를 빌려서 쓰긴 하지만 그는 자기의 시를 중국문학으로 생각하지 않았고 중국적인 기준에서 평가되기를 바라지도 않았다. 중국을 정신적인 고향으로 생각하고 우리 문학을 중국문학의 주변문학쯤으로 착각하고 있었던 당시의 상황에 비추어 볼 때 다산의 생각은 매우 값진 것이라 할 수 있다. 조선사람이 조선 땅에서 조선인의 정서를 조선 식으로

---

32 『전서』 I-12, 8a, 「東胡論」(1권 243면), "史稱東夷爲仁善 眞有以哉 況朝鮮處正東之
地 故其俗好禮而賤武 寧弱而不暴 君子之邦也 嗟乎 旣不能生乎中國 其唯東夷哉."
33 『전서』 I-13, 13a, 「送韓校理使燕序」(1권 270면) 참조.

표현하면 훌륭한 시가 될 수 있는 것이지 중국시의 격(格)과 율(律)에 얽매일 필요가 없다고 다산은 생각한 것이다.

(2) 시어에 나타난 '조선시' 정신

다산이 말한 조선시의 모습은 그의 시에 사용된 시어에서 구체적으로 드러난다. 다산은 그의 시에서 순수한 우리말 또는 토속적인 방언을 한자화해서 시어로 쓰고 있다. 그의 시에서 쓰인 예를 들면 다음과 같다. 〔처음은 우리말이고, 화살표의 오른쪽은 다산이 시에서 사용한 실례와 그에 대한 다산의 자주(自註)이다.〕

- 보릿고개 → 麥嶺: 4월달 민간의 식생활이 어려운 때를 보릿고개라 한다. (四月民間艱食 俗謂之麥嶺)
- 재상(宰相) → 大監: 방언에 재상을 대감이라고 한다. (方言 宰相曰 大監)
- 아가 → 兒哥: 방언에 신부(新婦)를 아가라고 한다. (方言 新婦曰兒 哥)
- 첨지 → 僉知: 방언에서 집안의 노인어른을 첨지라 부른다. 비록 일정한 직첩은 없으나 벼슬 이름으로 잘못 불리기도 한다. (方言 家翁曰僉知 雖無職牒 亦得濫稱)
- 하납 → 下納: 하납이란 영남지방의 세미(稅米)의 반을 일본에 수출한 데서 생긴 이름이다. (下納者 嶺南稅米半 下納輸日本 名之曰)

（이상「장기농가(長鬐農歌)」[34]에서）

- 천재마 → 天才馬: 방언에 좋은 말을 천재마라고 한다. (方言 良馬謂

50

之天才馬)

(「탐진촌요(耽津村謠)」[35])

- 활선 → 弓船: 배 위에 그물을 편 배를 방언으로 활선이라 한다. (船 上張罟者 方言 謂之弓船)

- 높새바람 → 高鳥風: 새[鳥]는 을(乙)이고 을(乙)은 동쪽이다. 그러 므로 동북풍을 높새바람이라 한다. (鳥者乙也 乙者東方 東北風曰高 鳥風)

- 마파람 → 馬兒風: 말은 오(午)이다. 그러므로 남풍(南風)을 마파람 이라 한다. (馬者午也 南風曰馬兒風)

- 까치파도 → 鵲漊: '루(漊)'는 파도이다. 파도가 흰 것이 마치 까치 가 일어난 것 같으므로 까치파도라 한다. (漊者大波也 波白如鵲起 曰鵲漊)

- 신적호(新赤胡) → 赤胡鯊: 큰 상어를 신적호라 하는데 사람의 그림 자를 보면 뛰어올라 삼켜버린다. (沙魚大者曰新赤胡 見人影躍而唈之)

- 지국총 → 指掬蔥

- 낙지 → 絡蹄: 낙지란 장거(章擧)이다. 『여지승람(輿地勝覽)』에 보 인다. (絡蹄者章擧也 見輿地勝覽)

- 인정 → 人情: 우리나라 풍속에 뇌물을 인정이라고 한다. (東俗 賄賂 曰人情)

(이상 「탐진어가(耽津漁歌)」[36]에서)

- 반상 → 盤床: 이 지방 사람들은 남편을 반상이라 부른다. (土人謂夫

---

34 『전서』 I-4, 17b(1권 70면).
35 같은 책 26a(1권 74면).
36 같은 책 28a(1권 75면).

曰盤床)

- 돈모 → 錢秇: 순전히 돈으로 품삯을
  주는 것을 돈모〔錢秇〕라 한다.
- 밥모 → 飯秇: 식사를 제공하여 품삯
  을 감하는 것을 밥모〔飯秇〕라 한다.

(純以錢防雇者 謂之錢
秇 與之飯而減雇曰飯
秇)

(이상 「탐진농가(耽津農歌)」[37]에서)

- 섬 → 苫: ① 방언에 도서(島嶼)를 섬(苫)이라 하는데 『대명일통지
  (大明一統志)』에 보인다. (方言 島嶼曰苫 見大明一統志)

(「천우기행(穿牛紀行)」[38]에서)

  ② 서긍(徐兢)이 고려에 사신 와서 섬〔島〕을 섬(苫)이라
  기록했었다. (徐兢使高麗 錄島曰苫)

(「추일억사형(秋日億舍兄)」[39]에서)

위에서 열거한 낱말들은 대개 두가지 부류로 나눌 수 있다. 첫째는 원
래 중국어 어휘에 있는 말을 굳이 우리말 음에 따라서 바꾸어놓은 것이
고, 둘째는 시의 배경이 되고 있는 지방의 고유한 방언이기 때문에 다산
이 만들어낸 말이거나 전부터 우리나라에서 통용되어 오던 말들이다.
낙지〔絡蹄〕·인정(人情)·반상(盤床) 등이 첫째 경우에 해당된다. 낙지는
'장거(章擧)'로, 인정은 '회뢰(賄賂)'로, 반상은 '부(夫)' 또는 '기부(其
夫)'로 표기할 수 있는 말들이다. 이렇게 중국어 어휘로 쓸 수 있는 것을
우리 발음에 따라서 바꾸어놓은 것은 농가(農歌)·어가(漁歌) 등의 민요

37 같은 책 27b(1권 75면).
38 『전서』 I-7, 39b(1권 144면).
39 『전서』 I-4, 23a(1권 73면).

적인 분위기를 그대로 살리자는 다산의 의도인 듯하다. 어민이나 농민을 멀리서 관찰하는 태도가 아니고 그들이 일하는 현장의 모습을 사실적으로 그리기 위해서는 그들이 일상 사용하는 말을 그대로 옮기지 않을 수 없었을 것이다.

두번째 경우에는 돈모〔錢秧〕·밥모〔飯秧〕·보릿고개〔麥嶺〕·활선〔弓船〕 등이 해당된다. 이런 말들은 우리나라 또는 전라도 지방에 고유한 말들이기 때문에 달리 변통할 수가 없었을 것이다. 그러나 이렇게 간단히 보아 넘길 수 없는 점이 있다. 중국어 어휘에 없는 말은 아예 사용하지 않을 수도 있고, 그럴 경우 자기가 의도하는 시를 쓰기가 불가능하면 해당 시 자체를 포기할 수도 있기 때문이다. 다산은 이 두가지 다 포기할 수가 없었다. 왜냐하면 그는 고난에 찬 농민들과 어민들의 생활상을 시에 담고 싶었고 또 그들의 생활을 있는 그대로 정확하게 묘사하고 싶었기 때문이다. 그러기 위해서 그는 중국어 어휘에 없는 말이라도 구애받지 않고 사용했던 것이다. 실례를 들어보자.

집집마다 모 품팔이 아낙네들 정신없어
보리 베는 반상(盤床) 일도 도울 생각 않는다네

이씨 약속 어기고 장씨에게 가는 것은
원래부터 돈모〔錢秧〕가 밥모〔飯秧〕보다 낫기 때문[40]

秧雇家家婦女狂　不曾刈麥助盤床

---

40 같은 책 27b, 「耽津農歌」 제5수(1권 75면).

제1장 다산의 문학관 53

輕違李約趑張召　　自是錢秧勝飯秧

　시골 아낙네들이 모내기철에 품팔이 다니는 정경이 눈에 보이는 것
처럼 사실적으로 묘사되어 있다. 이 시에서 반상(盤床)·돈모〔錢秧〕·밥
모〔飯秧〕 등의 어휘가 사용되지 않으면 품팔이 다니는 시골 아낙네들의
애환이 생생하게 전달될 수 없을 것이다.

　　계랑(桂浪) 봄바다에 뱀장어도 많을시고
　　푸른 물결 헤치며 활선〔弓船〕이 떠나간다

　　높새바람 드높을 때 일제히 출항해서
　　마파람 급히 불 때 가득 싣고 돌아오네[41]

　　桂浪春水足鰻鱺　　樐取弓船漾碧漪
　　高鳥風高齊出港　　馬兒風緊足歸時

　이 시에서도 활선〔弓船〕·높새바람〔高鳥風〕·마파람〔馬兒風〕 등의 어
휘가 사용됨으로 해서 어가(漁歌)의 분위기가 살아난다. '高鳥風' '馬兒
風' 등의 어휘는 다산이 만들어낸 말들이지만 이것을 '동북풍(東北風)'
'남풍(南風)'이라고 쓰는 것보다는 훨씬 현장성이 살아나는 말들이다.
시에서 이런 말들을 사용하는 것은 정통적인 입장에서 볼 때 분명히 시
의 격(格)이 떨어지는 일이다. 그럼에도 불구하고 이런 말을 시에서 사

---

41 같은 책 28a, 「耽津漁歌」 제1수(1권 75면).

용한 것은 "나는야 조선사람/조선시 즐겨 쓰리"라는 태도에서 비롯된 것이다. 만일 중국인이 다산의 이와 같은 시를 읽었다면 별로 탐탁해하지 않았을 것이다. 그네들은 조선시를 중국시의 일환으로 생각했고 조선인들 자신도 자기들의 시가 중국시에 가깝게 되는 것을 이상으로 삼고 있었다. 그러나 다산의 '조선시' 정신은 시가 중국적인 기준에서 평가되는 것을 허용치 않는다. "배〔梨〕와 귤〔橘〕은 그 맛이 각각 다른 것/입맛 따라 저 좋은 것 고르면 되지"라는 구절이 이를 말해준다. 물론 배와 귤은 중국시와 조선시를 말하는 것이다. 자기 입맛대로 먹는 것이지 배가 더 나으니 귤이 더 나으니 하는 식의 절대적인 기준을 세울 수가 없다는 말이다.

다산은 시에서뿐만 아니라 산문에서도 우리말의 한자화를 시도했다. '아기'를 '阿只'로 쓴 것이라든지[42] '고양이'를 '古羊'으로 쓴 것[43] 등이 그 예이다. 이런 말들도 충분히 '아(兒)' '묘(貓)'로 쓸 수 있는 것들이다. 이러한 사실에서 우리는 다산의 국어(國語)에 대한 의식이 남달랐음을 알 수 있다. 물론 '아(兒)' '묘(貓)'를 '阿只' '古羊' 등으로 표기하고, 우리나라의 방언을 한자화했다고 해서 그의 국어의식을 높이 평가하자는 것은 아니다. 그의 언어관(言語觀)이 비교적 체계적으로 서술되어 있는 『아언각비(雅言覺非)』[44]만 하더라도 이 책에서 그가 다루고 있는 것은 대부분이 한자음에 관한 것들이다. 그의 모든 저작이 한자로 표기되어 있는 한 그에게서 투철한 국어의식을 기대할 수는 없을 것이다. 그러나 제한된 범위에서나마 다산이 보여준 주체적인 노력은 그 당

---

42 『전서』 I-23, 18a, 『牧民心書』 권8, 「簽丁」(5권 483면), "東俗孩兒曰阿只."
43 『전서』 I-14, 45b, 「題家藏畵帖」(1권 307면), "方言貓曰古羊."
44 『전서』 I-24, 1a(1권 500면).

시로서는 매우 귀중한 것이 아닐 수 없다. 그가 『경국대전(經國大典)』과 같은 법전에도 '언문(諺文)'으로 표기되어 있는 한글을 굳이 '토서(土書)'로 표현한 것은[45] 그의 민족의식의 한 조그마한 반영이라 하겠다. 한글을 '국문(國文)'이라 하지 않았다는 데서 그의 한계를 느낄 수 있지만, '언문(諺文)'이라고 비하하지 않았다는 데서 또한 그의 의식의 일단을 살필 수 있다.

(3) 용사론(用事論)에 나타난 '조선시' 정신

다산의 '조선시' 정신은 그의 시론(詩論), 특히 용사론(用事論)에서 그 모습을 좀더 분명히 드러낸다. 그는 강진에서 두 아들에게 보낸 편지에서 우리나라의 고전을 읽을 것을 강조하고 있다.

수십년래에 한가지 괴이한 논의가 있으니 동방문학(東方文學)을 아주 배척하는 것이다. 선현들의 문집에는 눈도 주지 않으려 하니 이것은 큰 병통이다. 사대부 자제들이 우리나라의 고사(故事)를 알지 못하고 선배들의 의논을 보지 않는다면 그 학문이 고금을 꿰뚫는다 해도 저절로 엉터리가 되고 만다. 시집들은 서둘러 읽을 필요가 없지만 소(疏)·차(箚)·묘문(墓文)·서독(書牘) 등으로 모름지기 안목을 넓히고 또 『아주잡록(鵝洲雜錄)』 『반지만록(盤池漫錄)』 『청야만집(靑野謾輯)』 등의 서적들도 널리 구하여 많이 읽어야 한다.[46]

---

45 『전서』 V-22, 46a, 『牧民心書』 권7, 「敎民」(5권 463면).
46 『전서』 I-21, 4b, 「寄二兒」(1권 440면), "數十年來 怪有一種議論 盛斥東方文學 凡先獻文集 至不欲寓目 此大病痛 士大夫子弟 不識國朝故事 不見先輩議論 雖其學貫穿今

'조선시'를 쓰려면 우리말에 대한 감각이 예민하기도 해야겠지만 우리나라의 고전들을 읽고 깊이 연구해야 함은 두말할 나위가 없다. 다음에 그는 실제 시작(詩作)에서 우리나라의 고사(故事)들을 사용해야 한다고 주장한다. 이 역시 '조선시'가 되기 위해서 필수적인 요건이다. 그는 시에서의 용사(用事)의 중요성을 강조하는 자리에서 다음과 같이 말했다.

　비록 그렇지만 우리나라 사람들은 걸핏하면 중국의 일을 인용하고 있으니 이 역시 볼품없는 일이다. 반드시 『삼국사기(三國史記)』『국조보감(國朝寶鑑)』『여지승람(輿地勝覽)』『징비록(懲毖錄)』『연려실기술(燃藜室記述)』 및 기타 우리나라의 문자에서 사실들을 뽑아내고 지방을 고찰하여 시에 인용한 후에라야 세상에 이름이 나고 후세까지 전해질 수 있을 것이다. 유혜풍(柳惠風)의 『십육국 회고시(十六國懷古詩)』를 중국인이 출판한 바 있는 것을 보면 이를 증명할 수 있다.[47]

뿐만 아니라 그는 아들들에게 『제경(弟經)』『거가사본(居家四本)』 등의 책을 저술하라고 권유하면서 반드시 『퇴계언행록(退溪言行錄)』『율

古 自是鹵莽 但詩集 不須急看 而疏箚墓文書牘之屬 須廣其眼目 又如鵝洲雜錄 盤池漫錄 靑野謾輯等書 不可不廣搜博觀也."

47 같은 책 9b~10a, 「寄淵兒」(1권 443면), "雖然我邦之人 動用中國之事 亦是陋品 須取三國史高麗史國朝寶鑑輿地勝覽懲毖錄燃藜述 及他東方文字 採其事實 考其地方 入於詩用 然後 方可以名世而傳後 柳惠風 十六國懷古詩 爲中國人所刻 此可驗也."

제1장 다산의 문학관 57

곡집(栗谷集)』『해동명신록(海東名臣錄)』『조야수언(朝野粹言)』 등에서 중요한 부분을 뽑아 수록할 것을 당부하기도 했다.[48]

그런데 다산의 이 이론을 전적으로 수긍하면서 그의 시를 읽을 때 우리는 적지 않은 당혹감을 느낀다. 우리나라 사람들이 시에서 '중국지사(中國之事)'를 즐겨 사용하는 것을 비판하고 응당『삼국사기』『고려사』『징비록』등에서 고사를 채취하여 시에 사용해야 한다고 주장하지만, 실제 그의 시에는 '중국지사'가 빈번히 동원되고 있기 때문이다. 그의 시론과 실제 시작품 사이에는 이처럼 괴리가 있다. 이 문제에 대한 가능한 해답은 다음 두가지 측면에서 얻어질 수 있으리라고 생각한다.

첫째는, 상기한 그의 시론들이 모두 강진 유배지에서 그의 아들들에게 보낸 편지의 형식으로 되어 있는 점으로 보아 다분히 교훈적인 성격을 띠고 있고 또 그렇기 때문에 자기의 이론이 장차 아들 대에서 실현될 수 있기를 바란다는 그의 이상을 말한 것이 아닐까 하는 점이다.

둘째는, 그가 말한 '중국지사(中國之事)'의 개념에 관한 문제이다. 다산이 주로 논박한 것은, 시에서 중국의 지명이나 중국 시인들의 유명한 구절 따위를 그대로 빌려다가 쓰는 일이었을 것으로 생각된다. 말하자면 어느 나라 사람이 어느 곳에서 어느 시대에 쓴 것인지도 모를 국적불명의 시를 쓰지 말라는 이야기로 들린다.『보한집(補閑集)』에 들어 있는 원담(元湛)과 최자(崔滋)의 대화가 적절한 예가 되겠기에 인용해보기로 한다.

　시승(詩僧) 원담(元湛)이 나에게 말하기를 "요즈음 사대부들은 시

---

48 같은 책 15b,「寄兩兒」, 16a,「寄兩兒」(1권 446권).

를 지음에 있어 다른 나라의 인물과 지명에 멀리 의탁하여 우리나라의 사실로 삼는데 가소로운 일이다. 이를테면 문순공(文順公)은 「남유(南遊)」 시에서 '오(吳)나라 나무는 가을 서리에 물들었고/초(楚)나라 바깥 산은 저문 비에 어둑하네'라 했는데, 말 만든 것이 비록 맑고 고원(高遠)하긴 하지만 오(吳)와 초(楚)는 우리 땅이 아니다. 선배의 「송경조발(松京早發)」 시에 '초행길 마판(馬坂)에 사람·연기 술렁이고/타교(馳橋)를 지나니 시골 정취 풍겨나네'라 한 것보다 못하다. 이 시는 말이 새롭거나 의취(意趣)가 뛰어난 것은 아니지만 언사(言辭)가 매우 적절하다"라 했다. 내가 대답하기를 "무릇 시인이 용사(用事)할 때는 반드시 그 본(本)에 구애될 필요는 없으니 뜻을 붙이기만 하면 되는 것이다. 하물며 천하가 한 집안이고 문자가 같은 마당에 어찌 피차의 간격이 있겠는가"라 하니 중이 굴복했다.[49]

다산이 "우리나라 사람들은 걸핏하면 중국의 일을 인용한다"라고 한 것은 원담(元湛)이 "요즈음 사대부들은 시를 지음에 있어 다른 나라의 인물과 지명에 멀리 의탁하여 우리나라의 사실로 삼는다"라고 말한 것과 유(類)를 같이한다고 볼 수 있다. 그리고 다산이 비판한 시도 원담이 예로 든 이규보(李奎報)의 「남유(南遊)」와 같은 유의 시일 것이다.

우리나라에는 없는 '원숭이〔猿〕'와 '계수나무〔桂〕'를 시에 사용하는

---

49 『高麗名賢集』 2, 성균관대학교 대동문화연구원 1973, 125면, 『補閑集』 中, "詩僧元湛謂予云 今之士大夫作詩 遠託異域人物地名 以爲本朝事實 可笑 如文順公南遊曰 秋霜染盡吳中樹 暮雨昏來楚外山 雖造語淸遠 吳楚非我地也 未若前輩松京早發云 初行馬坂人烟動 及過馳橋野意生 非特辭新趣勝 言辭甚的 予答曰 凡詩人 用事不必泥其本 但寓意而已 況復天下一家 翰墨同文 胡彼此之有間 僧服之."

것을 다산이 못마땅하게 생각한 것도 같은 이유에서일 것이다. 그는 이규보(李奎報)·변계량(卞季良)·김시습(金時習)의 시에 쓰인 '원(猿)'자와 정유길(鄭唯吉)·기준(奇遵)의 시에 쓰인 '계(桂)'자를 인용하고 나서 "만일 중국인에게 이 시를 보인다면 장차 원숭이와 계수나무를 구해서 바치라고 할 것이니 어떻게 응할 것인가"[50]라고 했다.

비록 완곡한 표현이지만 이것은 국적불명의 시를 써서는 안 된다는 다산의 경고이다. 그러므로 다산시에서 흔히 볼 수 있는 중국 고전, 특히 경서(經書)에서의 인용이나 사실 등은 꼭히 그가 말한 '중국지사(中國之事)'가 아닐 수도 있다. 경서의 사상이 당시 동양사회에 하나의 보편적 지배원리로 행세했기 때문에 경서에서 따온 고사(故事) 등을 순전히 '중국지사'로만 볼 수는 없다. 마치 서양에서 어느 나라 사람이건 성서(聖書)와 희랍 신화에서 모티프를 취해오고 이들 책에서 이미지를 이끌어내어 시를 쓰는 일이나 마찬가지다. 성서가 이스라엘인들의 소작(所作)이고 희랍 신화가 희랍 사람들의 상상력에서 나온 것이지만 이스라엘·그리스 이외의 다른 나라 사람들이 두 책에서 여러가지 사실들을 차용해도 그것을 '이스라엘지사(之事)'나 '희랍지사(希臘之事)'라고 생각하지 않는다. 기독교가 서구사회의 정신적인 지배원리였듯이 유학 또한 우리나라를 포함한 동아시아 사회가 공유하고 있던 지배원리였다. 그러므로 다산이 말한 '중국지사'의 개념을 지나치게 기계적으로 해석할 필요는 없다고 생각한다.

---

50 『與猶堂全書補遺』2, 「雅言指瑕」(경인문화사 1974, 98면), "若使中國人見之 將求猿 而徵桂矣 何以應之."

3. 문체론

18세기 후반 정조대(正祖代)의 문체파동(文體波動)은 문학사상(文學史上) 간과할 수 없는 문제들을 야기했다. 정조가 '연암체(燕巖體)'[51]라고 명명한 새로운 문체가 맹렬한 속도로 전파되자 정조는 문체반정(文體反正)의 기치를 들고 이를 억제하기에 이르렀는데 이러한 정조의 문체반정 정책에 대한 반응은 대체로 다음의 두가지로 집약된다. 하나는 정조의 정책에 무조건 편들어 아부에 가까운 태도를 취했던 일파이고, 다른 하나는 마지못해 자송문(自訟文)을 지어 속죄를 하긴 했으나 내심으로는 왕의 정책에 불복한 일파이다. 남공철(南公轍)·이상황(李相璜)·성대중(成大中) 등이 전자에 속하고 박지원(朴趾源)·박제가(朴齊家) 등이 후자 계열의 사람들이라 할 수 있다.

문체를 둘러싼 이와 같은 와중에서 다산은 어떠한 생각을 가지고 있었는가? 문체에 대한 다산의 기본 생각은 어떠했는가를 밝히는 것이 이 절(節)의 목적이다. 현존『여유당전서(與猶堂全書)』에 수록되어 있는 글 중에서 문체문제를 본격적으로 다룬 것은「문체책(文體策)」한편뿐이다. 물론 논(論)·서(書)·증언(贈言) 등에서 단편적으로 문체 내지 문장 일반에 관한 언급을 한 것이 적지 않으나, 당시의 문체파동과 관련해서 문체문제를 이야기한 것은「문체책」뿐이라고 생각된다. 그러므로 본고에서는 이「문체책」을 중심으로 논의를 전개하기로 하겠다.

「문체책」에 나타난 다산의 생각은 일견 정조의 생각과 일치하는 것

---

51 『過庭錄』권2, 장20(『한국한문학연구』제6집, 한국한문학연구회 1982).

같이 보인다. 적어도 문체정책에 관한 한 다산은 정조의 정책에 호응하고 있다. 그러나 다산이 정조의 문체정책에 호응했다고 해서 다산이 정조와 문체에 대하여 꼭 같은 견해를 가진 것은 아니라고 본다. 그러므로 어떤 점에서 두 사람의 견해가 일치하고 어떤 점에서 다른가를 밝히는 것은 다산문학을 이해하는 데 매우 중요한 과제라 생각된다. 왜냐하면, 다산이 정조의 문체반정에 적극 호응했으므로 정조의 생각과 별반 차이가 없다는 전제에서 출발하는 것과 그렇지 않은 것 사이에는 다산문학을 보는 시각에서 큰 차이가 있기 때문이다.

다산은 문체 일반론과 관련하여 문체 변화의 요인을 다음과 같이 말하고 있다.

신(臣)은 천지간의 대문장(大文章)은 물태(物態)·인정(人情)만 한 것이 없다고 생각합니다. 물태·인정의 변화를 잘 살펴보면 문체의 변화를 말할 수 있습니다. 왜 그렇겠습니까? 신이 일찍이 물태를 살펴보니, 단단한 것이 터지기도 하고, 숨어 있던 것이 꿈틀거리기도 하고, 뭉쳐 있던 것이 퍼지기도 하고, 움츠리고 있던 것이 바람에 날려 흩어지기도 하여 천태만상(千態萬狀)으로 변하는데 그 까닭을 캐보면 냉(冷)·난(煖)이라는 두가지 실정에서 벗어나지 않습니다.

신(臣)이 일찍이 인정(人情)을 살펴보니 청렴하던 자가 완악(頑惡)하기도 하고, 염담(恬淡)하던 자가 탐욕스러워지기도 하고, 연약하던 자가 사나워지기도 하고, 담박(淡泊)하던 자가 열정적으로 되기도 하여 천태만상으로 변하는데 그 까닭을 캐보면 이(利)·해(害)라는 두가지 실정에서 벗어나지 않습니다.

그러니 물태에 바탕을 두고 인정에서 발하는 문체인들 어찌 변하지 않겠습니까? 순정(醇正)하던 것이 거칠어지고, 질박하던 것이 뾰족해지고, 평이하던 것이 기궤(奇詭)해지고, 돈실(敦實)하던 것이 천박해지고, 전아(典雅)하던 것이 비리(鄙俚)해지고, 느리던 것이 촉급(促急)해지고 하여 형형색색 천변만화하는데 그 까닭을 캐보면 득(得)·실(失)이라는 두가지에서 벗어나지 않습니다.

무릇 냉(冷)한 곳으론 물(物)이 가지 않으며, 해로우면 사람이 향하지 않으며, 실(失)이 되면 문체가 변할 수 있는 것입니다.[52]

이 글에서 다산은 신문체(新文體)로 글을 쓰는 사람들의 잘못을 탓하기에 앞서, 사람들이 새로운 문체를 사용하게 된 원인을 개인의 책임으로 돌리지 않고 그렇게 되지 않을 수 없었던 객관적인 조건에서 찾고 있다. 물태(物態)는 냉(冷)·난(煖)에 따라 변하기 마련이고 인정(人情)은 이(利)·해(害)에 따라 변하는 것이 당연한데 물태에 바탕을 두고 인정에서 발하는 문체도 변하지 않을 수 없다는 것이 다산의 생각이다. 이 변화는 객관적인 조건에 따라서 옳은 방향으로 변하든 옳지 않은 방향으로 변하든 간에 문체를 변하게 하는 결정적인 원인은 득(得)·실(失)에 있다.

그러면 이 득과 실은 구체적으로 무엇인가?「문체책」에 분명히 나타

---

52 『전서』 I-8, 35a~35b,「文體策」(1권 167면), "臣以爲天地間大文章者 莫如物態人情 善觀乎物態人情之變 則文體之變 可得而言也 何則 臣嘗觀物態矣 甲者坼 蟄者蠢 蘊隆者舒散 鬱伏者風揚 芸芸濈濈 千態萬狀 而求其故 則總不外冷煖二情 臣嘗觀人情矣 廉者頑 恬者懦 柔懦者鷟發 淡泊者熱沸 紛紛穰穰 千態萬狀 而求其故 則總不外利害兩端 資於物態 發於人情 顧文體奚獨不然 醇者醨樸者斲 平易者奇詭 敦實者淺薄 典雅者鄙俚 舒緩者促急 形形色色 千變萬化 而求其故 則不出於得失二字 夫冷焉則物不趨之 害焉則人不嚮之 失焉則文體可得而變也."

나 있진 않지만, 새로운 문체로 글을 쓰는 사람들에게 실제로 돌아오는 득과 실이라고 생각된다. 신문체가 하나의 유행처럼 풍미하던 때에 신문체로 글을 쓴다는 것은 분명히 득일 수 있다. 참신하고 깔끔한 문체로 유행의 첨단을 걸을 수 있기 때문이다.

사람들이 신문체로 글을 쓰는 것은 이와 같은 득이 있기 때문이라고 판단한 다산은 득이 실이 되도록 하는 것이 문체를 바로잡는 길이라고 생각했다. 상기 인용문 끝 구절의 "실(失)이 되면 문체가 변할 수 있다"고 한 말에서 변한다는 것은 신문체가 순정한 문체로 변할 수 있다는 말이다. 스스로에게 실이 되는 줄 알면 사람들이 굳이 신문체를 쓰지 않을 것이라고 다산은 생각한 것이다. 어떻게 하면 실이 되게 할 수 있을까? 왕의 권한을 행사하여 일체의 패관잡서(稗官雜書)를 금해야 한다고 말한다. 「문체책」에서 다산은 왕의 결단을 강력히 촉구하고 있다.

전(傳)에 이르기를 "오직 인자(仁者)라야 사람을 미워할 수 있다" 라고 했는데 어찌 반드시 사람을 쓰는 데에만 그렇겠습니까? 전하의 문장으로 근세의 문체를 미워할 수 없는 것입니까? 양(陽)을 펴고 음(陰)을 억누르는 조화의 권한이 전하의 손에 달렸는데 전하는 무엇을 꺼려하여 결행하지 않으십니까?[53]

지금부터 나라 안에 돌아다니는 것을 모두 모아 불태워버리고 연경(燕京)에서 무역해오는 자를 중률(重律)로 금단하면 사설(邪說)이

---

53 같은 책 같은 곳, "傳曰惟仁者爲能惡人 奚特用人爲然 以殿下之文章 獨不能惡近世之文體耶 陽舒陰慘 化權在手 殿下何憚而不爲也."

조금 수그러지고 문체가 한번 떨칠 것입니다.[54]

이와 같이 강력히 신문체를 금하면 신문체로 글을 쓰는 것이 자연 실(失)이 될 것이고 실이 되는 줄 알면 신문체로 글을 쓰지 않게 될 것이라는 논리다. 그러면 다산이 이토록 비판한 소위 신문체의 실상은 어떠한 것인가? 다산 자신의 말을 들어본다.

혜성과 흙비를 천재(天災)라 하고 가뭄과 홍수로 무너지고 고갈되는 것을 지재(地災)라 한다면 패관잡서(稗官雜書)는 인재(人災) 중에서 가장 큰 것이라고 신은 생각합니다. 음탕한 말과 추한 이야기는 사람의 심령(心靈)을 방탕하게 하고, 사특한 감정과 도깨비 같은 자취는 사람의 지식을 미혹케 하고, 황당하고 괴이한 이야기는 사람의 교만한 기질을 북돋우고, 화려하고 깨어질 것 같은 문장은 사람의 씩씩한 기운을 소멸케 합니다. 자제들이 이를 배우면 경사(經史)의 공부를 버리게 되고, 재상이 이를 배우면 조정의 일을 팽개치게 되며, 부녀자들이 이를 배우면 길쌈하는 일이 마침내 폐해질 것이니, 천지간의 재해(災害)가 이보다 더 심한 것이 어디 있겠습니까?[55]

이 글에서 밝혀졌듯이 다산이 비판한 문체는 패관잡서(稗官雜書)의

---

54 같은 책 36면, "臣謂始自今國中所行 悉聚而焚之 燕市貿來者 斷以重律 則庶乎邪說 少熄 而文體一振矣."
55 같은 책 같은 곳, "彗孛虹霾 謂之天災 旱潦崩渴 謂之地災 稗官雜書 是人災之大者也 淫詞醜話 駘蕩人之心靈 邪情魅跡 迷惑人之智識 荒誕怪詭之談 以驕人之驕氣 靡曼破碎之章 以消人之壯氣 子弟業此 而笆籬經史之工 宰相業此 而弁髦廟堂之事 婦女業此 而織紝組紃之功 遂廢矣 天地間災害 孰甚於此."

문체였다. 또한 이 글에서 우리는 다산이 패관잡서의 문체뿐만 아니라 패관잡서의 내용까지 비판한 것을 읽을 수 있다. 어떤 의미에서는 문체보다도 새로운 문체로 쓰인 글의 내용을 더 문제 삼고 있기도 하다. 바꾸어 말하면 그의 문체비판은 내용비판과 표리의 관계를 이루고 있다. 다산이 보기에 패관잡서의 내용은 황당하고 음탕하고 사특하고 화려하기만 한 문장으로 가득 차 있어서, 이에 빠지면 자제들이 경사(經史)의 공부를 버리게 되고, 재상은 조정의 일을 돌보지 않게 되며, 부녀자들은 길쌈을 하지 않게 되니 가위 인재(人災)라 이를 만하다는 것이다. 요컨대 다산이 패관잡서를 '인재(人災)'라고까지 하여 극렬하게 매도한 이유는, 패관잡서에서 다루고 있는 내용들이 문(文)이 지향해야 할 올바른 길이 아니라고 생각한 때문일 것이다.

제1장 제1절에서 살펴본 바와 같이 다산이 생각하기에 문(文)이 지향해야 할 올바른 길은 경세치용(經世致用)과 이용후생(利用厚生)의 길이다. 그런데 다산이 보기에 패관잡서는 이를 외면하고 '음사추화'나 '황탄괴궤지담'으로 가득 차 있었다. 뿐만 아니라 이들은 허황한 수식과 화려한 말재주로 사람들의 이목을 현혹시키고 말초신경만 자극하고 있었다. 자기 시대의 구조적 모순을 나름대로 파악하고 이것의 해결을 위하여 온 정열을 쏟았던 다산으로서는 당시의 현실을 외면하는 것처럼 보인 패관잡서가 마음에 들었을 리 없었을 것이다. 그러므로 다산이 신문체를 배격한 것은, 신문체가 지닌 스타일상의 문제 때문이라기보다 신문체가 담고 있는 내용 때문이라고 생각된다. 경세치용과 이용후생의 뜻을 담고 있는 문(文)이 다산이 생각하는 이상적인 문인데 신문체로 쓰인 패관잡서는 그렇지 않은 것으로 보였던 것이다.

이 점에서 다산과 정조는 생각을 달리한다. 다산이 정조의 문체반정에 호응한 것으로 봐서 적어도 문체에 관한 한 두 사람의 견해가 같은 것으로 오해되기도 하나 자세히 검토하면 그렇지 않다는 것을 알 수 있다. 올바른 문(文)을 회복하기 위하여 당시의 패관소품체(稗官小品體)를 엄금해야 한다는 데에는 두 사람의 견해가 일치하지만 그 동기와 목적에 있어서는 상당한 차이가 있다.

정조가 문체반정을 시도하게 된 기본적인 동기는, 당시 벌열층(閥閱層)의 비대와 반비례하여 약화된 왕권을 강화하려는 것이었고 나아가서는 봉건적 통치체제를 강화 유지하려는 체제유지적인 의도가 다분히 있었다. 문체반정은 두가지 점에서 정조의 의도를 충족해줄 수 있었다. 첫째는, 사람들의 생활감정을 비교적 자유롭게 표현할 수 있는 신문체를 금하여 소위 순정(醇正)한 고문(古文)만 쓰게 함으로써 당시 귀족층의 사고를 복고풍으로 환원할 수 있다는 점이다. 어느 시대에나 그렇듯이 새로운 문체는 자유분방하고 발랄한 사고를 유도하기 마련이고 그렇게 되면 일사분란한 지배체제가 위협받을 가능성이 있다. 즉 군신(君臣) 간의 명분이 흐려질 위험이 있는 것이다. 그렇기 때문에 주자(朱子)식의 엄격한 명분주의로 복고할 필요를 느낀 것이라 생각된다.

둘째는 신문체를 금함으로써 권력에서 소외된 자들의 비판력을 억제할 수 있는 점이다. 정조는 패관소품체(稗官小品體)의 글들이 '고신얼자(孤臣孽子)'들의 원망의 소리라고 파악했다.[56] 고신얼자들은 권력에서 소외된 자들이고 이들은 자기들을 소외시킨 기존질서에 대하여 원한을 품은 자들이다. 정조는 신문체가 이들의 원한을 가장 잘 표현할 수 있는 문체라고 생각했기 때문에 신문체를 금함으로써 이들의 비판과

---

56 『弘齋全書』 권163, 장5~6, 「日得錄」, 「文學」(『弘齋全書』 4, 태학사 1978, 761면).

원망의 소리를 막을 수 있다고 생각한 것이다.

물론 정조의 문체반정이 전적으로 이와 같은 의도에서만 행해진 것은 아니다. 그는 역대 왕들 중에서 학문이 가장 뛰어났고 문예에 대해서도 남다른 안목을 지니고 있었다. 그런 만큼 그의 문체반정의 이면에는 사람들로 하여금 전아하고 품위 있는 문체로 글을 쓰게 해보려는 순수한 동기가 있었을 것이다. 그러나 일국의 제왕으로서 그가 단행한 문체정책의 근본 동기는 왕권강화와 체제유지의 테두리를 크게 벗어나지 않는다고 보아야 할 것이다.

물론 왕권을 강화해야 하겠다는 점에 있어서는 다산의 생각도 동일하다. 그의 왕권강화론이 역사적으로 어떤 의미를 가지며 어떻게 평가되어야 할 것인가는 단정적으로 말하기 어렵지만, 당시의 여건으로 미루어보아 벌열층의 전횡을 억제하고 왕권을 강화함으로써만 국가의 기강을 바로잡을 수 있다고 생각한 것은 사실이다. 「전론(田論)」에서 그가 구상한 여전제(閭田制)로의 토지제도의 개혁을 포함한 일체의 제도개혁을 왕의 결단에 호소한 사실을 보더라도 이것을 알 수 있다. 이런 의미에서 본다면 문체반정도 왕권강화와 밀접한 관련을 맺는다. 그러나 다산의 경우에는, 왕권강화를 위한 수단으로서 문체반정을 하려는 것이 아니고 신문체를 억제하기 위한 방법으로 왕이 권한을 행사해줄 것을 바랐던 것이다. 적어도 문체정책에 관한 한, 다산은 왕권강화를 우선적으로 생각한 것이 아니고 문체 자체를 더 문제 삼았던 것이 분명하다. 이 점은 문체반정 후에 기대되는 결과에 대하여 정조와 다산이 각기 다른 견해를 가지고 있었다는 사실로써도 증명된다. 우선 정조의 견해를 살펴보자.

우리나라의 입국규모(入國規模)는 전적으로 송(宋)을 본받았다. 비단 치법(治法)이 서로 부합할 뿐만 아니라 문체에 있어서도 그렇다. 구양수(歐陽脩)·소식(蘇軾) 등의 문장은 모두 나라를 아름답게 하는 문(文)이라 이를 만하여 치세(治世)의 기상을 증험할 수 있다.[57]

공자의 도(道)는 주자(朱子)에 밝혀져 있고 주자의 글은 『대전(大全)』에 다 갖추어져 있다. 그러므로 공자의 도(道)를 살피려는 자는 먼저 주자에 고질(考質)해야 하며 주자의 글을 궁구하려는 자는 먼저 대전(大全)에 힘을 써야 한다.[58]

이 글에서 우리는, 신문체를 바로잡고 나서 정조가 회복하려고 한 것이 주로 당송고문(唐宋古文)·주문(朱文)·주시(朱詩) 등이었던 것을 알 수 있다. 그러나 다산은 정조의 견해에 완전히 동의하지는 않는다. 그는 「오학론(五學論)」(3)에서, 『역경(易經)』『시경(詩經)』『서경(書經)』『예기(禮記)』『주례(周禮)』『춘추좌전(春秋左傳)』『논어(論語)』『맹자(孟子)』『노자(老子)』의 문(文)이 참다운 문(文)이라고 말하고 그 이후의 문은 순수한 것이 없다고 단정한다.[59] 소위 당송고문에 대해서도 그는 다음과 같이 말했다.

57 『弘齋全書』 권161, 장17, 「日得錄」, 「文學」(『弘齋全書』 4, 717면), "我朝立國規模 專倣有宋 非但治法之相符 文體亦然 如歐蘇等文 皆可謂黼黻皇猷之文 足驗治世氣象矣."
58 『弘齋全書』 권4, 장18, 「朱子大全箚疑跋」(『弘齋全書』 1, 62면), "孔子之道 大明於朱子 而朱子之書 大備於大全 故欲觀孔子之道者 必先考質於朱子 而欲窮朱子之書者 必先肆力於大全."
59 『전서』 I-11, 21a, 「五學論」 3(1권 232면).

한유(韓愈)·유종원(柳宗元)이 비록 유도(儒道)를 중흥시킨 조상이라 말하지만 근본이 없으니 어찌 중흥시켰다고 말할 수 있으리요. 그들의 문장은 안으로부터 발한 것이 아니고 모두 밖으로부터 답습하여 스스로 걸출하다고 여기니 어찌 옛날에 말하는 문장이겠는가? 한유·유종원·구양수·소식이 쓴 소위 서(序)·기(記) 등의 문은 모두 화려하기는 하되 실이 없고, 기이하기는 하되 바르지 못하다. 내가 어릴 때 읽고 기뻐하여 좋게 여기지 않은 것은 아니나, 이들 문장으로는 안으로 몸을 닦아 어버이를 섬길 수 없으며 밖으로 임금을 바르게 인도하고 백성을 다스릴 수 없다. 종신토록 외우고 흠모하여도 뜻을 얻지 못해 불평만 하다가 마침내 천하국가를 다스릴 수 없게 되니 이것은 우리 도(道)의 모적(蟊賊)이다.[60]

다산은 여기서 당시 어느 누구도 부정하지 못했던 당송고문(唐宋古文)을 과감히 비판하고 나선다. 그가 당송고문을 "우리 도(道)의 모적(蟊賊)"이라고까지 말한 이유는 이 글들이 "화려하기는 하되 실(實)이 없고 기이하기는 하되 바르지 못하기" 때문이다. 실이 없고 바르지 못하다는 것은 '세상을 바로잡고 구제하려는' 지취(志趣)가 없다는 말이다. 심지어 그는 한(漢)나라 때의 명문장가로 모든 사람들이 모범으로

---

60 『전서』 I-11, 21b, 「五學論」 3(1권 232면), "韓愈柳宗元 雖稱中興之祖 而本之則亡 如之何其興之也 文章不自內發 迺皆外襲以自雄 斯豈古所謂文章者哉 韓柳歐蘇 其所謂序記諸文 率皆華而無實 奇而不正 幼而讀之 非不欣然善矣 內之不可以修身而事親 外之不可以致君而牧民 終身誦慕而落魄牢騷 卒之不可以爲天下國家 此其爲吾道之蟊賊也."

삼았던 사마천(司馬遷)·양웅(揚雄)·유향(劉向)·사마상여(司馬相如)의 글까지도 볼 만한 것이 없다고 말하고 있다.[61]

그는 명말·청초에 소설을 주로 쓴 나관중(羅貫中)·시내암(施耐庵)·김성탄(金聖嘆)·곽청라(郭靑螺) 등의 글을 "간사하고 음란하고 거짓되고 괴이하다"고 비난했는데[62] 이것은 그가 당송고문을 비난한 것과 같은 근거에서 나온 말이다. 다산에게는 당송고문이든 한대(漢代)의 글이든 명말·청초의 패관잡서든 간에 경세치용과 이용후생의 뜻이 없는 글은 일단 비판의 대상이 되었다. 요컨대 기교와 수식에만 힘쓰고 실(實)이 없는 문(文), 말하자면 문(文)을 위한 문(文)을 다산은 비판한 것이다.

이렇게 볼 때 다산이 문체정책에 호응한 것은, 그가 생각하는 참다운 문(文)을 회복하기 위한 하나의 방편이지 정조에게 무조건 동조한 것은 아니다. 그것은 앞에서 살펴본 바와 같이 두 사람의 생각이 그 동기와 목적에 있어서 서로 달랐기 때문이다.

결론적으로 말해서, 정조의 문체반정이 진보적인 지식인들에게 일단의 쐐기를 박았다는 점에서 결코 높이 평가될 수 없는 것이라면 다산의 문체론은 이와 상대적인 의미에서 그 나름의 의의를 가진다고 하겠다.

---

61 주 59와 같음.

62 위와 같음.

제2장

다산의 사회시

1. 묘사의 사실성

여기서 사회시(社會詩)라 함은 제재(題材) 면에서 사회문제를 다룬 시를 지칭한다.

다산은 양적인 면에서뿐만 아니라 질적인 면에서도 우수한 사회시를 많이 남겼는데, 이것은 제1장 제1절에서 살핀 바 있는 그의 시론(詩論)에 비추어 볼 때 너무나 당연한 일이다. 물론 2,500여수나 되는 그의 시 중에는 사회시라고 할 수 없는 시들이 많은 것은 사실이다. 그러나 한 작가의 작품 속에서 사회에 대한 관심이 이토록 지속적이고 강렬한 예는 한국한문학사에서 찾아보기 힘들 것이다. 사실상 다산의 사회시는 그의 시에서 가장 큰 비중을 차지하며 다산문학의 특징적 요소가 가장 첨예하게 드러나는 부분이다.

이 장에서는 다산이 당시의 사회문제를 어떻게 파악했으며, 그것을 시로 어떻게 형상화했는가를 살펴보고자 한다. 그런데 다산의 다른 시도 마찬가지지만 특히 그의 사회시는 사실성(寫實性)을 그 중요한 특징으로 하고 있다. 단순한 경물의 묘사에서 사회현상 전반의 묘사에 이르기까지 작가가 그리려는 대상을 충실하게, 있는 그대로 묘사한다는 것은, 시를 포함한 예술 일반의 가장 기본적인 요건임에 틀림없다. 그러므로 그의 사회시를 다루기 전에 우선 예술작품 일반이 가진 사실성에 대하여 다산이 어떠한 견해를 가졌는가를 먼저 살펴보기로 한다. 그는 「발취우첩(跋翠羽帖)」이란 글에서 다음과 같이 말했다.

그의 작품들에서는 꽃·나무·새·짐승·벌레 등 할 것 없이 모두 화법(畫法)의 묘리(妙理)에 맞아서 섬세하고도 생동성이 강하다. 저 서투른 화가들이 모지라진 붓에다가 먹물만 듬뿍 찍어서 기괴(奇怪)하게 되는대로 휘두르면서, 뜻만 그리고 형(形)은 그리지 않는다고 자처하는 자들의 작품과는 대비할 바가 아니다. 윤공(尹公)은 언제나 나비·잠자리 같은 것들도 손에 잡아 들고 그 수염, 눈썹, 털, 고운 맵시 등의 섬세한 부분까지 자세히 살펴보고는 그 모양을 그리되 꼭 실물을 닮은 뒤에라야 붓을 놓았다. 이를 보더라도 그가 그림에 얼마나 정력을 들였으며 애를 썼는가를 짐작할 만하다.[1]

이것은 그가 윤용(尹愹)이란 사람의 화첩(畫帖)에 발문(跋文)으로 쓴

---

1 『전서』 I-14, 20b, 「跋翠羽帖」(1권 294면), "所作花木翎毛蟲豸之屬 皆逼臻其妙 森細活動 非粗夫笨生 把禿筆瀋水墨 謬爲奇怪 以畫意不畫形 自命者所能磬比者也 尹公 嘗取蛺蝶蜻蛉之屬 細視其鬚毛粉澤之微 而描其形 期於肖而後已 卽此而其精深刻苦可知也."

글인데, 대상을 "정확히 관찰하고", 그것을 "정확히 그려야 한다"는 다산의 예술관이 분명히 드러나 있다. "정확히 관찰한다"는 말은 작가가 그리려고 하는 대상을 "섬세한 부분까지 자세히 살펴본다"는 말이고, "정확히 그려야 한다"는 말은 "꼭 실물을 닮게" 그려야 한다는 말이다. 이 글에서 다산이 "뜻만 그리고 형(形)은 그리지 않는" 화가들을 비판한 것은, 대상을 보고 느낀 작가의 생각에 따라서, 바꾸어 말하면 작가의 주관에 따라서 객관적인 대상의 모습이 달라질 수도 있다는 것을 비판한 말이다. 새나 꽃을 그릴 때에는 일차적으로 그 새나 꽃을 있는 그대로 관찰하는 일이 중요하다. 그런 다음에야 비로소 정확하게 그릴 수가 있게 되는 것이다.

이와 같은 다산의 생각은 회화(繪畫)의 경우에만 국한된 것이 아니다. 화가가 그리려는 대상이 잠자리이면 그 잠자리를 정확히 그려야 하고, 시인이 19세기 초의 이조 농촌사회를 묘사의 대상으로 삼았으면 그 사회의 "섬세한 부분까지 자세히 살펴보고" 그 사회의 참모습과 틀리지 않게 묘사해야 한다. 특히 그리려는 대상이 꽃이나 새가 아니고 주체로서의 작가와 대립해 있는 현실생활인 경우에는, 현실 자체가 복잡하고 무수한 관계들로 얽혀 있는 것이기 때문에, 현실의 참모습이 어떤 것인가, 자기가 처해 있는 현실의 기본적인 양태가 어떠한 것인가를 파악하는 일이 우선 선행되지 않을 수 없다. 현실의 일부분만 보고서 그것을 전체로 착각하거나, 일시적인 사회현상이 자기의 관념과 우연히 일치할 때 그것을 그 시대 현실의 기본적인 구조라고 주장하여 현실을 왜곡해서는 안 된다. 이렇게 되면 복잡하고 다면적인 현실을 그 다면성에서 파악하지 못하고 관념화시키는 결과를 초래하고 만다. 말하자면 대상을 '정확히 관찰'하지 못한 셈이 된다.

이렇게 현실의 참모습을 '정확히' 파악하고 나서는 그것을 또 '정확히' 그려야 한다. 그러나 다면적이고 복잡한 현실을 그 세부(細部)에까지 전부 그릴 수는 없기 때문에 작가는 현실을 개괄(概括)해서 몇개의 전형(典型)을 창조하게 된다. 전형적인 인물, 전형적인 환경의 창조를 통해서 작가는 그 시대 현실의 전체적인 양상을 대표시키는 것이다. 그러므로 작가가 '얼마나 정확한 전형(典型)을 창조하느냐' 하는 문제와 '그 전형을 얼마나 정확하게 묘사하느냐' 하는 문제가 중요해진다. 정확한 전형을 창조한다는 말은 현실을 개괄하는 능력을 말하고, 이 능력은 현실을 정확히 관찰한 데서만 얻어질 수 있다. 정확히 묘사한다는 말은 쉽게 얘기해서 '실감나게' 묘사한다는 말이다. 이 '실감'이란 말은 사실이 아닌 것도 사실인 양 '그럴듯하게' 묘사하는 걸 의미하지는 않는다. 그 시대 현실의 올바른 개괄이 아닌 것을 아무리 애써서 묘사해도 실감이 나기는 어려운 법이다. 이런 경우 대부분의 사람들은 실감이 나기는커녕 어느 먼 나라의 이야기를 읽는 기분일 것이다. 이렇게 되면 비록 그 작품이 당대 현실을 소재로 해서 쓴 것일지라도 현실성(現實性, reality)이 없어지고 만다.

다산이 이조후기 사회를 '얼마나 정확히 관찰했고' '얼마나 정확히 묘사했는가'를 구체적으로 살펴보기 전에 먼저 그의 '제화시(題畫詩)' '관극시(觀劇詩)' 등에서 정확하고 사실적인 묘사가 어떻게 나타나 있는가를 보기로 한다. 그는 상당수의 제화시·관극시를 남겼는데, 그림이나 유희·기예(技藝) 등을 보고 그 세부적인 데까지 정확히 객관적으로 묘사한 그의 태도는, 이조후기 사회를 관찰하고 묘사하는 기본적인 바탕이 되고 있다. 「어미닭과 병아리(題卞相璧母鷄領子圖)」[2]는 그 대표적인 예이다.

어미닭은 까닭 없이 잔뜩 노해서

안색이 사납게 험악한 표정

목털은 곤두서서 고슴도치 닮았고

건드리면 꼬꼬댁 야단맞는다

쓰레기통 방앗간 돌아다니며

땅바닥을 샅샅이 후벼파다가

낟알을 찾아내면 쪼는 척만 하고서

새끼 위한 마음으로 배고픔 참아내네

母鷄無故怒　顔色猛峭巑

頭毛逆如蝟　觸者遭嗔喝

煩壤與碓廊　爬地恆如壒

得粒佯啄之　苦心忍飢渴

　새끼들을 보호하려는 어미닭의 거동이 그림을 보는 것처럼 실감나게 그려져 있다. 어린 병아리들의 묘사 역시 생동감이 넘친다.

　그중에 두놈은 서로 쫓고 쫓기는데

---

2 『전서』 I-6, 19b(1권 108면).

어디메로 그리도 급히 가는고

앞선 놈 주둥이에 무엇이 매달려
뒷 놈이 그것을 뺏으려는 것

새끼 둘이 한 지렁이 서로 다투어
두놈이 서로 물고 놓지를 않네

二雛方追犇　急急何佻撻
前者味有垂　後者意欲奪
二雛爭一蚓　雙銜兩不脫

끝 부분에서 다산은

듣건대 이 그림 처음 그렸을 때
수탉들이 잘못 알고 법석했다오

傳聞新繪時　雄鷄誤喧聒

라고 하여 변상벽(卞尙璧)[3] 그림의 높은 예술성을 찬양하고 있다. 다산

---

3 변상벽은 이조 숙종 때의 화가. 김원용(金元龍) 교수는 그를 다음과 같이 평하고 있
다. "변상벽은 단원이나 혜원과는 달리 인물이나 생활환경을 현출(現出)하지 않으면
서 뜰에서 노는 가축을 화제(畫題)로 하여 한국적 분위기를 만들어내는 데 성공한 특
이한 작가이며 (…) 그리고 그의 그림이 단순한 무미건조하고 장식적인 동물화로 그

78

이 이 그림을 찬양한 것은 이 그림이 "형형색색 섬세하여 참닭이 틀림 없기(形形細逼眞)" 때문이다. 변상벽의 「모계영자도(母鷄領子圖)」를 보지 못한 필자로서는 그 그림이 얼마나 참닭과 닮았는지 알 수 없지만 적어도 "뜻만 그리고 형(形)은 그리지 않는" 그런 유(類)의 그림이 아닌 것은 확실한 듯하다. 우리는 이 그림의 사실성을 높이 평가하는 데서 다산의 시정신을 엿볼 수 있고 이 그림을 보고 쓴 그의 시를 읽고 이를 재확인하게 된다. 다산에게 있어 변상벽의 그림은 대상이고 다산은 이 대상을 정확하게 그린 것이다. 말하자면 이 시는 훌륭한 사실적인 작품임과 동시에 다산의 예술관이 담백하게 표현된 작품이라 하겠다.

이런 사정은 「칼춤(舞劍篇贈美人)」[4]의 경우도 마찬가지다.

거꾸로 서서 한참 동안 춤을 추다가
열 손가락 뒤쳐 뵈니 뜬구름 같구나

한 칼은 땅에 놓고 또 한 칼로 춤추니
푸른 뱀이 백번이나 가슴을 휘감는 듯

홀연히 쌍칼 잡자 사람 모습 간데없고
삽시간에 하늘엔 안개 구름 자욱하네

___

치지 않고 어딘지 모르게 동화의 세계를 만들어내고 보는 사람으로 하여금 공감의 미소를 짓게 하는 것은 그의 화제의 선택과 동물의 외형 묘사에 세심하면서 동작과 정신의 요점을 정확하게 파악 강조하는 능력, 그리고 속기(俗氣) 없는 이조인(李朝人)들의 근본 생활철학의 합작에서 이루어진 결과라고 생각된다."(『한국미술사』, 법문사 1973)
4 『전서』I-1, 11b(1권 6면).

이리저리 휘둘러도 칼끝 서로 닿지 않고
치고 찌르고 뛰고 굴러 소름이 끼치네

회오리바람 소나기가 겨울 산에 가득한 듯
붉은 번개 푸른 서리가 빈 골짝서 다투는 듯

側身倒揷蹲蹲久　十脂飜轉如浮煙
一龍在地一龍躍　繞髾百回靑蛇纏
倏忽雙提人不見　立時雲霧迷中天
左鋋右鋋無相觸　擊刺跳躍紛駭矚
颷風驟雨滿寒山　紫電靑霜鬪空谷

이 시는 칼춤 추는 미녀를 묘사한 작품으로 칼춤이 한창 무르익을 때
의 장면만 인용한 것이다. 푸른 뱀, 겨울 산의 회오리바람과 소나기, 붉
은 번개, 푸른 서리 등의 적절한 비유를 빌려서 칼날이 번뜩이는 춤 장
면을 '실감나게' 그려놓고 있다. 이 시는 그의 초기시로서(1780년, 그의 나
이 19세 때의 작품으로 추정된다) 그가 젊었을 때부터 사물을 보는 눈이 정확
하고 날카로웠음을 보여준다.

이상에서 예거한 시들에 보이는 그의 사실주의적인 정신은 제화시
(題畫詩)나 관극시(觀劇詩) 또는 간단한 경물의 묘사에 그치지 않고 현
실을 폭넓고 정확하게 파악하는 가장 중요한 수단으로 사용된다. 이하
에서 다산이 이조후기 사회를 어떻게 파악했으며 그가 파악한 현실을 얼
마나 정확히 개괄해서 예술적으로 형상화했는가를 살펴보기로 하겠다.

2. 당대 현실의 개괄

1 다산이 살았던 18세기 후반과 19세기 초는 이조 봉건사회의 내적 모순이 격화하여 그 말기적 현상들이 도처에서 나타나고 있던 시기였다. 이 시기의 일반적인 상황은 전문학자들의 연구성과를 빌릴 것도 없이 다산 자신의 저작들에 너무도 극명하게 서술되어 있다.

근래에 와서 조세와 부역이 무겁고도 번잡하며 관리들의 횡포가 심하여 백성들이 편안히 살지 못하고 대부분이 난리를 생각하게 되었으므로, 요사스러운 말과 망령된 말들이 동쪽에서 나면 서쪽에서 화답하니 이것을 법에 따라 처단한다면 백성은 한 사람도 살아남지 못할 것이다.[5]

백성들의 이와 같은 동향은 봉건적 억압과 착취로 인해서 그들의 생존이 위협을 받기 때문이었다. 다산은 이렇게 된 근본적인 원인을 봉건적 토지소유 관계에서 찾고 있다.

지금 국내의 전답(田畓)은 약 80만결(結)이고 인구는 약 800만명이다. 가령 10명을 1호(戶)로 계산한다면 매호(每戶)에서 1결(結)의 땅을 경작해야 공평하게 된다. 그런데 지금 문관(文官) 무관(武官)의 귀

---

5 『전서』 V-23, 44b, 『牧民心書』 권8, 「應變」(5권 496면), "近年以來 賦役煩重 官吏肆虐 民不聊生 擧皆思亂 妖言妄說 東唱西和 照法誅之 民無一生."

신(貴臣)들과 항간의 부호들로서 1호에 곡식 수천섬을 거두는 자가 심히 많은데, 그 전답을 계산하면 100결 이하가 되지 않을 것이니 이는 990명의 생명을 죽여 1호를 살찌게 하는 것이다. 국내의 부호로서 영남의 최씨와 호남의 왕씨같이 곡식 만섬을 거두는 자가 있는데, 그 전답을 계산하면 400결 이하가 되지 않을 것이니 이것은 3,990명의 생명을 죽여 1호를 살찌게 하는 것이다.[6]

다산이 분석한 바와 같이 당시의 토지는 극소수의 부유층에 의해서 소유되는 바가 점점 더 심해지고 대부분의 농민들은 영세한 토지소유자나 무전농민(無田農民)으로 전락하게 되었다. 토지로부터 배제된 농민들은 지주층의 농지를 차경(借耕)하는 소작농민(小作農民)이 되거나 그것도 여의치 못한 농민은 임노동층(賃勞動層)이 되었으며 상공업으로 전업하는 자들도 있었다.[7] 다산에 의하면 당시 호남지방의 농민들은 평균 100호 중에서 70호가 소작농이었다.[8] 앞서 말한 「전론(田論)」에서 100결(結) 이상의 토지소유자가 "심히 많다"고 표현한 것으로 봐서 이런 현상은 호남지방뿐만 아니라 전국적인 현상이었을 것으로 생각된다.

---

6 『전서』 I-11, 3b, 「田論」 1(1권 223면), "今國中田地 大約爲八十萬結 人民大約爲八百萬口 試以十口爲一戶 則每一戶得田一結 然後其産爲均也 今文武貴臣及閭巷富人 一戶粟數千石者甚衆 計其田 不下百結 則是殘九百九十人之命 以肥一戶者也 國中富人 如嶺南崔氏 湖南王氏 粟萬石者有之 計其田 不下四百結 則是殘三千九百九十人之命 以肥一戶者也."

7 김용섭 「18·9세기의 농촌실정과 새로운 농업경영론」, 『대동문화연구』 제9집, 1972, 4면.

8 『전서』 I-9, 61a, 「擬嚴禁湖南諸邑佃夫輸租之俗箚子」(1권 201면), "今計湖南之民 大約百戶 則授人田而收其租者 不過五戶 其自耕其田者 二十有五 其耕人田而輸之租者 七十."

다산이 진단한 이조사회의 병폐는 먼저 대토지소유의 진전으로 인한 농민들의 토지상실에 있고, 다음으로는 농민들에 대한 국가와 봉건지주들의 가렴주구(苛斂誅求)에 있었다. 여기서 다산은 당시의 조선을 낡은 나라[舊邦]라 판단하고 기존의 모든 제도가 이미 그 역사적 사명을 수행했기 때문에 이를 과감히 고쳐야 하겠다고 생각한 듯하다. 그가 구상한 개혁안은 말단의 지방행정에서부터(『목민심서』) 중앙의 통치기구 전반에 걸친(『경세유표』) 광범위한 것이었고 부분적으로는 봉건적 사회질서 자체의 존립까지도 위협할 만한 근본적이고 철저한 것이었다. 그의 시는, 개혁되지 않으면 안 될 당시 농촌의 실정과 봉건적 억압 속에서 신음하는 농민들의 참상을 낱낱이 그리고 있다.

시냇가 헌 집 한채 뚝배기 같고
북풍에 이엉 걷혀 서까래만 앙상하네

묵은 재에 눈이 덮여 부엌은 차디차고
체눈처럼 뚫린 벽에 별빛이 비쳐 드네

집 안에 있는 물건 쓸쓸하기 짝이 없어
모조리 팔아도 칠팔푼이 안 되겠네

개꼬리 같은 조이삭 세 줄기와
닭창자같이 비틀어진 고추 한 꿰미

깨진 항아리 새는 곳은 헝겊으로 때웠으며

무너앉은 선반대는 새끼줄로 얽었도다[9]

　　臨溪破屋如甕鉢　　北風捲茅榱齾齾
　　舊灰和雪竈口冷　　壞壁透星篩眼豁
　　室中所有太蕭條　　變賣不抵錢七八
　　尨尾三條山粟穎　　雞心一串番椒辣
　　破甖布糊敝穿漏　　庋架索縛防墜脫

　　1794년 33세 때 경기(京畿) 암행어사(暗行御史)의 명을 받아 연천(漣川)지방을 염찰(廉察)하고 쓴 시이다. 인용한 대목은 시의 전반부에 해당하는 부분으로 적성촌(積城村)의 한 농가의 모습이 마치 그림을 보듯이 사실적으로 묘사되어 있다. 다산이 묘사한 집은 물론 적성촌이란 특정 장소에서 그가 본 집이지만, 이런 집이 그곳에만 있는 예외적인 집은 아니다.

　　오호라 이런 집이 천지에 가득한데
　　구중궁궐 깊고 멀어 어찌 다 살펴보랴

　　嗚呼此屋滿天地　　九重如海那盡察

에서 보듯이 그가 적성촌에서 본 농가는 "천지에 가득한" 이런 집들을 대표하는 집이다. 이 시가 우리에게 생생한 감동을 주는 것은 세부에까

---

9 『전서』 I-2, 11a, 「奉旨廉察到積城村舍作」(1권 27면) 중에서.

지 완벽하게 이룩된 사실적인 묘사 때문이기도 하겠지만, 그가 그린 농가가 18세기 말 이조 농촌의 전형적인 집이라는 사실이 더 큰 몫을 차지하고 있다. 이런 집들이 온 천하에 가득하다는 확신하에서만 이런 집을 묘사의 대상으로 선택할 수 있는 것이고 또 그토록 실감나는 묘사를 가능케 할 수 있는 것이기 때문이다.

다산이 이 시를 쓴 지 16년 후, 유배지 강진에서 본 농가 역시 경기도 연천의 그것과 다르지 않다.

산 늙은이 오늘 아침 산촌(山村)에 내려와서
마을 안부 물으려고 처마 끝에 앉았는데

가난한 남촌 아낙 목소리도 사나워라
시어미와 다투며 울고 또 소리치네

큰아들 절룩이며 바가지 들고 섰고
작은아인 누렇게 떠 안색이 초췌하네

우물가의 또 한놈은 너무 야위어
배는 불룩 성난 두꺼비 같고
볼기짝엔 쭈글쭈글 주름이 졌네

어미 가니 아이는 주저앉아 울어대고
온몸은 똥오줌과 콧물로 범벅됐네

어미 와서 때리자 울음소리 더욱 높아
천지가 찢기는 듯 구름도 피해 가네[10]

山翁今朝下山村　　直爲問疾坐簷端
南村貧婦聲悍毒　　與姑勃谿喧復哭
大兒槃散手一瓢　　小兒蔫黃顏色焦
井上一兒特枯瘦　　腹如怒蟾臀皮皴
母去兒啼盤坐地　　糞溺滿身鼻涕溜
母來擊兒啼益急　　天地慘裂雲色逗

이 시는 가상(假想)의 산옹(山翁)이 어느날 산으로부터 마을에 내려
와서 본 광경을 묘사한 형식으로 되어 있는데 여기 인용한 것은 그 일부
분이다. 1810년경의 작품으로 추정되는 것으로 봐서 당시 강진 유배지
에서 다산초당(茶山草堂)에 우거하고 있던 그 자신을 산옹에 가탁한 것
이 아닌가 생각된다. 어쨌든 산옹의 눈에 비친 마을의 모습은 처참하기
짝이 없다. 이 처참한 모습은 그가 30대 초반 연천지방에서 목격했던 한
농가의 모습 그대로이다. 그러므로 이 시에 그려진 굶주리는 아이들의
참상은 곧 농민 전체의 참상이다. 농민들의 굶주림은 당시 전국적 현상
이었던 것이다.

　위와 같은 기민(饑民)들의 묘사에서 우리는 다산의 시가 현실의 과장
이거나 거짓이 아님을 확인할 수 있다. 또한 그가 굶주리는 농민들의 밖
에 서서 구경하는 자가 아니라 이들에게 따뜻한 애정을 가지고 이들의

---

10 『전서』 I-5, 34a, 「山翁」(I권 95면) 중에서.

86

편에 서 있다는 것도 알 수 있다. 굶주리는 민중들의 배고픔을 자기의 배고픔으로 느낄 줄 모르는 자가 이렇게까지 생생한 감동을 주는 시를 쓸 수는 없기 때문이다.

농민들의 굶주림, 이것이 다산의 가장 큰 관심사였다. 어떻게 보면 다산의 방대한 개혁안도 농민들을 굶주림으로부터 해방하려는 데에 초점이 놓여 있다고 말할 수 있다. 직접 생산에 종사하는 농민들이 굶주려서는 안 된다는 것이 그의 생각이었다. 그런데도 열심히 일하여 생산하고 나서 그 생산물이 농민들로부터 소외(疎外)되는 것을 다산은 보았다. 다산사상의 기저에는 원칙적으로 토지는 농민들의 소유이어야 하고 생산물은 직접 생산에 종사한 사람들의 것이어야 한다는 생각이 깔려 있다. 그는 다음과 같이 말했다.

신(臣)은 토지에는 두 사람의 주인이 있다고 말한 바 있습니다. 그 하나는 왕이요 또 하나는 농사짓는 사람입니다. (…) 이 밖에 그 누가 감히 토지의 주인이 될 수 있겠습니까? 그러나 지금은 부호들이 제 마음대로 토지를 겸병하여 국가조세 이외에 사사(私私)로 그 토지에서 조세를 받아가니 이는 토지의 주인이 셋이 되는 것입니다. (…) 사문(私門)에서 거두어들이는 조세는 비록 쌀 한톨 콩 반낱이라도 의리에 부당한 일입니다.[11]

라고 하여 지주층의 존재를 전면적으로 부정하고 있다. 「전론(田論)」에

---

11 『전서』 I-9, 60a, 「擬嚴禁湖南諸邑佃夫輪租之俗箚子」(1권 200면), "臣嘗謂田有二主
其一王者也 其二佃夫也 (…) 二者之外 又誰敢主者哉 今也富彊之民 兼並唯意 王稅之
外 私輸其租 於是田有三主矣 (…) 私門輸租 雖一粒半菽 猶爲無義."

서 그가 개진한 사상도 일차적으로는 농민들로부터의 생산물의 소외를 해결하기 위한 것이었다고 말할 수 있다. "농사짓는 사람은 전지(田地)를 얻게 되고, 농사를 짓지 않는 사람은 전지를 얻지 못하게 되며, 농사를 짓는 사람은 곡식을 얻게 되고 농사를 짓지 않는 사람은 곡식을 얻지 못하게 되는"[12] 사회, "힘쓴 것이 많은 사람은 양곡(糧穀)을 많이 얻게 되고, 힘쓴 것이 적은 사람은 양곡을 적게 얻게 되는"[13] 사회는 바로 이 '소외'가 없는 사회인 것이다.

2 농민들을 굶주리게 한 가장 큰 요인은 대토지소유의 진전으로 인한 농민들의 토지상실에 있었지만 여기에다 농민들을 더욱 괴롭힌 것은 국가와 봉건지주들의 가렴주구(苛斂誅求)였다. 그중에서도 환곡(還穀)과 군포(軍布)의 폐단이 가장 심해서 그야말로 "백성들은 물과 불 속에서 울부짖으며 뒹구는"[14] 상태에 있었다.

농가엔 반드시 양식을 비축하여
삼년 농사지으면 일년치 비축하고

구년 농사지으면 삼년치 비축하여
검발(檢發)하여 하늘을 도우는 건데

---

12 『전서』 I-11, 5b, 「田論」 5(1권 224면), "農者得田 不爲農者不得之 農者得穀 不爲農者不得之."
13 같은 책 I-11, 4b, 「田論」 3(1권 223면), "用力多者得粮高 用力寡者得粮廉."
14 『전서』 V-20, 15a, 『牧民心書』 권5, 「穀簿」(5권 405면), "民在水火之中 呼號宛轉."

사창법(社倉法) 한번 시작된 후로
만 목숨 뒹굴며 구슬피 우네

빌려주고 빌리는 건 양쪽 다 원해야지
억지로 강제하면 불편해져서

온 땅을 통틀어도 고개만 저을 뿐
군침 흘리는 자 한명도 없네

봄철에 좀먹은 쌀 한말 받고서
가을엔 온전한 쌀 두말을 바치고

게다가 좀먹은 쌀값 돈으로 내라 하니
온전한 쌀 판 돈을 바칠 수밖에

이익으로 남는 것은 간활한 자 살을 찌워
한번 벼슬길에 천경(千頃) 논이 생긴다네

쓰라린 고초는 가난한 자에게 돌아가니
휘두르는 채찍질에 살점이 떨어진다

큰 가마 작은 솥 모두 다 가져가고
자식은 팔려가고 송아지마저 끌려가네[15]

耕者必蓄食　三年蓄一年
九年蓄三年　檢發以相天
社倉一濫觴　萬命哀顚連
債貸須兩願　强之斯不便
率土皆掉頭　一夫無流湎
春蠱受一斗　秋穀二斗全
況以錢代蠱　豈非賣繫錢
贏餘肥奸猾　一宦千頃田
楚毒歸圭蓽　割剝紛箠鞭
鈺鍋旣盡出　孥粥犢亦牽

환곡의 문란함을 노래한 시인데, 환곡이란 원래 사창제도(社倉制度)에서 나온 것으로 풍년에 국가가 곡식을 사들였다가 흉년에 싼 이자로 빌려주어 빈민을 구제하고 물가조절의 기능도 함께 가지는 제도였다. 이 제도가 이조후기로 오면서 그 폐해가 너무나 지나쳐 흉년이 들어도 곡식을 대여해가는 사람이 아무도 없게 되었다. 이렇게 농민들이 곡식을 빌리려 하지 않는 것은 이 제도가 "자기들에게 이익이 되기 위해서 설치한 것이 아님을 안 지가 오래되었기"[16] 때문이다.

이렇게 되자 국가는 농민들에게 곡식을 강제로 빌려주고 강제로 거두어들이게 된다. 말하자면 "환자(還上)의 권한은 백성들에게 있는데

---

15 『전서』 I-5, 1b, 「夏日對酒」(1권 79면) 중에서.
16 『전서』 I-9, 27b, 「還餉議」(1권 184면), "民之不以爲利民而設也久矣."

백성들이 이를 받아가지 않으면 그 집을 단속하고 백성들이 이를 도로 바치지 않으면 그 등에 매질을 하는"[17] 기막힌 상황에까지 이른 것이다. 이마저도 뒤에는 아예 빌려주지도 않고 받아들이기만 하는 극악의 지경에 이르고 만다. 다산은 강진에서 그가 목격한 환곡제도의 실상을 다음과 같이 말하고 있다.

내가 다산(茶山)에 거처하면서 관창(官倉)으로 가는 길을 내려다보기를 이제까지 10년인데 시골 백성이 곡식 짐을 받아 지고 지나가는 자를 일찍이 본 일이 없다. 한톨의 곡식도 일찍이 받아온 일이 없는데도 겨울이 되면 가호(家戶)마다 곡식 5, 6, 7석(石)을 내어 관창에 바치는데, 그러고서도 다시 환자〔還上〕라 부르는 것은 또한 부끄럽지 아니한가. 무릇 환(還)이란 것은 되돌려준다〔回〕는 뜻이며 갚는다〔報〕는 뜻이다. 가져가지 않으면 되돌려줄 것이 없고 베풀지 않으면 갚을 것도 없는 법이다. 무엇 때문에 '환(還)'자를 쓰는가? 지금은 백상(白上, 까닭 없이 그저 바치는 것-역자)은 있어도 환자〔還上〕는 없다.[18]

드디어 환곡제도는 진휼(賑恤)이라는 본래의 성격을 잃고 국가조세의 한 항목이 되었는데 이것마저 명목 없는 조세여서 국가에 의한 강탈이나 다름없었다. "쌀 한톨도 백성은 일찍이 가루조차 보지 못했는데

---

17 같은 책 같은 곳, 28b, "還上之權在民 民不受之 則括其戶 民不納之 則笞其背."
18 『전서』 V-20, 24a, 『牧民心書』 권5, 「穀簿」(5권 409면), "余家茶山 俯臨倉路 于今十年 未嘗見有一箇村氓 負苫而過者也 一粒之粟 未嘗受來 而及至冬月 戶出穀五六七石 輸之官倉 猶復名之曰還上 不亦羞乎 夫還也者回也報也 不往則無回 不施則無報 何謂還乎 今有白上 無還上也."

거저 가져다 바치는 쌀이랑 조가 해마다 천이나 만이나 되니, 이것은 부렴(賦斂)이지 어찌 진대(賑貸)라 하겠으며, 이것은 강탈이지 어찌 부렴이라 할 수 있겠는가"[19]라는 다산의 진술이 이를 말해준다.

시인으로서의 다산이 할 일은 이와 같은 현실을 개괄해서 구체적으로 형상화하는 일이다.

집 안에 남은 거란 송아지 한마리요
쓸쓸한 귀뚜라미만 조문(弔問)을 하네

텅 빈 집 안엔 여우 토끼 뛰노는데
대감님 댁 문간에는 용 같은 말이 뛰네

백성들 뒤주에는 해 넘길 것 없는데
관가 창고는 겨울나기 수월하네

궁한 백성 부엌에는 바람 서리만 쌓이는데
대감님 밥상에는 고기 생선 갖춰 있네[20]

所餘唯短犢　相弔有寒蛩
白屋狐兼兔　朱門馬似龍

19 같은 책 같은 곳, 14b (5권 404면), "一粒之穀 民未嘗微見其沫 而白輸米若粟 歲以千萬 此是賦斂 豈可曰賑貸乎 此是勒奪 豈可曰賦斂乎."
20 『전서』 I-2, 33a, 「孟華堯臣盛言公州倉穀爲弊政民不聊生試述其言爲長篇三十韻」(1권 38면) 중에서.

村糠無卒歲　官廩利經冬
窮蔀風霜重　珍盤水陸供

　환자(還上)에 시달려 피폐한 농가의 모습과 농민들의 굶주림 위에서
살찌는 관리가 효과적으로 대조되어 묘사된 시인데, 과장도 허식(虛飾)
도 없이 있는 현실 그대로를 사실적으로 드러내고 있다.
　환곡과 함께 농민들을 궁핍으로 몰아넣은 악질적인 제도는 군포(軍
布)였다.

　　큰아이 다섯살에 기병(騎兵)으로 등록되고
　　세살 난 작은놈도 군적(軍籍)에 올라 있어

　　두 아들 세공(歲貢)으로 오백푼을 물고 나니
　　빨리 죽기 바라는데 옷이 다 무엇이랴[21]

　　太兒五歲騎兵簽　小兒三歲軍官括
　　兩兒歲貢錢五百　願渠速死況衣褐

　　군보(軍保)란 이름이 무엇이길래
　　이다지 모질게도 법률을 만들었나

　　일년 내내 힘들여 일을 해봐도

---

21 『전서』 I-2, 11a, 「奉旨廉察到積城村舍作」(1권 27면) 중에서.

제 몸 하나도 가릴 수 없고

어린아이 뱃속에서 나오자마자
죽어서 먼지 되고 티끌 되어도

아직도 그 몸에 요역(徭役)이 따라
가을 하늘 곳곳마다 울부짖는 그 소리[22]

軍保是何名　作法殊不仁
終年力作苦　曾莫庇其身
黃口出胚胎　白骨成灰塵
猶然身有徭　處處號秋旻

　군정(軍政)의 문란이 백성들을 어떻게 괴롭히는가를 노래한 시들이다. 다산의 다음과 같은 말은 군정의 문란이 이에서 그치지 않았음을 알 수 있게 해준다.

　요즈음 피폐한 마을의 가난한 집에서는 아기를 낳기가 무섭게 홍첩(紅帖)이 이미 와 있다. 음양의 이치는 하늘이 품부한 것이니 정교(情交)하지 않을 수 없고, 정교하면 낳게 되어 있는데 낳기만 하면 반드시 병적에 올려서 이 땅의 부모 된 자로 하여금 천지(天地)의 생생(生生)하는 이치를 원망하게 하여 집집마다 탄식하고 울부짖게 하니,

---

22 『전서』 I-5, 1b, 「夏日對酒」(1권 79면) 중에서.

나라의 무법함이 어찌 여기까지 이를 수 있겠는가. 심한 경우에는 배가 불룩한 것만 보고도 이름을 지으며 여자를 남자로 바꾸기도 하고, 그보다 더 심한 경우에는 강아지 이름을 혹 군안(軍案)에 올리기도 하는데 이는 사람의 이름이 아니라 그 대상이 진짜 개이며, 절굿공이의 이름이 관첩(官帖)에 나오기도 하는데 이도 사람의 이름이 아니라 그 대상이 진짜 절굿공이이다.[23]

강아지나 절굿공이까지 동원해서 세금을 짜내는 현상을 보고 다산은 "이 법을 고치지 않으면 백성들은 모두 죽고야 말 것"[24]이라고 말하기까지 했다. 드디어 군포는 농민들로 하여금 자기의 생식기를 자르게 하는 비극으로까지 사태를 악화시킨다.

갈밭마을 젊은 여인 울음도 서러워라
현문(縣門) 향해 울부짖다 하늘 보고 호소하네

군인 남편 못 돌아옴은 있을 법도 한 일이나
예부터 남절양(男絶陽)[25]은 들어보지 못했노라

---

23 『전서』 Ⅴ-23, 13b~14a, 『牧民心書』 권8, 「簽丁」(5권 481면), "今殘村下戶 嬰孩落地 呱聲一發 紅帖已到 陰陽之理 天之所賦 不能無交 交則有生 生則必簽 使域中之爲父母者 怨天地生生之理 家嗷而戶啼 國之無法 一何至此 甚則指腹而造名 換女而爲男 又其甚者 狗兒之名 或載軍案 非是人名 所指者眞狗也 杵臼之名 或出官帖 非是人名 所指者眞杵也."
24 같은 책 같은 곳, 12a~12b, "比法不改 而民盡劉矣."
25 남자가 생식기를 자르는 일.

시아버지 죽어서 이미 상복 입었고
갓난아인 배냇물도 안 말랐는데
삼대(三代)의 이름이 군적에 실리다니

달려가서 호소하나 동헌 문엔 호랑이요
이정(里正)이 호통하여 단벌 소만 끌려갔네

칼을 갈아 방에 들자 자리에 피가 가득
스스로 한탄하네, 아이 낳아 닥친 곤액

(…)

부자들은 한평생 풍악이나 즐기면서
한알 쌀, 한치 베도 바치는 일 없으니

다 같은 백성인데 이다지 불공한고
객창에서 거듭거듭 「시구편(鳲鳩篇)」[26]을 읊노라[27]

蘆田少婦哭聲長　哭向縣門號穹蒼
夫征不復尙可有　自古未聞男絶陽
舅喪已縞兒未澡　三代名簽在軍保

---

26 『시경』의 편명.
27 『전서』 I-4, 29b, 「哀絶陽」(1권 76면) 중에서.

薄言往愬虎守閣　里正咆哮牛去皁

磨刀入房血滿席　自恨生兒遭窘厄

(…)

豪家終歲奏管弦　粒米寸帛無所損

均吾赤子何厚薄　客窓重誦鳲鳩篇

이 시를 쓰게 된 동기를 다산은 다음과 같이 말한다.

　　이것은 가경(嘉慶) 계해년(癸亥年, 1803) 가을에 내가 강진에 있으면서 지은 것이다. 그때 갈밭에 사는 백성이 아이를 낳은 지 사흘 만에 군보(軍保)에 편입되고 이정(里正)이 소를 토색질해 가니 그 백성이 칼을 뽑아 양경(陽莖)을 스스로 베면서 "내가 이것 때문에 이러한 곤액을 받는다" 하였다. 그 아내가 양경을 가지고 관청에 나아가니 피가 아직 뚝뚝 떨어지는데, 울기도 하고 하소연하기도 했으나 문지기가 막아버렸다. 내가 듣고 이 시를 지었다.[28]

　　자기의 생식기를 자르는 일이 물론 당시의 보편적인 현상은 아니었을 것이다. 그러나 강아지나 절굿공이 이름까지 군안(軍案)에 올려서 세금을 착취하는 당시의 상황에 비추어 볼 때, 이 시가 현실의 과장이거나 전체와 유리된 한 단면만의 묘사라 보기는 어렵다. 오히려 당시 군정의 문란을 집약적으로 나타낸 소위 '황구첨정(黃口簽丁)' '백골징포(白

---

28 『전서』Ⅴ-23, 14b~15a, 『牧民心書』권8, 「簽丁」(5권 481면), "此嘉慶癸亥秋 余在康津作也 時蘆田民 有兒生三日 入於軍保 里正奪牛 民拔刀自割其陽莖 曰我以此物之故 受此困厄 其妻持其莖 詣官門 血猶淋淋 且哭且訴 閽者拒之 余聞而作此詩."

骨徵布)'의 실상을, 갈밭에 사는 한 농민의 비극적인 삶을 통하여 훌륭히 형상화한 시로 보아야 할 것이다.

③ 이상에서 이조사회를 병들게 한 소위 삼정의 문란을 다산이 어떻게 인식했으며 또 그가 인식한 현실을 어떻게 시로 나타내었는가를 살펴보았다. 이 삼정의 문란 못지않게 당시의 가장 심각한 사회문제 중의 하나가 지방관들의 횡포였다. 이들은 사사건건 트집을 잡아 농민들을 괴롭혔다. 다산의 시는 수령(守令)과 아전들이 농민을 수탈하는 실상을 빠짐없이 고발하고 있다. 그는 당시 관리들의 횡포의 한 예를 다음과 같이 말한다.

(이들은) 방을 뒤지고 땅을 파며 목을 달아매고 결박을 한다. 가마솥을 들어내고 송아지와 돼지를 빼앗아간다. 온 마을이 떠들썩하고 통곡소리가 하늘을 진동하여 천지의 화기(和氣)를 해치고 쓸쓸해진 인가가 처참하기만 하다. 이 자들이 지나간 곳은 열 집 가운데 아홉 집은 비게 되며, 추녀가 무너지고 벽이 부서지고 창문이 넘어진다.[29]

이쯤 되면 관리라기보다 강도라고 부르는 것이 옳을 정도이다. 「호랑이 사냥(獵虎行)」은 이 불한당 같은 관리들을 묘사한 작품이다. 어느 마을에 호랑이가 나타나 민가에 피해를 많이 끼친다는 말을 듣고 그 지방 수령이 이를 '측은히' 여겨 호랑이를 잡게 한다. 이렇게 해서 호랑이를

---

29 『전서』 V-1, 15b~16a, 『經世遺表』 권1, 「地官戶曹」 第二(5권 11면), "搜房掘地 懸首縛臂 摘其錡釜 攘其犢豚 一村騷然 哭聲震天 傷天地之和氣 慘人烟之蕭瑟 此行所過 十室九空 崩簷敗壁 牖戶欹傾."

98

잡긴 하지만, 애초에 호랑이 잡는 것은 구실에 불과하고 민가를 약탈하는 것이 그들의 목적이다. 말하자면 평계가 생긴 것이다.

몰이꾼 나타나자 온 마을이 깜짝 놀라
장정들은 도망가고 늙은이만 붙들리네

소교(小校)들 당도하니 그 기세 무지개 같고
도둑놈들 몽둥이질 빗발치듯 어지러워

닭 삶고 돼지 잡고 온 마을이 야단법석
방아 찧고 자리 깔고 이리저리 분주한데

다투어 술을 찾아 코 삐뚤어지게 마시고는
군졸 모아 어지러이 계루고(鷄婁鼓) 둥둥 치니

이정(里正) 머리 싸매고 전정(田正)은 넘어지고
주먹질 발길질에 붉은 피 토하네[30]

前驅鑱出一村驚　丁男走藏翁被虜
小校臨門氣如虹　嘍囉亂棓紛似雨
烹鷄殺猪喧四鄰　舂糧設席走百堵
討醉爭傾象鼻彎　聚軍雜搥鷄婁鼓

---

30 『전서』 I-5, 27a, 「獵虎行」(1권 92면) 중에서.

里正縛頭田正踏　拳飛踢落朱血吐

　온 마을을 쑥대밭으로 만들고 나서 이들이 떠나고 난 후의 마을엔 비
통한 절규만 남는다.

　　당초에 어떤 자가 호랑이 났다 알렸느냐
　　입빠른 것이 잘못이라 뭇사람의 원성 듣네

　　호랑이 피해일랑 한두 사람 받는 것
　　어이하여 천백 사람 이 고통 받단 말고

　　(…)

　　가증스런 관리들은 밤중에도 문 두드리니
　　호랑이 남겼다가 그들을 막았으면

　　原初虎害誰入告　巧舌喋喋受衆怒 ·
　　猛虎傷人止一二　豈必千百罹此苦
　　(…)
　　生憎悍吏夜打門　願留餘虎以禦侮

　다산이 살았던 시대로부터 150년 이상 경과한 오늘에 살고 있는 우리
들로서는 정말 이런 일이 있었겠는가 싶을 정도의 참상이지만 이보다
더한 일도 실제로 있었던 것 같다. 다음과 같은 사례가 그것을 말해준다.

100

내가 오랫동안 민간에 머물러 있었기 때문에 모든 살인옥사(殺人獄事)를 잘 아는데 고발하는 자는 10에 2, 3명이고 그 7, 8명은 모두 이를 숨긴다. 진실로 검시(檢屍)·험문(驗問)을 한번 치르고 나면 마을은 폐촌(廢村)이 되고 해를 넘기지 못하여 다 시들고 병들어서 마을을 비워두고 흩어진다. 그러므로 고주(苦主: 가까운 일가가 살해당했을 때 고소하는 사람-역자)는 슬프고 원통함이 가슴에 치밀지만 마을의 부로(父老)와 호걸(豪傑)들이 이를 저지하게 된다. 여기서 범인을 쫓아버리고 고주(苦主)에게 뇌물을 주고 급급히 매장하여 그 입을 막는다. 혹 권리(權吏)와 무교(武校)들이 이를 알고 위협하면 마을 안에서 이삼백냥의 돈을 모아 뇌물을 주고는 끝내 고발하려 하지 않으니, 그 해독의 심함을 가히 알 수 있다.[31]

이렇게 형사사건이 일어났을 때 이것을 관에 알려 정당한 판결을 구하지 않고 쉬쉬하면서 엄폐하려는 것은 그것이 관리들의 평계가 되기 때문이다. 「승냥이와 이리(豺狼)」[32]에는 살인옥사를 트집 잡아 농민들을 괴롭히는 관리들의 횡포가 저설하게 그려져 있다.

　　승냥이여, 이리여!

---

31 『전서』 V-25, 10b, 『牧民心書』 권10, 「斷獄」(5권 525면), "余久在民間 知凡殺獄 其發告者十之二三 其七八皆匿焉 誠以一經檢驗 遂成敗村 不踰年 凋瘵空散 故苦主雖悲寃弸中 爲里中父老豪傑所沮止 於是逐犯人 賂苦主急急埋葬 以滅其口 或權吏武校知而脅之 卽自里中 共聚錢二三百兩 以賂之 亦終不肯發告 其害毒之雄 斯可知矣."
32 『전서』 I-5, 37b(1권 97면).

송아지 이미 채 갔으니
양일랑 물지 마라

장롱엔 속옷 없고
시렁엔 치마도 없다

항아리엔 남은 소금 없고
쌀독엔 남은 양식 없노라

큰 솥 작은 솥 다 앗아 가고
숟가락 젓가락 다 훔쳐 갔네

도적도 아니고 원수도 아닌데
어찌 그리 악독한가

살인자 죽었는데
또 누굴 죽이려나?

이리여, 승냥이여!
삽살개 이미 빼앗아 갔으니
닭일랑 묶지 마라

자식 이미 팔았지만
내 아낸들 누가 사랴

내 가죽 다 벗기고
뼈마저 부수다니

우리의 논밭을 바라보아라
얼마나 크나큰 슬픔이더냐

가라지풀도 못 자라니
쑥인들 있을쏜가

살인자 이미 자살했는데
또 누굴 해치려나?

승냥이여, 호랑이여!
말한들 무엇하리

금수 같은 놈들이여
나무란들 무엇하리

부모가 있다지만
믿을 수 없네

달려가 호소하나
들은 체도 하지 않네

우리의 논밭을 바라보아라
얼마나 크나큰 참상이더냐

백성들 이리저리 유랑하다가
시궁창 구덩이를 가득 메우네

아버지여, 어머니여!
고량진미 먹으면서

방에는 기생 두어
얼굴이 연꽃 같네

豺兮狼兮
既取我犢　毋噬我羊
笥既無襦　椸既無裳
甕無餘鹽　瓶無餘糧
錡釜既奪　匕筯既攘
匪盜匪寇　何爲不臧
殺人者死　又誰戕兮

狼兮豺兮
既取我尨　毋縛我雞
子既粥矣　誰買吾妻

爾剝我膚　而槌我骸

視我田疇　亦孔之哀

稂莠不生　其有蒿萊

殺人者死　又誰災兮

豺兮虎兮　不可以語

禽兮獸兮　不可以詬

亦有父母　不可以恃

薄言往愬　裒如充耳

視我田疇　亦孔之慘

流兮轉兮　塡于坑坎

父兮母兮　粱肉是啖

房有妓女　顏如菌苔

　다산의 자주(自註)에 의하면, 살인사건의 가해자가 마을의 평온을 위하여 스스로 목숨을 끊었는데도 뒤늦게 관리들이 이를 알고 토색질을 하여 마을 사람들이 모두 마을을 버리고 떠났다는 것이다. 이 시는 송아지나 닭을 채가는 승냥이와 이리에 아전을 비유함으로써 지방관들에 대한 농민들의 원망을 적절히 표현하고 있다.

　이와 같은 약탈은 산속에 있는 중〔僧〕에게까지 미친다.

　백련사(白蓮寺) 서쪽 석름봉(石廩峰) 위에

　이리저리 다니면서 솔 뽑는 중 있네

어린 솔 돋아나서 이제 겨우 두세 치
여린 줄기 연한 잎 무성히 자라는데

어린아이 기르듯 사랑하고 보살펴야
자라서 용과 같은 재목 되거늘

어이하여 보는 족족 뽑아버려서
싹도 씨도 남기잖고 없애려는가

(…)

중 불러 앞에 나가 그 까닭 물었더니
목이 메어 말 못하고 눈물만 맺히네

이 산에 솔 기르기 그 얼마나 애썼던가
스님들 모두가 공손하게 법을 지켜

땔나무도 아까워서 찬밥으로 끼니 하고
새벽종 울 때까지 밤순찰도 하였기에

고을 성안 나무꾼도 감히 접근 못하는데
마을 사람 도끼질 얼씬인들 했겠으리

수영(水營)의 소교(小校)가 장군 명령 받든다며

땅벌 같은 기세로 말을 내려 들이닥쳐

지난해 폭풍우에 꺾인 가지 집어들고
중보고 법 어겼다 가슴을 쥐어박네

하늘보고 호소해도 치미는 화 안 식지만
절간 돈 백냥 주어 겨우 미봉하였다네

금년 들어 솔 베어선 항구로 내가면서
커다란 배 만들어 왜놈 방비한다더니

조각배 한척도 만들지 않고
벌거숭이 산만 남아 옛 모습 볼 수 없네

이 소나무 어리지만 그냥 두면 크게 되니
화근을 뽑아야지 부지런히 뽑아야지

이로부터 솔 뽑기를 솔 심듯이 하였고
잡목이나 남겨두어 겨울 채비 하렸는데

오늘 아침 관첩(官帖) 내려 비자(榧子)나무 바치라니
비자나무마저 뽑고 산문(山門)을 닫으리라[33]

---

33 『전서』 I-5, 26b, 「僧拔松行」(1권 91면) 중에서.

白蓮寺西石廩峰　有僧彳亍行拔松
稺松出地纔數寸　嫩榦柔葉何丰茸
嬰孩直須深愛護　老大況復成虯龍
胡爲觸目皆拔去　絶其萌蘗湛其宗
(…)
招僧至前問其意　僧咽不語淚如霰
此山養松昔勤苦　闍梨苾蒭遵約恭
惜薪有時餐冷飯　巡山直至鳴晨鐘
邑中之樵不敢近　況乃村斧淬其鋒
水營小校聞將令　入門下馬氣如蜂
枉捉前年風折木　謂僧犯法撞其胷
僧呼蒼天怒不息　行錢一萬纔彌縫
今年斫松出港口　爲言備倭造艨艟
一葉之舟且不製　只赭我山無舊容
此松雖稺留則大　拔出禍根那得慵
自今課拔如課種　猶殘雜木聊禦冬
官帖朝來索椔子　且拔此木山門封

『목민심서』에 의하면 이 시는 덕산(德山)의 한 나무꾼이 부르는 노래를 듣고 다산이 이를 개작(改作)했다고 한다.[34] 이 덕산의 나무꾼의 정체가 분명치는 않으나 나무꾼의 입에 오를 정도라면 사태의 심각성을

---

34 『전서』 V-26, 22a, 『牧民心書』 권11, 「山林」(5권 554면).

108

가히 짐작할 수 있다. 여하튼 자식같이 가꾸고 기르던 소나무를 잡초 뽑 듯 뽑아내는 중의 모습에서 우리는 당시 관리들의 부패상이 이미 구제 할 수 없는 지경에 이르렀다는 것을 알 수 있다.

이와 같이 관리들의 수탈을 소재로 한 일련의 시들에서 다산은 이들 의 전형적인 모습을 형상화해놓았다. 이 점은 우리나라 시문학사(詩文 學史)에서 획기적인 일로서, 이조사회가 가진 복잡한 여러 관계 속에서 의 하급관리들을 전형적으로 창조한 예는 일찍이 없었다. 그런 의미에 서 다산시는 리얼리즘의 위대한 구현으로 평가될 만하다. 두보(杜甫)의 걸작으로 일컬어지는 소위 「삼리(三吏)」에서 차운(次韻)한 다산의 「용 산촌의 아전(龍山吏)」[35] 「파지촌의 아전(波池吏)」[36] 「해남촌의 아전(海南 吏)」[37] 3편은 아전의 전형(典型)을 성공적으로 형상화한 대표적인 예라 하겠다.

다음은 「파지촌의 아전(波池吏)」의 전문이다.

아전들 파지촌에 들이닥치니
시끄럽고 소란하기 군대 점호 같구나

주려 죽은 시체에 병든 시체 뒤섞여
마을에 농부라곤 없어졌는데

호령하여 고아 과부 옭아매고는

---

35 『전서』 I-5, 38a(1권 97면).
36 같은 책 같은 곳, 39a(1권 98면).
37 위와 같음.

등에다 채찍질, 앞으로 끌고 가니

개처럼 욕먹고 닭처럼 몰리어
사람들 행렬이 성(城)까지 이었구나

그중에 가난한 선비 한 사람
수척한 몸에다 가장 외로워

하늘을 우러러 죄 없음을 호소하는
구슬픈 원망소리 끝없이 이어지네

하고 싶은 말일랑 감히 못하고
눈물만 비 오듯 쏟아지는데

아전놈들 화내며 완악하다고
욕보여 다른 사람 겁을 주려고

높은 나무 가지 끝에 거꾸로 매달아
머리를 나무뿌리에 닿게 하고는

"쥐새끼 같은 놈이 두려움을 모르고서
네가 감히 상영(上營)을 거역할 건가

글을 읽어 옳은 것을 알 만도 한데

왕세(王稅)는 서울에 바쳐야 하리

늦여름 지금까지 연기했으면
은혜가 무거운 걸 알아야 하지

큰 배가 포구에서 기다리는데
이다지도 네 눈이 어둡단 말가"

아전 위신 세우는 건 바로 이때라
이리저리 지휘하는 아전들이란

吏打波池坊	喧呼如點兵
疫鬼雜餓莩	村墅無農丁
催聲縛孤寡	鞭背使前行
驅叱如犬雞	彌亘薄縣城
中有一貧士	瘠弱最伶俜
號天訴無辜	哀怨有餘聲
未敢叙衷臆	但見涕縱橫
吏怒謂其頑	僇辱怵衆情
倒懸高樹枝	髮與樹根平
鰍生瞥不畏	敢爾逆上營
讀書會知義	王稅輸王京
饒爾到季夏	念爾恩非輕
峩舸滯浦口	爾眼胡不明

立威更何時　指揮有公兄

이 밖에도 「고양이(貍奴行)」[38] 「황옻칠(黃漆)」[39] 「탐진촌요(耽津村謠)」[40] 「탐진어가(耽津漁歌)」[41] 「탐진농가(耽津農歌)」[42] 「장기농가(長鬐農歌)」[43] 등에 아전들의 횡포가 집중적으로 그려져 있다.

④ 다산은 농민문제와 함께 봉건지배층의 기반을 강화하기 위해서 만들어진 제도적인 여러 장치들을 신랄하게 비판한다. 봉건제도의 존립은 기본적으로 봉건적인 농업생산관계, 즉 봉건적 지주제에 근거를 두고 있고, 위로는 봉건적 신분제도가 이를 유지하고 있다. 다산은 자기 시대의 모든 착취가 이 봉건적 신분제도와 밀접히 결합되어 있다는 것을 예리하게 간파하고 있었다. 그리고 이와 같은 봉건적 신분제도와 봉건적 특권들이 주로 과거제도에 의하여 유지 강화되어왔기 때문에 과거제도 또한 그의 비판의 대상이 되었음은 물론이다. 그의 과거제도 비판은 철저한 것이어서 "과거(科擧)의 학문은 이단(異端) 중에서도 가장 혹심한 것이다"[44]라고까지 말했으며, 일본은 과거제도가 없기 때문에 나라가 부강하고 문학이 뛰어났다고 말한 바도 있다.[45]

---

38 같은 책 같은 곳, 33a(1권 95면).
39 『전서』 I-4, 30a(1권 76면).
40 같은 책 같은 곳, 26a~27a(1권 74~75면).
41 같은 책 같은 곳, 28a~28b(1권 75면).
42 같은 책 같은 곳, 27b(1권 75면).
43 『전서』 I-4, 17b(1권 70면).
44 『전서』 I-17, 39b, 「爲盤山丁修七贈言」(1권 369면), "科擧之學 異端之最酷者也."
45 『전서』 I-11, 22b, 「五學論」 4 (1권 232면)

그는 신분제도의 모순에 대하여 다음과 같이 말한다.

신(臣)은 삼가 생각건대 인재를 얻기 어려운 지가 오래되었습니다. 온 나라의 영재(英才)를 모두 발탁하여 쓰더라도 오히려 부족할 지경인데 하물며 그 10에 8, 9를 버리고 있으며, 온 나라의 백성을 모두 배양하더라도 오히려 부족할 지경인데 하물며 그 10에 8, 9는 버리고 있습니다. 소민(小民)은 버려진 자이고 중인(中人)은 버려진 자입니다. 서관(西關)[46]과 북관(北關)[47]은 버려진 자이고 해서(海西)[48]와 송경(松京)[49]과 심도(沁都)[50]는 버려진 자입니다. 관동(關東)과 호남(湖南)의 반(半)은 버려진 자이고 서얼(庶孼)은 버려진 자입니다. 북인(北人)과 남인(南人)은 버려진 자가 아닌데도 버려졌으니 버려지지 않은 자는 오직 벌열(閥閱) 수십가(數十家)뿐인데 그중에도 사고로 인하여 버려진 자가 또한 많습니다.[51]

다산의 말과 같이 벌열 수십가의 손에서 당시의 정치가 천단(擅斷)되었다.

---

46 평안도.
47 함경도.
48 황해도.
49 개성.
50 강화.
51 『전서』 I-9, 31b, 「通塞議」(1권 186면), "臣伏惟 人才之難得也久矣 盡一國之精英而拔擢之 猶懼不足 況棄其八九哉 盡一國之生靈而培養之 猶懼不興 況廢其八九哉 小民其棄也 中人其棄者也 西關北關其棄者也 海西松京沁都其棄者也 關東湖南之半其棄者也 庶孼其棄者也 北人南人 其不棄而猶棄者也 其不棄之者 唯閥閱數十家已矣 而其中因事見棄者 亦多."

위세도 당당한 수십가(數十家)에서
대대로 국록(國祿)을 먹어치우니

그들끼리 붕당이 나누어져서
엎치락뒤치락 죽이고 물고 뜯어

약한 놈 몸뚱인 강한 놈 밥이라
대여섯 호문(豪門)이 살아남아서

이들만이 경상(卿相) 되고
이들만이 악목(岳牧)[52] 되고

이들만이 후설(喉舌)[53] 되고
이들만이 이목(耳目)[54] 되고

이들만이 백관(百官) 되고
이들만이 옥사(獄事)를 감독하네[55]

落落數十家　　世世吞國祿

---

52 판서(判書)·감사(監司) 등.
53 승정원(承政院)의 관원.
54 감찰을 맡은 벼슬.
55 『전서』 I-5, 2a, 「夏日對酒」(1권 79면) 중에서.

就中析邦朋　殺伐互翻覆

弱肉强之食　豪門餘五六

以妓爲卿相　以妓爲岳牧

以妓司喉舌　以妓寄耳目

以妓爲庶官　以妓監庶獄

　이 벌열층(閥閱層)은 1623년의 계해반정(癸亥反正)과 1680년의 경신대출척(庚申大黜陟)을 계기로 '세습적·독점적 특수집권층'으로 굳어져 있었다.[56] 다산이 주로 비판한 대상은 국가요직을 거의 독점하다시피 하고 있던 이들 벌열층이었다. 그렇다고 해서 이 몇몇 벌열들을 타도하고 남인(南人)들이 집권하여 그 자리만 대신하자는 것은 아니었다. 모든 사람들이 동등한 권리와 동등한 기회를 가지고 평등하게 살 수 있는 사회를 건설하려는 것이 그의 목적이었다. 그렇게 하기 위해서 현실적으로 당장 장애가 되는 것을 공격해야만 했고 그 장애물이 바로 집권 벌열층이었던 것이다.

　이렇게 다산이 공격한 주 대상은 노론의 벌열층이었지만, 당쟁의 차원을 넘어서 그의 생각은 항상 국가의 이익과 직결되어 있었다.

　서민(西民)들 오랫동안 억눌려 지내

　십세(十世) 동안 벼슬길 막혀버려서

　겉모양 비록 공손하지만

---

56 이우성 「실학연구 서설」, 『한국의 역사상』, 창작과비평사 1982 참조.

가슴속엔 언제나 사무친 원한

지난번 일본놈들 쳐들어왔을 때
의병들 곳곳에서 일어났지만

서민 유독 팔짱 끼고 방관한 것은
진실로 그럴 만한 이유 있었지[57]

西民久掩抑　十世閡簪紳
外貌雖愿恭　腹中常輪囷
漆齒昔食國　義兵起踆踆
西民獨袖手　得反諒有因

이것은 평안도와 황해도 지방 사람들이, 자기네들이 받은 차별대우
를 국가에 어떤 형태로 되돌려주는가를 증언한 작품이다. 「여름날 술을
마시며(夏日對酒)」에는 또 신분제도의 모순으로 가난한 촌민(村民)의
아들과 호문(豪門)의 아들이 각각 타락해가는 과정이 곡진하게 묘사되
어 있다.

　　먼 시골 백성이 아들 하나 낳았는데
　　빼어난 기품이 난곡(鸞鵠)[58]과 같고

---

57 『전서』 I-5, 1b, 「夏日對酒」(1권 79면) 중에서.
58 난과 곡 두 새인데 훌륭한 인재에 비유된다.

그 아이 자라서 팔구세 되니
의지와 기상이 가을 대 같아

무릎 꿇고 아버지께 여쭙는 말이
"제가 이제 구경(九經)[59] 읽어

천명(千名)에 으뜸가는 경술(經術)을 지녔으니
혹시라도 홍문록(弘文錄)[60]에 오를 수 있나요?"

그 애비 하는 말 "너는 낮은 족속이라
너에게 계옥(啓沃)[61] 자리 주지 않으리"

"제가 이제 오석궁(五石弓) 당길 만하고
무예 익히기를 극곡(郤縠)[62] 같이 하였으니

바라건대 오영(五營)의 대장이 되어
말 앞에 대장 기(旗) 꽂으렵니다"

---

59 『역경(易經)』『시경(詩經)』『서경(書經)』『예기(禮記)』『효경(孝經)』『춘추(春秋)』
『논어(論語)』『맹자(孟子)』『주례(周禮)』.
60 홍문관(弘文館)의 교리(敎理)·수찬(修撰)을 천거 임명하는 기록.
61 정승 등 높은 벼슬을 가리킨다.
62 중국 춘추시대 진(晋)나라 사람으로 문공(文公)에게 발탁되어 대장이 되었다.

그 애비 하는 말 "너는 낮은 족속이라
대장 수레 타는 걸 허락지 않으리"

"제가 이제 관리 일을 공부했으니
위로는 공수(龔遂) 황패(黃覇)⁶³ 이어받아서

마땅히 군부(郡符)를 허리에 차고
종신토록 고량진미 실컷 먹으렵니다"

그 애비 하는 말 "너는 낮은 족속이라
순리(循吏) 혹리(酷吏) 너에겐 상관없는 일"

이 말 듣고 그 아이 발끈 노하여
책이랑 활이랑 던져버리고

저포(摴蒲)놀이 강패(江牌)놀이
마조(馬弔)놀이 축국(蹴鞠)놀이에

허랑하고 방탕해 재목 되지 못하고
늙어선 촌구석에 묻혀버리네⁶⁴

---

63 중국 한(漢)나라 때의 훌륭한 지방장관들.
64 『전서』 I-5, 2b, 「夏日對酒」(I권 79면) 중에서.

退氓産一兒　俊邁停鸑鵠

兒生八九歳　氣志如秋竹

長跪問家翁　兒今九經讀

經術冠千人　倘入弘文錄

翁云汝族卑　不令資啓沃

兒今挽五石　習戎如郤縠

庶爲五營帥　馬前樹旗纛

翁云汝族卑　不許乘笠轂

兒今學吏事　上可龔黃續

應須佩郡符　終身厭粱肉

翁云汝族卑　不管循與酷

兒乃勃發怒　投書毁弓韣

摴蒲與江牌　馬弔將蹴鞠

荒嬉不成材　老悖沈鄕曲

　권력권(權力圈)에서 소외된 평민의 자제들은 이렇게 해서 타락하게
되고 호문(豪門)의 자제들 또한 다른 이유로 타락한다.

　　권세 있는 가문에서 아들 하나 낳았는데
　　사납고 교만하기 기록(驥騄)과 같아

　　그 아이 자라서 팔구세 되니
　　찬란하다, 입고 있는 아름다운 옷

객(客)이 말하길 "걱정하지 말아라
너의 집은 하늘이 복 내린 집이고

너의 관직 하늘이 정해놓아서
청관(淸官) 요직(要職) 맘대로 할 수 있는데

부질없이 힘들여 애를 써가며
매일같이 글 읽는 일 할 필요 없네

때가 되면 저절로 좋은 벼슬 생기는데
편지 한장 쓸 줄 알면 그로 족하리"

그 아이 이 말 듣고 뛸 듯이 기뻐하며
다시는 서책을 보지도 않고

마조(馬弔)놀이 강패(江牌)놀이
장기두기 쌍륙(雙陸)치기에

허랑하고 방탕하여 재목 되지 못하건만
높은 벼슬 차례로 밟아 오르네

일찍이 먹줄 한번 퉁기지 않았는데
어찌하여 큰 집 지을 재목이 될까보냐[65]

豪門産一兒　桀驁如驥騄

兒生八九歲　粲粲被姣服

客云汝勿憂　汝家天所福

汝爵天所定　淸要唯所欲

不須枉勞苦　績文如課督

時來自好官　札翰斯爲足

兒乃躍然喜　不復窺書簏

馬弔將江牌　象棋與雙陸

荒嬉不成材　節次躋金玉

繩墨未曾施　寧爲大廈木

이 시를 포함하여 신분제도를 소재로 한 다산의 시들은, '호문(豪門)의 자제들은 어떻게 해서 놀면서도 출세하는가', '서민의 자제들은 재주가 뛰어나고 공부를 많이 했는데도 왜 출세할 수 없는가'에 대한 생생한 증언이며, 나아가서 '호문의 자제와 서민의 자제들이 각각 제 나름대로 제도의 결함 때문에 어떤 형태로 타락해가는가', 그래서 '국가적인 차원에서 그 손실이 얼마나 큰 것인가' 하는 문제를 시로 형상화한 것이다.

---

65 같은 책 같은 곳.

제3장
다산의 자연시

1. 자연의 개념

자연을 소재로 한 시는 우리나라 한시의 주류를 이룬다. 다산도 예외가 아니어서 그는 자연을 읊은 시를 많이 남기고 있다. 그러나 종래의 자연시와 다산의 자연시와는 상당한 거리가 있다. 그것은 그의 자연관이 종래의 그것과 다르기 때문이다. 이 장(章)에서는 다산의 자연관이 다산 이전 또는 동시대의 다른 시인들의 자연관과 어떻게 다른 것이며 또 그것이 각각 어떻게 시로 형상화되었는가를 밝히고자 한다.

먼저 인간·사회·자연·세계 상호 간의 관계를 밝힘으로써 자연의 개념을 막연하게나마 규정해보기로 한다. 세계는 사회와 자연으로 이루어져 있다. 사회는 인간이 만들었고 인간이 중심으로 되어 있는 인간사회이다. 인간이 지구상에 생겨나기 전엔 세계가 곧 자연이었기 때문에 자연이라는 개념을 별도로 설정할 필요가 없다. 인간이 지구상에 거주하기 시작한 최초의 단계에서도 사정은 마찬가지다. 이 초기 단계에서 우리의 조상들은 다른 동물과 마찬가지로 자연의 일부를 이루며 살았다. 백곰이 추운 지방에서만 살 수 있고 코끼리가 열대지방에서만 살수 있듯이 우리의 조상들도 자연력(自然力)의 지배를 받으면서 살고 있었다.

'자연(自然)'이라는 말이 의미를 갖기 시작한 것은 인간이 자연력의 지배를 벗어나서 씨족 또는 부족 단위로 집단을 이루며 살기 시작한 때부터이다. 인간이 자연의 힘에 순응만 하지 않고 자연과의 끈질긴 투쟁을 통해 자연을 인간에게 편리하도록 개조함에 이르러서 비로소 인간은 사회를 구성했고 자연은 인간에 의해서 개변(改變)되어야 할 의미를 획득했다. 다시 말하면 인간의 손이 독립되고 그 독립된 손으로 여러가지 도구를 만들고 그렇게 함으로써 자연을 소재로 하여 생존을 위한 여러가지 활동을 벌일 수 있는 단계, 즉 자연계의 지배원리인 '먹이의 사슬'로부터 인간이 벗어나는 단계에서 사회가 형성되었다. 그리고 이때부터 자연은 독자적인 의미를 지니고 인간사회와 대립적인 관계에 놓이게 되었다.

그러나 자연이 사회와 대립적인 관계에 놓여 있다고 해서 자연과 사회가 전혀 이질적인 별개의 것은 아니다. 세계가 창조되고 자연이 진화되어온 일정한 단계에서 인간이 나타났고 또 그로부터 상당한 기간이 지난 후에 인간사회가 출현한 만큼, 자연은 사회 성립의 전제가 되며 해당 사회의 성격을 규정하는 요인이 되었다. 이것은 지형적인 여러 조건과 기후 등이 인간사회에 미치는 영향을 보아도 알 수 있는 일이다. 그렇다고 해서 인간사회가 전적으로 자연적인 조건의 제약을 받는 것은 아니다. 인간이 최초로 '먹이의 사슬'에서 벗어났을 때도 그랬고 그 후에도 그랬던 것처럼 인간은 자연력의 지배를 벗어나기 위해서 자연과 투쟁해왔다. 그리고 이 투쟁과정을 통해서 인간은 빛나는 승리를 거두어왔다. 이 투쟁은 현재도 일어나고 있으며 앞으로도 계속될 것이다. 그러므로 인간의 역사는 처음에는 자연의 일부로서 자연의 지배를 받고 있던 인간이 자연의 손아귀에서 벗어나려는 자연과의 투쟁과정이라고 말할 수 있다.

때로는 자연에 의해 정복당하기도 했지만 결과적으로 자연을 정복하면서 인간은 자연과 끊임없는 교호작용(交互作用)을 해왔다. 인간사회가 자연 속에, 그리고 자연 위에 성립해 있는 만큼 인간과 자연이 불가분의 관계에 놓이지 않을 수 없는 것이다. 그리고 이 관계는 실로 복잡하다. 인간이 자연을 정복한 정도에 따라서, 또 해당 사회의 성격에 따라서 인간이 자연과 가지는 교섭의 양태는 달랐다. 그러나 지금까지 진행되어온 인간의 역사를 살펴보건대 인간과 자연이 맺고 있는 가장 기본적인 관계는 인간의 생존을 위한 투쟁대상으로서의 관계이다. 인간이 터를 잡고 생활하는 자연, 인간생활을 영위하기 위하여 끝없이 투쟁해야 할 대상으로서의 자연, 인간의 기본적인 생활양식에 영향을 미치고 또 인간 활동에 의해서 부단히 개변되는 자연, 이것이 자연의 본래적인 모습이고 이런 의미에서 인간이 자연과 맺는 관계가 가장 기본적인 관계이다. 그러나 물론 이것이 전부는 아니다. 아름다운 자연의 산수는 인간을 위한 휴식처가 되고, 꽃피는 아침 달뜨는 저녁의 풍광은 인간의 정서를 순화해주기도 한다. 강은 물고기를 살게 해서 어부들이 낚시질 혹은 그물질을 할 수 있게 해주지만, 풍류객들이 기생들을 태우고 멋진 뱃놀이를 할 수 있게도 해준다.

인간이 생산을 매개로 해서 자연과 관계를 맺건, 유람하기 위해서 관계를 맺건 간에 인간의 모든 생활이 자연과 관계되지 않은 것이 없어서 인간과 자연은 마치 천〔布〕의 씨와 날같이 함께 짜여 있다.

2. 두개의 자연관

자연을 보는 관점은 크게 두가지로 나뉜다. 첫째는 자연 속에서 자연과 대결하면서 생활을 영위하는 사람들의 관점이고, 둘째는 자연과의 일정한 심미적(審美的) 관계를 유지하면서 자연을 주로 미적 관조의 대상으로 생각하는 사람들의 관점이다.[1] 배를 타고 고기를 잡아서 생활하는 어부들이 보는 강과, 기생들을 태우고 뱃놀이하는 자들이 바라보는 강은 위의 두가지 관점을 대표한다고 볼 수 있다.

자연을 아름다운 것으로 이해하고 또 자연을 아름답게 보려고 하는 것이 후자의 관점이다. 이 관점에서 보면 자연은 인간의 정서를 순화해주고 미적 쾌감을 충족해주는 대상으로 나타난다. 대부분의 문학작품에는(민요 등의 구비문학을 제외하고) 이런 관점에서 본 자연이 그려져 있다. 그리고 이런 관점에 서 있는 자들은 스스로 자기가 자연의 가장 친근한 벗이며 자연을 가장 잘 이해한다고 자부하는 것이 통례이다. 그러나 이들이 진정한 자연의 벗이라면 자연이 항상 아름답게만 보이지는 않을 것이다. 자연은 아름다울 때도 있고 아름답지 않을 때도 있기

---

1 윤성근 교수는 전자를 내부적 관점, 후자를 외부적 관점이라 부르고, 외부적 관점을 다시 유람자의 관점과 탐구자의 관점으로 나누어 설명한 바 있다.(「윤선도의 자연관」, 『문화비평』 통권 7·8호, 1970) 윤선도의 자연관을 예리하게 분석한 이 글에서 필자가 많은 도움을 얻었음을 밝혀둔다.

때문이다. 자연을 진정으로 이해하려면 있는 그대로의 자연을 전체적으로 보아야 한다. 그렇게 함으로써 자연이 인간과 맺고 있는 다면성과 복잡성에서 자연을 파악하는 일이 가능해지고 그럴 때에 비로소 우리는 참다운 의미에서 자연과 혈연관계를 맺었다고 말할 수 있다.

이렇게 볼 때 농민들이나 어부들이야말로 참다운 자연의 벗이다. 이들은 자연의 변화에 따라 울고 웃으며 자연 속에서 자연과 한 덩어리로 엉겨 있다. 그러므로 이들은 자연과 함께 숨 쉬는 자연의 진정한 벗인 셈이다. 그러나 생산에 직접 참여하지 않는 양반관료들에게는 자연이 아름답게만 보일 것이다. 홍수가 나거나 가뭄이 들거나 그들의 기본적인 생활은 그것에 의해서 별 영향을 받지 않기 때문이다. 이들에게 있어 자연은 치열한 투쟁이 전개되는 생산의 현장으로 파악된 것이 아니다. 그렇기 때문에 인간의 행동이나 생활과는 직접적인 관련이 없는 것처럼 자연을 대상화(對象化)해서 그 속에서 아름다운 것만을 주관적으로 추출해낸다. 그리고 이렇게 해서 추출해낸 것을 자연의 전부라고 생각한다. 자연의 일부만 보고 그것을 전체로 착각하고 있는 것이다. 그러므로 이들은 의식적이건 무의식적이건 자연을 미화함으로써 자연의 참모습을 왜곡하고 있다.

이런 관점에 서 있는 자들의 작품에 그려진 자연은 말하자면 그들의 주관에 의해서 윤색된 자연이다. 중요한 점은 이들이 윤색해서 그리는 것이 자연에만 국한되어 있지 않다는 사실이다. 자기가 그리려는 대상의 본질을 파악하는 능력이 없거나, 능력이 있더라도 어떤 이유에서건 고의로 대상을 왜곡하고 윤색하기 때문에 이들이 묘사의 대상으로 선택한 것은 모두 왜곡될 위험성을 지니고 있다. 예를 들어보자.

(1) 어린 제비, 우는 비둘기 마을 풍경 한가한데
곽희(郭熙)가 아득히 봄 산을 그렸는가.

냇가엔 땅버들 울 너머엔 살구꽃
누른 띠 집 팔구칸이 새 단장 하고 있네[2]

乳燕鳴鳩村景閑 郭熙平遠畫春山
臥溪楊柳壓籬杏 粧點黃茅八九間

(2) 작은 마을 산기슭에 의지해 있고
황폐한 옛 성이 바닷물에 씻기네

흙비 내려 큰 나무들 침침한 모습
비 머금은 섬 구름 더 높이 떴네

빈 장터엔 까막까치 요란스레 날아들고
다리엔 조개 소라 다닥다닥 붙어 있네

요즈음 어세(漁稅)가 너무 무거워
사는 것이 날마다 서글프기만[3]

---

2 『警修堂全藁』 권47, 「尋花五絶句」 其二(『申緯全集』 제3집, 孫八洲 編, 태학사 1983, 1140면).
3 『전서』 I-1, 11a, 「暮次光陽」(1권 6면).

小聚依山坂　荒城逼海潮

漲霾官樹暗　含雨島雲驕

烏鵲爭虛市　蠬螺疊小橋

邇來漁稅重　生理日蕭條

　(1)은 자하(紫霞) 신위(申緯, 1769~1845)의 시이고 (2)는 다산의 시인데 자하는 아름다운 시골 풍경을 그렸고 다산은 쓸쓸한 농촌을 그렸다. 자하의 시에 그려진 마을은 그의 시구에서와 같이 곽희(郭熙)의 산수화(山水畫)처럼 아름답고 평화롭기만 하다. 반면에 다산이 그린 어촌은 결코 평화로운 마을이 아니다. 황폐한 성과 흙비와 어두운 나무들, 그리고 까막까치 등의 어휘가 나타내는 바와 같이 어딘지 쓸쓸하고 음산한 분위기가 감도는 마을이다. 이 음산한 분위기는 마지막 연의 어세(漁稅) 이야기와 서로 조응된다. 거의 같은 시대를 살았던 두 사람의 자연관이 어떻게 해서 이렇게 다른가? 자하는 자기가 본 아름다운 마을을 아름답게 그린 것이고 다산은 우연히 방문한 어촌의 풍경을 자기가 본 대로 쓸쓸하게 그렸다고 말하는 것으로 문제가 해결되지 않는다.

　우선 주제의 선택에서 두 사람의 차이가 드러난다. 작품의 주제는, 작가에 의해 인생 속에서 선택되고 묘사되는 생활현상을 가리킨다. 이렇게 해서 선택된 주제가, 사회생활의 가장 중요하고 본질적인 측면을 얼마나 더 많이 개괄하느냐에 따라서 그 작품의 위대성 또는 예술성이 결정된다. 자하가 살았던 이조후기 사회의 '가장 중요하고 본질적인 측면'은 살구꽃이 곱게 피어 있는 목가적인 전원 풍경도 아니고 가난하지만 만족하게 살아가는 시골의 소박한 농부가 아름다운 자연 속에서 일하는 모습도 아니다. 생산에 직접 종사하고 있는 일반 백성들의 궁핍화 현상이 당시의 가장 절실한 현실이었다. 자하의 시는 당시의 농촌을 목가화(牧歌化)함으로써 '사회생활의 가장 중요하고 본질적인 측면'을 개괄화하는 데 실패했다.

또 자연을 소재로 한 자하의 시에는 대부분의 경우 인간이 등장하지 않는다. 등장하더라도 인간은 자연의 아름다움을 보조하기 위한 장식물에 불과하다. 그는 자연을 완전히 대상화해서 그 속에 살고 있는 인간과는 관계가 없는 것처럼 그리고 있다. 자연 속에 살고 있고 자연과 끊임없는 교호작용을 하고 있는 인간을 배제한 채 자연을 그린다는 것은 그가 자연과 일정한 거리를 유지한다는 뜻이다. 자연과 일정한 거리를 유지하면서 자연을 바라볼 땐 자연이 아름답게 보이기 쉬운 법이다. 말하자면 자연의 외부에 서서 자연을 관조하는 입장이다. 그러나 인간은 자연의 외부에 설 수가 없다. 인간이 살고 있는 사회가 자연 속에 존재하기 때문이다. 이렇게 자연의 바깥에 설 수 없으면서도 자연과 일정한 거리를 유지한다는 것은 관념 속에서만 가능한 일이다. 주관적인 관념의 여과를 거친 대상은 자연이거나 아니거나를 막론하고 왜곡되고 윤색되기가 쉽다. 그리고 이러한 경우엔 '나'와 자연만 있지 '우리'와 자연은 존재하지 않는다. 관념이란 언제나 '나의 관념'이지 '우리의 관념'이란 있을 수 없는 것이다. 나의 주관을 벗어나 '우리'의 입장에 설 때에는 벌써 주관을 떠나 생생한 객관성을 획득하게 된다.

3. 명철보신(明哲保身)과 천석고황(泉石膏盲)

자연의 외부에 서서 자연을 아름다운 것으로 관념화한 것은 대부분의 이조 사대부들이 명철보신(明哲保身)을 위해서 자연을 찾았다는 데에 그 원인이 있다. 이조 전 시기를 통해서 끊임없이 계속된 당쟁의 회오리를 벗어나기 위하여 이들은 '명철보신'과 '천석고황(泉石膏肓)'을 앞세우고 자연에 들었던 것이다. 이들은 정말 자연을 사랑해서가 아니라 정치적 패배로 인한 귀향을 합리화하고 패배의 쓰라림을 보상받기 위해서 자연을 찾았다. 또 명철보신과 천석고황을 현실도피로 생각지 않고 청풍고취(淸風高趣)로 높이 평가한 당시의 사회적 풍조도 이들의 도피행각을 합리화하는 데 한몫을 차지했다.[4] 즉 천석고황을 표방하고 자연으로 돌아가 자연과 벗하여 유유자적하게 노는 일이 사대부로서 지향해야 할 이상적인 몸가짐인 것처럼 잘못 생각되었던 것이다. 명철보신 또한 조금도 부끄러울 것 없는 떳떳한 일로 생각되었다. 이제 이 명철보신의 반사회성과 천석고황의 허구성을 밝힘으로써 이들의 잘못된 자연관의 근거에 대한 단서를 잡아볼까 한다.

명철보신이란 말은 『시경(詩經)』 「대아(大雅)」 증민(烝民) 편에 나오는 "旣明且哲 以保基身"에서 따온 것인데, 주(周)나라 선왕(宣王)의 대신이었던 중산보(仲山甫)의 덕행을 기린 시의 한 구절이다. 관련된 시구를 인용하면 다음과 같다.

엄하신 왕명(王命)을 중산보(仲山甫)가 관장하고
국가의 흥망을 중산보가 밝히네
밝고도 어질게 자기 몸을 보존하여

---

4 최진원 「자연과 인간 존재」, 『한국사상대계』 I, 성균관대학교 대동문화연구원 1973 참조.

이른 아침 늦은 저녁 한결같이 임금 섬기네

肅肅王命　仲山甫將之
邦國若否　仲山甫明之
旣明且哲　以保其身
夙夜匪懈　以事一人

　이 시에서 보는 바와 같이 중산보(仲山甫)가 명철보신한 것은 그렇게
함으로써 임금을 더욱 잘 섬기기 위해서였다. 그런데 이조 사대부들은
이 말을 아전인수 격으로 해석하여 형세가 불리할 때 현실을 이탈하여
자기 한 몸을 보존하기 위한 명분으로 삼았던 것이다. 이 같은 사실은
같은 시의 다음 구절을 보면 더욱 분명해진다.

　옛말에 일렀네
　"부드러우면 삼키고
　딱딱하면 뱉으라"고
　그러나 중산보(仲山甫)
　부드럽다고 삼키지 않고
　딱딱하다고 뱉지 않네
　홀아비 과부라고 버리지 않고
　횡포하고 힘세다 두려워 않네

人亦有言　柔則茹之
剛則吐之　維仲山甫

柔亦不茹　　剛亦不吐

不侮矜寡　　不畏彊禦

즉 중산보는 부드러운 것만 먹지는 않았고 딱딱하다고 해서 다 뱉지 않았다. 정계(政界)에서의 처신이 순조로울 때에는 임금 곁에 나아가 나라와 백성을 사랑하는 체하고 그렇지 못할 때에는 명철보신을 앞세워 현실을 도피하는 것은 결코 증민(蒸民) 편의 본뜻이 아니다. 다산은 이와 같이 비겁한 태도를 통렬히 비난한다.

> 명철보신(明哲保身) 네 글자는 지금에 와서 세상을 망치는 조짐이 되어버렸다. (…) 선악을 분별하는 것이 명(明)이요, 시비를 분별하는 것이 철(哲)이요, 어리고 약한 자를 부지(扶持)하는 것이 보(保)이다. (…) 대신(大臣)의 직분은 사람으로서 임금을 섬기는 것이므로 선악을 밝게 분별하여 현명한 선비를 천거하고, 시비를 밝게 분별하여 뛰어난 인재를 발탁하며 이에 현명한 선비와 뛰어난 인재로서 내 몸을 부지(扶持)하고, 내 몸을 부지함으로써 한 사람(임금-필자)을 섬기는 것이니 이것이 대신(大臣)의 직분이다.[5]

다산은 또다른 글에서도

> 『시경(詩經)』에 "旣明且哲 以保其身"이라 한 것은, 중산보가 밝게

---

5 『전서』 I-20, 32b, 「答金德叟」(1권 433면), "明哲保身四字 於今爲敗世之元符 (…) 辨別善惡曰明 辨別是非曰哲 扶持幼弱曰保 (…) 大臣之義 以人事君 故明辨善惡 以進賢士 明別是非 以拔俊乂 於是 以此賢俊 扶持我身 扶持我身 以事一人 此大臣之職也."

사람을 볼 줄 알아서(『서경書經』에 사람을 볼 줄 알면 철哲하다고 했다) 현명하고 뛰어난 자를 가려 뽑아 그들을 관리로 삼아 자기를 보좌하게 해서 자기가 넘어지거나 실패하지 않도록 한 것을 말함이다.[6]

라고 하여 중산보가 보신(保身)한 것은 임금을 보좌하기 위해서라는 점을 밝히고 있다. 결국 다산은 이 글에서 사대부들의 위선적인 생활태도와 안이한 현실도피 사상을 공박한 것이다. 현실 속에서 현실과 부딪치면서 현실의 문제들을 해결해나가야 하는 것이 사대부의 올바른 자세이지, 어떤 이유로든 현실을 떠나서는 안 된다는 것이 다산의 생각이다. 또한 현실을 추하다고 여겨 현실로부터 멀찍이 물러나 있는 자들을 높이 받드는 풍조도 다산은 매우 못마땅하게 생각했다. 그의 시에서도 이 점을 신랄하게 비꼬고 있다.

인삼이 원래는 산속 풀인데
지금은 사람들이 밭에 기르니

사람 힘에 의지하여 자라나지만
본 성질은 사람 몸을 보양하는 것

닭과 오리가 귀천이 다르건대
사람과 가까워 업신여김 같이 받네

---

6 『與猶堂全書補遺』3, 경인문화사 1974, 317면, "詩云旣明且哲 以保其身 謂仲山甫明而知人(書云知人則哲) 薦拔賢俊 以爲僚佐 以自佐其身 持之輔之 俾勿顚也."

134

하늘을 찌를 듯이 높은 산속이라도
산삼을 기르는 건 한 줌 흙일 뿐

대지의 정기가 땅 속에 가득한데
어찌 유독 시골 밭만 정기가 없으리요

오곡(五穀)도 백초(百草) 속에 섞여 있다가
세월이 흘러서 사람이 재배한 것

대성(臺省)에선 어진 인재 돌보지 않고
산림 속에 노둔한 자 찾고만 있네[7]

人蔘本山草　今人種園圃
生成雖藉人　天性亦滋補
雞鶩異貴賤　狃暗蓋受侮
崇山摩穹蒼　所養一拳土
大塊蒸精液　詎獨遺村塢
五穀混百草　世降爲人樹
臺省遺材賢　山林訪愚魯

　인삼이나 산삼이나 사람의 몸을 보양하기는 마찬가지인데, 깊은 산

7 『전서』 I-2, 25a, 「古詩二十四首」 제16수(1권 34면).

속에서 자라는 산삼이 밭에서 재배하는 인삼보다 더 좋은 줄로 착각하는 것과 같이, 산림 속에서 고고한 체하는 무능한 선비를 더 훌륭하게 여기는 세태를 풍자한 시이다.

명철보신의 방편으로 자연에 들면서 그들이 내세운 구호는 '천석고황(泉石膏肓)'이었다. 그들은 "성벽(性癖)이 본래 산수에 있었다"[8]라든가, "강호(江湖)에 병이 깊었다"[9]라든가, "창주오도(滄洲吾道)를 네브터 닐런더라"[10]고 외치면서 자기의 도피를 합리화하고 미화했다. 그러나 이들이 내세운 구호와 실제 생각과는 상당한 거리가 있었다. 이미 여러 사람들이 지적한 바이지만 "강호에 병이 깊어 죽림(竹林)에 누웠"다가도 정치적 진출의 기회가 오면 천석고황이 금방 나아서 성은(聖恩)의 망극함을 기리며 자연을 박차고 나가는 것이 이들의 실상이었다. 그러므로 이들은 현실을 완전히 벗어난 것도 아니고 자연에 완전히 몰입한 것도 아닌 어중간한 상태에 있었다. 몸이 자연에 있으면서도 마음은 사회에 가 있었기 때문에 떠나온 현실을 철저히 부정한 것도 아니고, 자연을 철저히 이해한 것도 아니다. 현실과 대결해서 현실을 올바르게 파악하려는 적극적인 의지가 없이 명철보신을 위해서 자연에 돌아갔기 때문에 그들에게 있어서 현실은 언제나 돌아가고 싶은 곳이었다. 최진원(崔珍源) 교수는 이 점을 예리하게 지적하고 있다.

이렇게 볼 때 귀거래(歸去來)는 비록 도피이기는 하지마는 완전한

8 尹善道『孤山遺稿』권5, 下, 68a, 「供辭」(『李朝名賢集』3, 성균관대학교 대동문화연구원 1973, 772면), "身平生性癖素在山水."

9 鄭澈「關東別曲」.

10 尹善道, 앞의 책 권6, 下, 別集, 14a, 「漁父四時詞」冬詞 9(『李朝名賢集』3, 810면).

도피는 아니다. 왜냐하면 현실과 손을 끊고 홀로의 잠김을 여하히 표방한다 하더라도 결국은 그렇지 못하고 강호와 현실의 두 세계에 다리를 걸쳤으니, 이러고서야 어찌 완전한 도피가 될 수 있겠는가. 완전한 도피는 현실을 부정하는 데서 나오는 것이다. 그러나 그것은 조선 양반에게는 불가능하였다. 그들은 현실이 여하히 불만스러워도 그것을 부정할 수는 없었다. 그들은 봉건체제인 '피라미드' 속의 돌로 만족하였다. (…) 그러나 그들에게는 피라미드의 현실은 부정의 대상이 아니었다. 그것은 어디까지든지 긍정적인 대상이었다.[11]

그들에게 있어 현실은 이렇듯 긍정적인 대상이었기 때문에 언젠가는 돌아가야 한다는 생각이 그들을 떠나지 않았다. 언제일지는 모르지만 다시 돌아갈 때까지 — 영원히 돌아가지 못하기도 하지만 — 임시로 머무는 곳이 자연이다. 그러므로 자연은 대피소요 안식처다. 대피소·안식처로 생각하기 때문에 그들은 자연을 아름답게 보려고 한다. 싸움이 있고 쓰라린 패배가 있는 현실사회와는 전혀 이질적인 별개의 세계, 언제나 살구꽃이 피어 있고 초원엔 송아지들이 평화롭게 놀고 있는 선경(仙景)이 바로 자연이라고 생각한다.

그러나 앞서 말한 바와 같이 사회와 자연은 이질적인 별개가 아니고 극히 복잡한 관계 속에 얽혀 상호 영향을 미치면서 함께 세계를 구성하고 있다. 인간은 자연의 바깥에 설 수 없듯이 사회의 바깥에 따로 설 수 없다. 이렇게 분리할 수 없는 사회와 자연을 분리해놓고 바라본 자연이 자연의 참모습일 수 없다. 관념의 여과를 거친 자연이다. 그들이 실제로

---

11 최진원, 앞의 글 230면.

는 자연 속에 있지만 그들의 눈에 비친 자연은 그들이 마음속으로 만든 주관적인 자연이지 진짜 자연이 아니다. 자연에서 위안을 받기 위하여 사회에서 왔기 때문에 그들은 자연을 자기에게 편리하도록, 즉 아름답게 윤색해버린다. 그렇기 때문에 이들의 시에는, 완전히 벗어날 수 없는 사회로부터 벗어난 것처럼 보이려는 관념 속의 노력과, 반드시 아름답지만은 않은 자연을 아름답게 보려는 관념 속의 흔적이 함께 표현되어 있다. 고산(孤山) 윤선도(尹善道)의 「어부사시사(漁父四時詞)」[12]는 이러한 논의에 대한 적절한 예를 제공해준다.

취(醉)ᄒ야 누엇다가 여흘아래 ᄂ리려다
락홍(落紅)이 흘러오니 도원(桃源)이 갓갑도다
인세홍딘(人世紅塵)이 언메나 ᄀ렷ᄂ니 (춘春·8)

슈국(水國)의 ᄀ올 히드니 고기마다 슬져인다
만경딩파(萬頃澄波)의 슬ᄏ지 용여(容與)ᄒ쟈
인간(人間)을 도라보니 머도록 더옥 됴타 (추秋·2)

간밤의 눈 갠 후에 경믈(景物)이 달랃고야
압희ᄂ 만경류리(萬頃琉璃) 뒤희ᄂ 쳔텹옥산(千疊玉山)
션계(仙界)ㄴ가 블계(佛界)ㄴ가 인간(人間)이 아니로다 (동冬·4)

믉ᄀ의 외로온 솔 혼자 어이 싁싁ᄒ고

---

12 尹善道, 앞의 책 권6, 下, 別集, 6a, 「漁父四時詞」(『李朝名賢集』 3, 806면).

머흔 구룸 흔(恨)티 마라 셰샹(世上)을 ᄀ리온다
파랑셩(波浪聲)을 염(厭)티 마라 딘훤(塵喧)을 막ᄂ 또다 (동冬·8)

고산(孤山)은 이 시에서 그가 거처하는 부용동(芙蓉洞)의 자연을 인간세상이 아닌 선계(仙界)로 그려놓고 있다. 봄에는 낙홍(落紅)이 흘러와서 도원(桃源) 같고(춘·8), 겨울에는 눈이 모든 걸 덮어주어서 선계와 같다(추·2). 봄은 봄대로 좋고 겨울은 겨울대로 좋은 것이다. 그러나 이것은 고산이 부용동을 선계로 보고 싶어한 희원(希願)의 표현이지 그곳이 정말 선계가 아님은 분명하다. "인간을 도라보니 머도록 더옥 됴타"(추·2)라는 표현은 멀어질 수 없는 인간을 멀리하고 싶은 고산의 몸부림이다. 그러므로 인간세상은 모두가 더러운 곳이고 자연은 모두가 아름다워야 한다. 그렇기 때문에 "머흔 구룸"도 세상을 가리어서 좋고, "파랑셩(波浪聲)"도 진훤(塵喧)을 막아주어서 좋은 것이다(동·8). 부용동의 자연은 아름답지 않은 것이 하나도 없다. 말하자면 정치에서의 패배, 인간세상에서 당한 쓰라림을 아름다운 자연에 들어가 주관적으로 보상받으려는 일종의 사위행위를 통해 자연의 모든 것을 미화한 것이라 볼 수 있다. 모든 자위행위에서는 대상과의 직접적인 교섭이 없고 자기 혼자만의 관념 속에서 모든 것이 처리된다. 고산의 경우, 자연과 직접적인 접촉을 하지 않고 관념을 매개로 해서 자연과 접촉을 하기 때문에 그는 자연과 살아 있는 생명적인 관계, 혈연관계를 맺지 못한다.

이렇게 관념의 여과를 거쳐 대상을 바라봄으로써 대상과의 직접적인 교섭을 하지 못하고 따라서 대상을 주관적으로 왜곡하는 일은 조선 사대부들의 일반적인 경향이었다. 비단 자연의 경우뿐만 아니라 생활의 모든 면에서 그들은 관념적인 사고를 했던 것 같다. 그 하나의 예로 '가난'의 문제만 해도 그렇다.

이 몸이 쓸 듸 업셔 성상(聖上)이 바리시니
부귀(富貴)를 하직(下直)하고 빈천(貧賤)을 낙(樂)을 삼아
수간모옥(數間茅屋)을 산수간(山水間)에 지어두고
삼순구식(三旬九食)을 먹그나 못 먹그나
십년일관(十年一冠)을 쓰거나 못 쓰거나
분별(分別)이 없셔시니 시비(是非)를 뉘 알손야[13]

작자 미상의 가사(歌辭) 「낙빈가(樂貧歌)」의 처음 부분인데 작자가 한때는 사환생활을 했던 양반관료였음에 틀림없다. 그가 어떠한 이유로 정계에서 밀려났는지는 모르지만 밀려난 후의 자기 생활에 대한 이야기는 변명처럼 들린다. "삼순구식(三旬九食)"이나 "십년일관(十年一冠)"이 비록 과장된 표현이긴 하지만, 과장된 표현이란 걸 인정하더라도 관념적이란 비난을 면하기 어렵다. 실제로 삼순구식을 할 정도의 가난한 처지에 있었건 있지 않았건 간에 이야기는 마찬가지다. 실제로 그렇게 가난했다면 이런 노래를 부를 여유가 없었을 것이고, 가난하지 않았는데도 이런 노래를 불렀다면 그것은 거짓말이었을 것이기 때문이다. 그러므로 이 가사의 작자는 어느 경우이건 사실을 사실대로 말하지 않고 사실을 관념화하고 있는 것이다. 다산의 다음과 같은 시는 이와 좋은 대조가 된다.

---

13 김성배 외 『註解 歌辭文學全集』, 정연사 1961, 280면.

안빈낙도(安貧樂道)하리라 작정했지만
막상 가난하니 그게 안 되네

마누라 한숨소리에 낯빛을 잃고
굶주리는 자식에게 엄한 교육 못하겠네

꽃과 나무 모두 다 생기를 잃고
책 읽어도 글을 써도 시들하기만[14]

請事安貧語　貧來却未安
妻咨文采屈　兒餒敎規寬
花木渾蕭颯　詩書摠汗漫

　가난을 관념화하지 않고 사실대로 받아들이고 있다. 평소엔 안빈(安
貧)하리라 마음먹었지만 막상 가난하고 보니 안빈낙도하기가 어렵다는
이야기다. 그래서 꽃을 봐도 즐겁지 않고 책도 손에 잡히지 않는다. 얼
마나 솔직하고 현실적인 고백인가.「낙빈가」의 작자는, '천석고황'을 표
방함으로써 성상(聖上)에게 버림받은 쓰라림을 자위하려는 것이다.
　이 자위행위는 로런스(D. H. Lawrence)에 있어서는 관념을 매개로
한 사물인식으로 규정되고 있다. 성(性, sex)적인 의미에서 자위행위(마
스터베이션)는 육체와 육체의 직접적인 교섭이 아니고 관념 속의 육체
와의 가상적 교섭이기 때문에 '나'와 대상[異性]과는 관념을 매개로 해

---

14 『전서』 1-2, 18b, 「歎貧」(1권 30면) 중에서.

서만 관계를 맺게 된다. 그러므로 자위행위에서는 대상과 실제로 주고받는 교호작용이 없고 일방적으로 잃어버리는 일밖엔 없다.[15] 마찬가지로 예술가가 대상과의 직접적이고 생명적인 관계 속에서 대상을 파악하지 않고 대상과 자신 사이에 있는 관념에 따라 대상을 보는 것은, 결국 그것이 자신의 두뇌에 그려진 어떤 공식에 육체를 반응시킨다는 의미에서 일종의 수음(手淫)에 지나지 않는 것이다.[16] 로런스는 세잔의 예를 들어서 다음과 같이 말한다.

고흐의 대지만 하더라도 아직도 주관적인 대지, 다시 말해 거기에 화가 자신이 투사되어 있었던 것이다. 그러나 세잔의 사과야말로 거기에 아무런 개인적인 감정도 스며들게 하지 않고 사과가 그것대로의 독립된 실체로서 존재하도록 내버려두려는 진정한 시도였던 것이다. 세잔의 위대한 노력은, 말하자면 사과를 자기로부터 밀어제쳐버려서 그것으로 하여금 스스로 살게 해주려는 것이었다. (…) 세잔은 문득 정신의 독재(獨裁)를, 저 창백하고 바랜 정서의 교만을, 정신적 의식에 갇힌 자아의 독재를 느꼈다. 그러자 하나의 커다란 갈등이 그의 내면에서 비롯되었다. 그는 자기의 해묵은 두뇌적 의식에 의해 지배되어 있었으나, 그러한 지배를 벗어나기를 열렬하게 원하게 되었다.[17]

---

15 D. H. Lawrence, "Pornography and Obscenity"(Phoenix 所收, A Viking Compass Book) 참조.

16 D. H. Lawrence, "Introduction to His Paintings"(「세잔과 상투형」, 김종철 역, 『예술의 창조』, 태극출판사 1974, 144~45면) 참조.

17 주 16과 같음.

관념의 울타리를 벗어나, 즉 자위행위적인 의식에서 벗어나, 대상과 살아 있는 관계를 맺음으로써 대상을 있는 그대로 파악하려 한 세잔의 노력을 높이 평가한 것이다. 뿐만 아니라 로런스는, 대상과의 직접적 교섭을 차단하고 관념적 사물인식을 조장한 일등공신을 플라톤이라 단정하고 플라톤 이래의 서구문명 전체가 이 자위행위의 해독으로 병들어 있다고 주장한다.[18] 로런스 이야기를 장황하게 늘어놓은 것은 대상의 관념화가 얼마나 그릇된 것이며 또 그것이 문화 전반에 얼마나 커다란 해독을 끼치는가에 관한 시사를 얻고자 함에서다.

4. 다산의 자연관

다산은 자연을 관념화하지 않고 전체적으로 바라본다. 그의 시에 그려진 자연은 아름다운 자연만이 아니다. 다산의 자연은 '나'를 포함한 '우리'가 생활하는 지연이며, 우리의 생활을 가능케 해주는 생산의 현장으로서의 자연이고 삶의 애환이 스며 있는 자연이다.

  온갖 나무 우거져 큰길을 굽어보고
  역루(驛樓) 가까이엔 꽃다운 연못 하나

  얼굴 비친 봄물은 아득히 멀고

---

18 주 16과 같음.

늦구름 제 뜻대로 두둥실 떴네

대나무 울창해 말달리기 어렵지만
연꽃 피어 뱃놀이 제격이구나

위대할손 관개(灌漑)의 힘
일천 이랑 논들이 넘실넘실 출렁이네[19]

雜樹臨官道　芳池近驛樓
照顔春水遠　隨意晚雲浮
竹密妨行馬　荷開合汎舟
弘哉灌漑力　千畝得油油

　연꽃이 아름답게 피어 있는 저수지를 지나면서 다산은 뱃놀이하기
좋겠다는 생각과 함께, 넓은 들판에 물을 대서 곡식을 자라게 할 수 있
는 관개(灌漑)의 힘, 인간의 힘에 감탄하고 있다.

　푸른 시내 모래톱을 싸고도는 곳
　단청(丹靑)한 정자 하나 돌머리에 서 있네

　왕하(王賀)[20]의 직책 수행하러 여기 왔으나

---

19 『전서』 I-1, 8a, 「過景陽池」(1권 4면).
20 중국 한나라 무제(武帝) 때 수의어사(繡衣御史)를 지낸 사람. 그러므로 '왕하직(王
　賀職)'은 암행어사직을 말한다.

사공(謝公)[21]의 유람도 겸하고 있네

산골 집 지붕엔 눈이 아직 남았는데
쓸쓸한 연기 속에 배를 타고 내려오니

가난한 촌마을엔 수심이 서려
더 오래 머물 생각 나지를 않네[22]

碧澗銜沙觜　紅亭枕石頭
聊因王賀職　兼作謝公游
小雪依山屋　孤烟下峽舟
窮閭有愁歎　不敢戀淹留

이 시는 1794년 그가 암행어사로 경기도 연천(漣川)지방을 염찰(廉察)하면서 우화정(羽化亭)에 들러서 쓴 시다. 그의 「우화정기(羽化亭記)」[23]에 의하면 일찍이 허목(許穆)의 「우화정기(羽化亭記)」를 읽고 그 아름다움에 매료되어 몽매에도 잊지 못하던 곳이라고 한다. 그러다가 염찰길에 우화정을 방문해서 글로만 읽었던 절경을 직접 구경한 것이다. 그러나 이 아름다운 우화정에 들러서 다산이 본 것은 아름다운 경치만이 아니었다. 그 아름다운 자연엔 가난한 촌민들의 수심과 탄식이 함

21 중국 남조 송나라의 사령운(謝靈運). 그는 나막신을 신고 산수 간을 유람했다고 한다.
22 『전서』 I-2, 11b, 「登羽化亭」(1권 27면).
23 『전서』 I-14, 5a, 「羽化亭記」(1권 287면).

께 있었다. 그래서 오랫동안 머물면서 유람할 생각을 감히 하지 못하겠다는 것이다. 우화정 근처의 자연이 아름답지 않은 것은 아니나, 다산은 그것을 미적 관조의 대상으로만 보지 않았다. 주관적인 관념을 통해서 자연을 보는 것이 아니고 자연의 모습을 있는 그대로 보려 한 때문이다. 더구나 애초에 우화정을 찾은 것은 유람하기 위해서였다. 그럼에도 불구하고 그곳에서 아름다움에만 취하지 않은 것은 그가 자연의 바깥에 서 있지 않고 자연 속에서 자연과 직접적이고 생생한 관계를 맺고 있기 때문이다. '나' 개인과 자연과의 관계가 아니고 '우리'와 자연이 맺고 있는 복잡한 관계 속에서 자연을 볼 때 자연의 참모습이 드러나는 것이다. 그럴 때에 자연과 우리는 직접적이고 생명적인 관계를 맺는다. 또 그렇게 함으로써만 로런스적인 의미에서의 두뇌적 의식에서 벗어날 수 있고, '자연이 인간에게 어떤 의미를 가지는가?'를 올바르게 파악할 수 있다.

'자연이 인간에게 어떤 의미를 가지는가?'를 올바르게 파악하는 일은 매우 중요한 문제이다. 앞서 말한 바와 같이 자연의 진화과정의 일정한 단계에서 인간이 나타났고, 인간은 주위의 자연과 투쟁해서 인간이 생활하기에 편리하도록 자연을 개조하면서 사회를 형성해왔기 때문이다. 인간의 생활을 가능케 해주는 생산이 자연을 대상으로 해서 이루어져왔다. 생산은 자연에 인간의 노동력을 가해서 이루어진다. 그러므로 인간이 자연과 맺고 있는 가장 기본적이고 본질적인 관계는 생산을 매개로 한 관계이다. 미적 정서를 매개로 한 관계는 이차적이고 부차적인 관계이다.

이런 의미에서, 다산이 곡산부사(谷山府使) 시절에 근처의 수안금광(遂安金鑛)을 보고 읊은 시는 그의 자연관의 깊이와 폭을 알 수 있게 해준다.

> 언진산(彦眞山) 높은 곳에 홀곡(笏谷)은 깊어
> 골짝마다 온 산이 모두 다 황금이네
>
> 물 걸고 모래 이니 별같이 총총하게
> 오이씨 같은 사금(沙金)이 분분히 반짝이네
>
> 돈 나오는 구덩이 한번 파는데
> 천지가 그때마다 수척해지고
> 어지러운 도끼질에 산신령도 쪼개지네
>
> 아래론 황천(黃泉)까지 위로는 하늘까지
> 골짝 구멍 번쩍번쩍 지맥(地脈)이 끊어졌네
>
> 살과 힘줄 찢겨서 골짜기만 더 깊고
> 해골과 갈비뼈만 앙상하게 드러났네
>
> 산정(山精)은 울어대며 가지 끝에 앉아 있고
> 낮도깨비 나다니고 까마귀떼 울고 있네[24]
>
> 彦眞山高笏谷深　山根谷隱皆黃金

---

24 『전서』 I-3, 26a, 「笏谷行呈遂安守」(1권 54면).

淘沙盆水星朵現　瓜子麩粒紛昭森
利寶一鑿混沌瘠　快斧爭飛巨靈劈
下達黃泉上徹霄　洞穴睒睒絶地脉
筋膚齧蝕交谿谺　髑髏脊臎森杈枒
山精啾唧著樹杪　鬼魅晝騁多啼鴉

　이 시에 그려진 언진산의 자연은 찢기고 부서진 자연이다. 광부들의 도끼질에 천지[混沌]가 수척해지고 산신령[巨靈]도 쪼개어진다. 아름다운 언진산은 살과 힘줄을 물어 뜯겨서 해골처럼 야위고 지렁이 같은 갈비뼈만 앙상하게 드러난다. 요란스런 금 채굴(金採掘) 때문에 산정(山精)도 놀라 눈이 휘둥그레지고 대낮인데도 도깨비들이 영문 모르고 달아난다. 까마귀들도 덩달아 구슬피 울어댄다. 다산은 금 채굴로 상처받은 언진산의 모습을 성공적인 비유를 통해 매우 효과적으로 그리고 있다. 다산의 눈에 비친 언진산의 모습은 아름답지 않다. 그러나 아름다운 자연이 인간의 무자비한 도끼질에 찢기는 걸 보고 그가 감상적으로 슬퍼한 것은 아니다. 언제든지 우리가 즐길 수 있도록 자연을 잘 보존하고 가꾸자는 의미에서 자연의 파괴를 슬퍼한 것도 아니다. '자연보존 캠페인'과는 그 성격이 다른 것이다. 다산은 사설금점(私設金店)의 잠채행위(潛採行爲)가 당시 농민들에게 치명적인 타격을 준다고 판단했기 때문에 슬퍼했다. 이 시의 후반부가 이를 말해준다.

　　살인자 도적들 구름처럼 모여드니
　　남몰래 끌어들여 숨겨주고 감춰주네

파헤친 구덩이가 8, 9천에 이르러
벌 날듯 개미 모이듯 읍(邑)이 하나 생기니

노랫가락 피리소리 달밤에 어지럽고
꽃 핀 아침 잔칫상엔 술과 고기 향기롭다

노래하는 예쁜 기생 날마다 모여들어
서관(西關)[25] 땅 형편은 말씀이 아니라네

농가 일손 모자라도 품 팔 사람 하나 없고
하루에 백전(百錢) 삯도 즐겨하지 않으니

마을은 피폐하고 밭두둑은 황폐하여
쑥대밭 자갈밭 폐허가 되고 마네

산과 못의 생산물은 마땅히 국가의 것
교활한 자 손아귀에 맡겨서야 되겠는가

신관 사또 처사를 백성들 기다리니
금구덩이 메우고 농사일 독촉하소

椎埋竊發蔚雲集　藏命匿姦潛引汲

25 지금의 평안도.

穿窞鑿窖八九千　蜂屯螘聚成邀邑

歌管嘲轟弄淸宵　酒肉芬芳宴花朝

名娼妙妓日走莘　西關郡縣色蕭條

農家募雇無人應　日傭百錢猶不肯

村閭破柝田疇蕪　蒿萊犖确成荒磽

山澤之利本宜榷　豈令狡獪恣所專

太守新來民拭目　煩公夷坎塞井催畎田

　이 시를 이해하기 위해서는 당시의 금점(金店)에 대한 다산의 견해를
살펴볼 필요가 있다. 다산의 상공업관에 대해서는 아직 구체적인 결론
이 내려지지 않아서 속단할 수는 없지만 당시의 다산은 금점이 농사에
커다란 지장을 준다고 생각한 듯하다. 그는 금 채굴을 엄금해야 한다고
주장하기까지 했다. 그가 금 채굴을 반대한 이유는 대개 네가지로 집약
될 수 있다. 첫째는 농사에 막대한 지장을 준다는 것이다. 농사짓기보다
일당이 많은 광산으로 젊은이들이 다 가버리기 때문에 농촌에선 일손
이 부족해서 농사를 지을 수 없고, 또 광산주들이 전지를 사가지고 그곳
에서 금을 일기〔淘〕 때문에 농지가 황폐화한다는 것이다. 둘째는 살인
자·도적들의 무리가 사회의 이목을 피해 금점으로 모여들어 풍기가 문
란해지고 때로는 이들이 작당을 해서 난리를 일으키기도 한다는 것이
다. 홍경래란(洪景來亂)의 반도(叛徒)들이 대부분 광산의 광부들인 점
을 그는 지적하고 있다. 금점의 호경기와 이에 따른 소비성향 때문에 인
플레가 생겨 물가가 앙등한다는 것이 셋째 이유이다. 넷째는 사설금점
(私設金店)에서 채굴된 금의 대부분이 비단과 교역하기 위해 중국으로
유출된다는 것이다. 사치품이고 소모품인 비단을 들여오기 위하여 귀

150

중한 금을 해외로 유출하는 것보다는 차라리 그냥 매장해두는 것이 낫다고 생각한 듯하다.

이상과 같은 이유로 다산은 금 채굴을 반대했지만, "반드시 근본(농사-필자)을 힘쓴다는 이유로 다른 온갖 일을 폐지해야 하는 것은 아니다"라고 스스로도 밝힌 바와 같이 그가 무조건 금점을 폐지하자고 한 것은 아니다. 위의 네가지 폐단이 시정되는 방법으로 채광하면 얼마든지 장려할 일이라 하고 구체적인 방법까지 제시하기도 했다. 이 문제에 대한 다산의 궁극적인 구상은 채광을 엄격한 국가관리하에 두자는 것이다. 잠채(潛採)를 금하고, 국가관리하에서 채굴방법과 채굴시기 등을 개선하고, 국내에서의 비단 사용을 전면 금지하면 문제가 해결될 것으로 생각했다.[26]

「홀곡(笏谷行呈遂安守)」은 위와 같은 다산의 견해가 예술적으로 형상화된 것이라 볼 수 있다. 이 시에 나타난 다산의 견해가 얼마나 타당한 것인가는 단정할 수 없지만, 다산에게 있어서 자연이 지니는 의미영역이 자하(紫霞)나 고산(孤山)보다 훨씬 확대된 것만은 사실이다. 이것은 다산이 자연의 일부분만 보지 않고 전체적으로 보았기 때문이다. 그리고 '나'의 개인적인 주관으로 자연을 관념화한 것이 아니고, '우리'의 생활과 직접적인 관계를 맺고 있는 삶의 현장, 생산의 현장으로 자연을 파악한 때문이다. 금 채굴로 파헤쳐진 언진산을 처참하게 찢기고 상처받은 모습으로 그려놓은 것은 '나와 언진산'의 범위를 벗어나 '우리와 언진산'의 차원에서 언진산을 보았기 때문이다. 곡산부사로 있었던 다

---

26 이것은 『목민심서(牧民心書)』 工典 「山林」 「應旨論農政疏」 「錢幣議」 등에 나타난 다산의 견해를 필자가 종합한 것이다.

산 개인의 입장에서만 본다면 언진산의 금 채굴이 그렇게까지 가슴 아플 일이 아니었을 것이다. 금 채굴이 농민과 국가에 미치는 영향을 심각하게 고민했기 때문에 이런 시를 쓸 수 있었을 것이다.

5. 성리학적 자연관과의 비교

다산의 자연관을 성리학의 자연관과 비교할 때 다산 자연관의 또다른 특징이 드러난다. 성리학의 우주관·자연관은 유학(儒學) 일반의 우주관·자연관과 마찬가지로 '천인합일(天人合一)'의 사상으로 집약된다.

자연과 인간의 궁극적 근원은 태극(太極)이다. 태극으로부터 음(陰)과 양(陽)의 이기(二氣)가 나오고 그 변화에 의해서 수(水) 화(火) 금(金) 목(木) 토(土)의 오행(五行)이 순차적으로 발생한다. 또 음과 양의 이기(二氣)는 남녀로서의 교감을 통해서 만물을 화생(化生)시키게 되는데 그중에서 인간은 가장 빼어난 기(氣)를 타고나기 때문에 만물의 영장이 되고 그중에서도 성인(聖人)은 천지자연과 합일된다. 그러므로 인간의 도덕은 이러한 성인의 경지를 수득(修得)하기 위해 힘써 나아가는 데 있는 것이다. 따라서 우주의 이법(理法)과 인간의 도덕이 하나의 원리로 일관되어 있음을 보여준다. 이것이 천인합일(天人合一)의 사상이다.[27]

---

27 이우성 「심산(心山)의 유학사상과 행동주의」, 『한국의 역사상』, 창작과비평사 1982, 309면.

천인합일 사상의 근저에는 우주자연의 이법(理法)과 인간의 도덕이 하나의 원리로 일관되어 있다는 신념이 전제되어 있는 것이다. 말하자면 인간의 도덕적 행위는 우주자연의 이법인 천리(天理)에 순응하고 그것에 합치되는 것을 이상으로 삼는다. 그러므로 인간과 자연은 대립적인 관계에 있는 것이 아니라 서로 조화되어야 할 관계에 있다.

　성리학자에게 있어서 자연은 결코 안식처만은 아니다. 그들이 자연을 찾는 것은 단순히 자연의 아름다움을 즐기기 위함이 아니다. 그들에게 자연은 보다 적극적인 의미를 지닌다. 자연 속에서 자연과 더불어 삶으로써 자연의 이법을 깨닫고 배우는 것이다. 따라서 자연은 인욕(人欲)을 물리치고 천리(天理)를 보존하기 위한 성리학적 자기수양의 가장 이상적인 도장(道場)이다. 성리학자들의 자연시는 대부분 이와 같은 범주에 속한다고 볼 수 있다.

> 대(臺) 위의 손들은 돌아가길 잊었는데
> 바위 가 저 달은 몇번이나 둥글었나
>
> 깊은 시내 고기들 거울 속에 노니는 듯
> 저문 산 안개 속에 새들은 희미하네
>
> 물(物) 아(我)가 혼연히 한 몸이 되었으니
> 나아가나 물러가나 하늘을 즐길 뿐
>
> 거니는 가운데 유흥(幽興)을 부치니

내 마음 저절로 유연해지네[28]

臺上客忘返　岩邊月幾圓
澗深魚戲鏡　山暝鳥迷煙
物我渾同體　行藏只樂天
逍遙寄幽興　心境自悠然

　　이 시에서 '새(鳥)'와 '고기(魚)'에 주목할 필요가 있다. 이 말들은
『시경(詩經)』「대아(大雅)」한록(旱麓) 편의 "솔개는 날아 하늘에 이르
고/고기는 연못에서 뛰노네(鳶飛戾天 魚躍于淵)"에서의 '연(鳶)'과 '어
(魚)'를 말한다. 『시경』의 이 구절이 『중용(中庸)』에 인용되고 『중용』에
서 주자(朱子)가 이 구절을 "나는 소이(所以)와 뛰노는 소이(所以)는 이
(理)이다"라고 해석한 이래 솔개가 날고 물고기가 뛰노는 것은 천지자
연의 이치를 상징하는 말이 되었다. 퇴계(退溪)도 이 구절을 "진실한 도
(道)의 미묘한 작용이 위·아래에 밝게 드러나고 흘러 움직여 충만하다
는 뜻(實道之妙用 上下昭著 流動充滿之義)"으로 풀이했는데[29] 주자와 같
은 말이다. 솔개와 물고기는 자연물을 대표하는 것이고 그것이 날고 뛰
는 것은 자연의 이법, 곧 천리의 운용을 암시하는 말이다. 솔개가 날지
않을 수 없고 물고기가 뛰지 않을 수 없는 것은 자연의 이치가 그렇기
때문이다.
　　회재(晦齋)의 시에는 '어(魚)' '연(鳶)' 또는 '조(鳥)'가 빈번히 등장하

28 『晦齋先生文集』권2, 장1(『晦齋全書』, 성균관대학교 대동문화연구원 1973, 41면).
29 『退溪先生言行錄』권4, 장2, 「論理氣」(『增補退溪全書』4, 성균관대학교 대동문화연
　　구원 1978, 216면).

는데 이것은 모두 자연 속에서 천리의 유행(流行)을 본다는 뜻에서 쓰인 말들이다. "霧捲山靑晚雨餘 逍遙俯仰弄**鳶魚**"[30] "**鳶魚**探一妙 泉石傲千種"[31] "幽鳥弄春春更靜 遊魚吹水水生紋"[32] "離群誰與共吟壇 岩鳥溪魚慣我顔"[33]의 예들이 그것이다. 이렇게 우주의 이법이 자연 속에 구현되고 있기 때문에 자연은 인간이 따라야 하고 배워야 할 하나의 전범이다. 자연을 충실히 따르고 깊이 배우면 나와 자연은 합일하게 된다. 앞에서 인용한 회재시(晦齋詩)에서의 "물(物) 아(我)가 혼연히 한 몸이 되었으니"라는 구절은 이런 경지를 나타낸 말이다. '물아동체(物我同體)'는 '천인합일(天人合一)'의 축약된 표현이다.

　퇴계의 자연시편(自然詩篇)도 마찬가지다.

　　아름다운 석양빛 시내·산에 움직이고
　　바람 멎고 구름 느려라 새 스스로 돌아오네

　　홀로 앉아 깊은 회포 뉘 더불어 얘기하리
　　바위 인덕 적막한 속 물소리 잔잔하네[34]

　　夕陽佳色動溪山　風定雲閒鳥自還
　　獨坐幽懷誰與語　岩阿寂寂水潺潺

30 『晦齋先生文集』권1, 장9a, 「次曹容叟韻」(『晦齋全書』 35면).
31 같은 책 권2, 장1b, 「遊佛國寺次佔畢齋韻」(같은 책 41면).
32 같은 책 권2, 장6b, 「山亭卽景」(같은 책 43면).
33 같은 책 권2, 장10a, 「獨樂」(같은 책 45면).
34 『退溪先生文集』권4, 장6b, 「山居四時」夏·暮(『增補退溪全書』 1, 129면).

이동환(李東歡) 교수는 이 시를 "정신의 희열과 화평의 경지를 구상화(具象化)한 것", "퇴계의 만년 자아와 천리(天理)가 혼연히 하나가 된 경지에서의 정신의 여러가지 곡절들의 구현"[35]이라 평한 바 있다. 자아와 천리가 혼연히 하나가 되는 경지는 이 시에 그려진 것과 같은 자연과 내가 합일이 되는 경지이다. 이 시의 자연은 그야말로 자연 그대로이다. 있는 그대로의 자연 속에 자신을 담담히 맡길 때 자연과 나는 합일되는 것이고 이때 비로소 자연의 이법을 깨닫는 데에서 오는 희열을 느낄 수 있는 것이다. 퇴계의 만년의 걸작으로 일컬어지는 「보자계상유산지서당(步自溪上踰山至書堂)」은 자연과의 합일의 경지를 가장 성공적으로 표현한 작품이다.

벼랑에 꽃이 피어 봄날은 고요하고
시내 숲에 새 울어라 냇물은 잔잔한데

우연히 산 뒤에서 동자(童子) 관자(冠子) 이끌고
한가로이 산 앞에 와 고반(考槃)을 묻노라[36]

花發岩崖春寂寂　鳥鳴澗樹水潺潺
偶從山後攜童冠　閒到山前問考槃

---

35 이동환「퇴계 시세계의 한 국면」, 『퇴계학보』 25집, 퇴계학연구원 1980, 77면.
36 『退溪先生文集』 권3, 장29b, 「步自溪上踰山至書堂」(『增補退溪全書』 1, 112면).

어느 봄날 산 뒤로부터 제자들을 거느리고 산을 넘어 산 앞에 이르렀는데, 도중에 벼랑의 꽃도 보고 나무에서 우는 새 소리도 듣고 졸졸 흐르는 시냇물도 보았다는 내용의 시로 얼른 보면 극히 평범한 작품이다. 그러나 이 시의 요점은 "우연히〔偶〕"와 "한가로이〔閑〕"라는 두 낱말에 있다. "우연히"와 "한가로이"는 무작위적(無作爲的)인 의미를 가진 말들이다. 벼랑에 꽃이 피고 나무에 새가 울고 시냇물이 흐르는 것은 자연의 이법이다. 이것은 마치 솔개가 날고 물고기가 뛰는 것과 같이 천리(天理)가 유행(流行)함을 나타내고 있다. 이렇게 천리가 유행하는 자연 속에서 전혀 무작위적으로 "우연히" 산 뒤로부터 "한가로이" 산 앞에 이르는 것은 자연에 자신을 맡김으로써 자연과 혼연일체가 된다는 뜻이다. 산 뒤로부터 산 앞으로 넘어오는 동작은 꽃이 피고 새가 울고 시냇물이 흐르는 현상과 같다. '같다'는 말은 자연과 합일되었다는 말이고 그렇게 함으로써 천리에 순응한다는 말이다. 이러한 경지가 성리학적 수양의 최고의 경지이다.[37]

그러므로 퇴계의 제자 이덕홍(李德弘)은 이 시를 두고 "위아래에 조화(造化)가 같이 유행(流行)하여 각기 제자리를 얻는 묘(妙)가 있다"[38]고 말했던 것이다.

다산의 자연관은 이와 다르게 전개된다. 결론부터 말한다면 다산은 자연을, 인간이 그것에 순응하고 조화되어야 할 전범으로 보지 않고, 개

---

37 이원주 교수는 이 시를 "성도(成道)의 시", "유가(儒家) 문학 특히 도학자(道學者) 문학의 극치"라고 말했다. 「퇴계선생의 문학관」, 『한국학논집』 제8집, 계명대학교 한국학연구소 1981, 183~84면.

38 『退溪先生言行錄』 권3, 장6b, 「樂山水」(『增補退溪全書』 4, 201면), "上下同流 各得其所之妙也."

조하고 이용해야 할 대상으로 본다. 윤사순(尹絲淳) 교수는 이 점을 조심스럽게 밝히고 있다.

　　이 같은 사실을 미루어보면, 다산은 분명히 이(理)·기(氣) 양면으로 자연과 인간과의 동질성을 부인한다. 그에게는 자연과의 일체적인 의식보다 오히려 자연과의 '이분의식(二分意識)'이 싹트고 있음을 알 수 있다. 따라서 자연과의 조화·합일보다는 오히려 자연과 대립하여 그것을 응용하려는 의식의 가능성이 그에게서 엿보인다.[39]

다산이 인간과 자연의 동질성을 부인하고 있다는 사실은 그의 다음과 같은 글에서도 드러난다.

　　천지만물의 이(理)는 각기 만물 그 자체에 있는 것인데 어찌 다 나에게 갖추어져 있을 수 있겠는가? 개〔犬〕에는 개의 이(理)가 있고 소〔牛〕에는 소의 이(理)가 있는 것이다. 이것은 분명히 내가 가지고 있지 않은 것인데 어찌 억지로 큰 소리를 치면서 모두 나에게 갖추어져 있다고 말할 수 있으랴.[40]

다산의 이 말은 『맹자』 「진심장(盡心章)」의 "만물이 모두 나에게 갖추어져 있다(萬物皆備於我矣)"에 대한 주자의 해석을 비판한 것이다. 주

---

39 윤사순 「다산의 인간관」, 다산학 학술회의 발표요지, 1982, 88면.
40 『전서』 Ⅱ-6, 39b, 『孟子要義』, 「盡心章上」(2권 145면), "天地萬物之理 各在萬物身上 安得皆備於我 犬有犬之理 牛有牛之理 此明明我之所無者 安得强爲大談 曰皆備於我乎."

자는 이 구절을 "이것은 이(理)의 본연(本然)을 말한 것이다. 크게는 군신·부자 간에서 작게는 미세한 사물에까지 그 당연지리(當然之理)가 성분(性分) 안에 갖추어지지 않은 것이 하나도 없다"고 해석했는데[41] 이것은 이(理)를 매개로 한 인간과 자연의 동질성을 전제로 한 주석이다. 우리나라 성리학자들의 이론 또한 주자의 이론과 다르지 않다는 것은 말할 필요도 없다. 예를 들어 『퇴계선생언행록(退溪先生言行錄)』의 다음과 같은 기록은 그 좋은 예가 된다.

"임금과 신하의 이(理)가 진실로 나에게 갖추어 있다면 초목의 이(理)도 나와 같은 것입니까?"라고 물었더니 선생은 "같다는 말을 써서는 안 된다. 단지 하나일 뿐이다. 만일 형체가 있는 물건이라면 저것과 이것의 구별이 있겠지만 이(理)는 형체가 없는 사물인데 어찌 이것과 저것을 구분할 수 있겠는가"라 답했다.[42]

초목, 즉 자연의 이(理)와 나의 이가 '같다'고 말하는 것으로는 불충분하며 모름지기 '하나'라고 표현해야 한다는 말이다.

이에 비하여 다산은 자연을 인간과 일단 분리해놓고 자연은 자연이 가진 스스로의 법칙에 따라 운동한다고 생각한 것 같다. 다산의 자연과학에 대한 저술들은 이와 같은 자연관에 근거한 것이라 볼 수 있다. 자연을 심성도야의 도구로 보지 않고 그 자체의 법칙성을 가진 객체로 인

---

41 "此言理之本然也 大則君臣父子 小則事物細微 其當然之理 無一不具於性分之內也."
42 『退溪先生言行錄』권4, 장5a, 「論理氣」(『增補退溪全集』, 218면), "問君臣之理 固具
於我 草木之理 亦皆與我同 曰不可下同字 只是一而已 如有形之物則必有彼此 理無形
底物事 何嘗分彼此."

식할 때 자연 속에 내재해 있는 법칙을 발견하는 것이 중요한 일이 되고 이것은 과학정신에 의해서만 가능하다. 과학정신이란 자연을 체계적으로 이해하려는 태도를 말한다. 자연을 체계적으로 이해하기 위해서는 사고의 합리성이 전제되어야 한다. 우리는 다산의 저작들에서 이와 같은 합리적 사고의 궤적을 수없이 대하게 된다.

그는 밀물과 썰물의 원인을 천지의 호흡과정이 아니라 달과 해의 운동에서 찾았고,[43] 노인들의 원시(遠視)현상을 음양오행설(陰陽五行說)로 설명하는 종래의 견해를 반박하고 눈동자의 렌즈의 이상 때문이라고 논증했으며[44] 우리나라 최초로 종두법(種痘法)을 실시하기도 했다. 이외에도 그는 천문·기상·물리·화학·생물·지리 등의 분야에서 수많은 과학적 업적을 남겼다.

그의 자연과학적 업적이 비록 근대과학의 성과에 미치지 못하는 것은 사실이지만 사물을 관찰하는 그의 합리성은 철저한 바가 있다. 그는 풍수설(風水說)·진맥법(診脈法)·관상법(觀相法)·택일법(擇日法)·사주법(四柱法)·점성술(占星術) 등을 통렬히 비판했으며 민간의 모든 비과학적 속설들을 일체 배격했다.[45] 「조룡대(釣龍臺)」는 이와 같은 합리적 사고가 잘 반영된 시이다.

조룡대서 용 낚은 일 황당하기 짝이 없네
최북(崔北)의 그림에서 처음으로 보았도다

---

43 『전서』I-22, 20b, 「海潮對」(1권 467면).
44 『전서』VI-6, 29b, 「近視論」(6권 582면)
45 『전서』I-11, 12a~32b, 「脈論」「相論」「甲乙論」「風水論」(1권 227~37면) 등 참조.

용감한 장군 하나 사나운 모습에다
찢어진 눈초리에 창날같이 성난 수염

오른팔에 쇠줄 감고 휘둘러 내던지니
피 흐르는 백마(白馬) 미끼 용의 입에 물린다

용의 입 벌어지고 목줄기 움츠리며
꿈틀대는 갈기질에 물결이 부서진다

갑옷이 번쩍이며 황금 비늘에 비치고
검은 구름 가득한 하늘이 비좁은 듯

말하기는 이가 바로 당(唐)나라 소정방(蘇定方)
부소산(扶蘇山)서 용 죽이고 군사를 건넸다네

부소산 밑 강물이 흐르는 곳에
주먹만 한 바위가 거품처럼 떠 있어

그 당시 천척 배, 강 남쪽에 대었는데
무엇하러 서북쪽 길 택해 왔으며

구름을 내뿜은 신령한 용이
어찌하여 미련하게 낚싯밥 삼켰으랴

바위가 움푹 패어 발꿈치가 빠질 듯한
신발자국 남았다고 지금까지 전해오니

오천년의 문헌들이 황당하고 허술해
호해(壺孩) 마란(馬卵) 모두 다 잘못된 지 오래네

선한 일에 향기 없고 악한 일에 악취 안 나
소인(小人)은 방자하고 군자(君子)는 근심하네[46]

龍臺釣龍事荒怪	我初見之崔北畫
有一猛將貌猙獰	怒髥如戟目裂眥
鐵索蜿蜒繞右肘	白馬流血龍口罥
龍口呿張龍頸戱	鬐鬣擊水波四洒
甲光炫燿照金鱗	黑雲滿天天宇隘
道是大唐蘇定方	屠龍渡師扶山砦
扶山之下江水流	蓋有拳石如浮漚
當時千艘泊南岸	如何路由西北陬
龍旣噓雲顯靈詭	詎又冥頑仰吞鉤
石面窞齗深沒趾	好說靴痕至今留
載籍荒疎五千歲	壺孩馬卵都謬悠
爲善無芳惡無臭	小人恣睢君子愁

---

46 『전서』 I-2, 31b, 「釣龍臺」(1권 37면).

시의 이해를 돕기 위하여 다산이 쓴 「조룡대기(釣龍臺記)」의 관련 부분을 인용해본다. 다산이 서울의 어느 집에서 최북(崔北)의 이 그림을 보고 무슨 그림이냐고 물었다.

"옛날 소정방이 백제를 칠 때 백마강에 이르니 신령스러운 용이 나타나 안개와 바람을 일으키므로 군사가 건널 수 없었다. 이에 소정방이 크게 노하여 백마를 미끼로 하여 용을 낚아 죽이니 안개가 걷히고 바람이 멎었는데 이것이 그 그림이다"라고 말하므로 내가 이상히 여겼는데 금년 가을 내가 금정(金井)에 있을 때 부여 현감 한원례(韓元禮)가 수차 편지를 보내어 백제 고적을 구경하기를 권하므로 드디어 9월 16일 고란사 밑에서 배를 타고 소위 조룡대라는 곳에 올라보았다. 아! 우리나라 사람들의 황당함을 좋아함이 이처럼 심한가! 조룡대는 백마강의 남쪽에 있어 소정방이 이 대에 올랐다면 그때는 이미 군사들이 강을 건넌 후였을 것이니 어찌 눈을 부릅뜨고 용을 낚았겠는가? 또 조룡대는 백제성 북쪽에 있어 소정방이 이 대에 올랐다면 성은 이미 함락된 후였을 것이다. 당나라 군함이 바다로 와서 백제성 남쪽에 상륙했을 터인데 무엇 때문에 강을 수십리나 거슬러올라가 이 조룡대 남쪽에 이르렀겠는가?[47]

---

47 『전서』 I-14, 7a, 「釣龍臺記」(1권 88면), "昔蘇定方 伐百濟 至白馬江 有神龍作大霧怪風 舟師不能渡 於是定方大怒 以白馬爲餌 釣其龍而殄之然後 霧卷風息 師得濟焉 此其圖也 余曰異哉之言也 今年秋 余在金井時 韓元禮知扶餘縣 屢貽書 勸余觀百濟古跡 遂以九月之望 汎舟皐蘭寺下 登所謂釣龍臺而觀焉 嗟乎東人之好荒唐 何若是之甚也 臺在白馬江之南 苟定方得登此臺 則師已濟矣 又安用瞋目努力 以釣龍哉 臺在百濟城之北 苟定方得登此臺 則城已陷矣 舟師入海口 抵城南 即當下陸 何爲泝流 窮源數十餘

소정방이 용을 죽이고 강을 건넜다는 허무맹랑한 이야기를 애초에 믿고 싶지 않았던 그는 이를 지형적으로 고증하여 부정해버린 것이다. 물론 소정방이 정말로 용을 죽였다고 믿었을 사람은 없었겠지만 치밀한 증거를 제시하여 이를 황당한 사실로 돌려버린 데에서 다산의 합리적 과학정신을 엿볼 수 있다. 또한 이 시에는 당나라의 소정방을 대단한 존재로 보지 않으려는 다산의 주체의식이 근저에 흐른다. 다음과 같은 시에서도 다산의 합리성을 읽을 수 있다.

제비란 놈 터 잡으면 옮기길 꺼리는데
마루 천장 여기저기 진흙칠 해놓았네

요즈음 풍수설이 습속이 되었으니
생각건대 새 중에도 지사(地師)가 있는 게지[48]

鷰子開基惜屢移　謾將泥點汚梁楣
邇來風水渾成俗　疑亦禽中有地師

이 짧은 시에서도 다산은 제비가 집 짓는 것을 빌려 풍수설(風水說)을 비꼬고 있다.

다산의 과학정신은 필연적으로 기술개혁을 통한 자연의 이용으로 연

里 至此臺之下哉."
48 『전서』 I-7, 12b, 「夏日田園雜興效范楊二家體二十四首」 제13수(1권 130면).

결된다. 그는 인간이 다른 동물과 구별되는 점이 기술과 생산에 있다고
보았다.

하늘이 새와 짐승들에게는 발톱과 뿔과 단단한 발굽과 날카로운
이빨과 독(毒)을 주어서 각각 그들이 바라는 것을 얻을 수 있게 하였
고 외부로부터의 환난을 막도록 해주었는데, 사람에게는 벌거숭이로
연약하여 그 생활을 꾸려나갈 수 없는 것처럼 해놓았으니 하늘이 어
찌 천하게 여길 데에는 후하게 하고 귀하게 여길 데에는 박하게 한 것
이겠는가? 그것은 사람이 지혜로운 생각과 교묘한 궁리를 가지고 있
기 때문에 사람으로 하여금 기예(技藝)를 익혀서 스스로 살아가도록
한 것이다.[49]

같은 글에서 다산은, 기예(技藝)란 여러 사람의 지혜가 모아지면 더
욱 정교해지고 시간이 경과할수록 더욱 발전한다고 말함으로써 인간의
이성에 의한 기술의 진보를 믿고 있었다. 이것은 그의 역사관과도 일정
한 관련을 가지는 이론으로 당시로서는 매우 탁월한 생각이었다. 그런
데 다산이 생각하기에 당시의 기술발전은 중국이 가장 앞섰으므로 모
름지기 중국으로부터 기술을 배워야 한다고 주장했다. 이를 위해서 공
조(工曹)에 이용감(利用監)을 설치하여 각종 농기구·건축자재·병기·선
박·천문관측기구 등을 중국으로부터 배워온 후 우리나라 실정에 알맞
게 제작해서 사용할 것을 제안하고 있다.[50]

---

49 『전서』I-11, 10b, 「技藝論」1(1권 226면), "天之於禽獸也 予之爪 予之角 予之硬蹄
利齒 予之毒 使各得以獲其所欲 而禦其所患 於人也 則倮然柔脆 若不可以濟其生者 豈
天厚於所賤之 而薄於所貴之哉 以其有知慮巧思 使之習爲技藝 以自給也."

다산이 이와 같이 기술개혁을 주장한 것은 기술개혁을 통하여 생산력을 발전시키고 그렇게 함으로써 낙후된 조국을 부강한 나라로 만들자는 생각에서였다. 그러므로 다산의 자연시에는 기술의 개발을 통하여 자연을 좀더 합리적으로 이용하고 개조하려는 의지가 표명된 작품이 많다.

한강변에 쓰는 가래 두길이 넘어
장정이 힘 다해도 허리 아픈데

남쪽에선 아이들도 한 손에 짧은 가래
논 갈고 물 대기 수월히 하네[51]

洌水之間丈二鍬　健夫齊力苦酸腰
南童隻手持短銚　容易治畦引灌遙

부잣집 만 꿰미 돈 아끼지 않고
썰물 때 돌을 쌓아 바닷물 막아놓네

조개 줍던 옛 땅에 지금은 벼를 심어
어제의 개펄이 기름진 논이 됐네[52]

---

50 『전서』 V-2, 28a, 『經世遺表』, 「冬官工曹」(5권 36면).
51 『전서』 I-4, 27b, 「耽津農歌」 제3수(1권 75면).
52 같은 책 같은 곳, 제6수.

豪家不惜萬緡錢　疊石防潮趁月弦
舊拾蜯蠃今穫稻　由來瀉鹵是腴田

　앞의 시는 농기구를 개선하여 노동력을 적게 들이고도 생산성을 높일 수 있다는 생각을, 뒤의 시는 자연을 개조하여 생산에 이용할 수 있다는 생각을 각각 시로 나타낸 것이다. 이런 의미에서 「서호의 부전(題西湖浮田圖)」은 다산의 자연시 중에서도 매우 주목할 만하다.

　낮은 논엔 물이 넘쳐 비가 항상 괴롭고
　높은 논은 메말라 가뭄이 괴로운데

　서호의 부전(浮田)은 두 걱정 모두 없이
　해마다 풍년 들어 창고 가득 쌓인 곡식

　나무 엮어 떼 만들고 대오리로 끈을 묶어
　그 위에 두세자[尺] 흙을 실으니

　쟁기질 보습질로 땅 고를 필요 없고
　누두(耬斗)[53]만 가지고서 찰벼 씨 뿌리누나

　물 차면 떠오르고 물 빠지면 갈앉으니
　모 뿌리는 언제나 수면에 잠겨 있네

---

53 씨를 뿌리는 농기구의 일종.

아무리 가물어도 두레박소리 들리잖고
자라 악어 들끓어도 영(祭)제사[54] 필요 없네

연꽃이랑 마름이랑 뒤섞여 자라나
붉은 꽃 푸른 이삭 서로 얽혀 있는데

김매는 아낙네들 아침 배로 들어가서
저물녘엔 모내기노래, 붉은 다리 오르네

어찌하여 사람 많고 땅 좁다 걱정하랴
드디어 사람 지혜 천액(天厄)을 벗었는데

용미(龍尾) 옥형(玉衡)[55] 모두 다 부질없는 짓
겸로(鉗盧)[56] 백거(白渠)[57] 이제는 묵은 옛 자취

한치 땅도 백성들껜 황금 같은데
하물며 개펄 아닌 기름진 땅임에랴

---

54 산천의 신에게 수재·한재 등을 물리쳐달라고 비는 제사.
55 논의 물을 대고 샘의 물을 퍼 올리는 농기구.
56 중국 한(漢)나라 때 소신신(召信臣)이 팠다는 저수지로 삼만경(頃)의 논에 물을 대
  었다고 한다.
57 중국 한(漢)나라 때 백공(白公)이 만들었다고 하는 관개로(灌漑路).

추수하여 얻은 곡식 지주에게 안 바치니
조세도 왕적(王籍)에서 빠질 게 당연하이

이 그림 펴놓고 농부에게 보여주니
쓴웃음만 날리며 곧이듣지 않으려네

"민둥산 어느 곳에 도끼질할 수 있소?
수렁엔 깊은 물 찾을 곳 없지

논 있으면 일하고 없으면 그만이지
예부터 지력(智力)이란 한도가 있는 법"

만인이 속수무책 귀신 도움 바라면서
짐승 잡아 신신령께 빌기만 하네[58]

下田多水常苦雨　　高田高燥旱更苦
西湖浮田兩無憂　　歲藏金穰積高庾
縛木爲筏竹爲艍　　上載曳曳尺許土
不用犁耙撥春泥　　但將耬斗播早稌
水高則昂低則低　　苗根常與水面齊
暴沰無聞桔橰響　　祭禜不煩黿鼉隄
芙蕖菱芡錯雜起　　朱華綠穗行相迷

58 『전서』 I-5, 23a, 「題西湖浮田圖」(1권 90면).

耘婦朝乘畫船入　秧歌晚蹋紅橋蹐

豈唯民殷嫌地窄　遂將人智違天厄

龍尾玉衡總多事　鉗盧白渠皆陳跡

殘氓寸土如黃金　況乃膏腴異鹹斥

銍艾未許輸豪門　租稅仍當漏王籍

我向野農披丹靑　冷齒不肯虛心聽

赭山何處著斤斧　白澱無地覓泓渟

有田則耕無則已　智力由來安絜瓶

萬人束手仰冥佑　鞭龍驅牲祈山靈

　서호에 떠 있는 부전(浮田)을 그린 그림을 보고 지은 시인데 소박하게나마 다산의 자연관이 잘 드러나 있다. 특히 "어찌하여 사람 많고 땅 좁다 걱정하랴/드디어 사람 지혜 천액을 벗었는데"와 같은 구절에서 우리는, 자연과의 투쟁에서 자연을 정복하여 위대한 승리를 거두어온 인간에 대한 무한한 신뢰를 읽을 수 있다. 또한 이 시에는 기술의 발달과 이에 따른 생산력의 발전으로 인간이 무한히 진보 발전할 수 있다는 다산의 확고한 합리주의적 정신이 표명되어 있다.

6. 소결(小結)

　지금까지 윤선도·신위·이황·정약용의 자연관을 서로 비교하면서 살펴보았다. 이제 이들의 자연관이 오늘날의 우리들에게 어떤 의미를 지니는가를 생각해보는 것으로 작은 결론을 삼을까 한다. 어떤 의미에서

170

우리 학계의 풍토를 대표한다고 볼 수 있는 다음과 같은 글을 검토함으로써 논의의 실마리를 잡고자 한다.

어느 관점에서 자연을 인식해야 하고, 또 어느 관점에서 인식한 자연을 작품화한 것이 가치가 있느냐 하는 문제의 답은 있을 수 없다. 두가지의 관점이 다 그것대로의 의미가 있기 때문이다. 흔히 외부적 관점을 높이 평가한 예가 더러 있기는 하나, 이는 평가자 자신이 외부적 관점에서 자연을 보고 있거나, 보기를 희망하고 있는 데서 나온 주관적 독단이다.[59]

역사상에 있었던 특정인의 자연관을 정밀한 분석을 통해서 추출하고 정리하는 것은 문학연구에서 매우 중요한 작업이다. 그러나 고산(孤山)의 자연관은 어떻고, 송강(松江)의 자연관은 고산의 그것과는 어떻게 다르며, 이조후기 가사문학에 나타난 자연관은 또 어떻게 다른가 하는 것을 단순히 정리하는 것만으로 문학연구가 끝나는 것은 아니다. 그것은 문학연구의 초보적인 단계에 불과하다. 문학연구의 다음 단계는, 이렇게 해서 추출된 각개의 자연관을 종합하여 일정한 평가를 하는 일이다. 어느 작가의 자연관이 그가 살았던 역사적 단계에서 어떤 의미를 지니는가, 오늘날의 시점에서 볼 때 그러한 자연관을 섭취해서 더욱더 심화 발전시킬 만한 가치가 있는가, 아니면 문학사의 한 페이지를 장식할 정도의 골동품적 가치밖엔 없는 것인가 하는 문제를 진지하게 다루는 것이 문학연구의 궁극 목적이 되어야 한다.

---

59 윤성근 「윤선도의 자연관」, 『문화비평』 통권 7·8호, 618면.

한 작가 또는 작품에 대한 가치평가를 보류한 상태에서는 필연적으로 가치의 진공상태 또는 가치의 무정부상태가 초래된다. 이 중에서 가치의 무정부상태가 더 바람직하지 못하다. 가령 고산(孤山)이나 자하(紫霞)의 시에 대해서도 다음과 같은 말을 당당히 할 수 있게 된다. "자연은 아름다운 것이다. 자연이 아름답다는 것은 엄연한 객관적 진리이다. 그러기에 자연의 아름다움은 예부터 문학의 영원한 주제가 되어왔다. 이 엄연한 진리를 시로 노래하는 것은 너무도 당연한 일이 아닌가?" 물론 아름다운 자연을 아름답다고 노래하는 일 자체는 탓할 것이 못 된다. 그러나 여기엔 아름답지 않을 때의 자연도 노래할 수 있어야 한다는 단서가 붙어야 한다. 한 독일 시인의 다음과 같은 말은 이 문제에 대한 적절한 해결책을 제시해주는 것처럼 보인다.

"의자에는 사람이 앉을 밑판이 있고, 비는 아래로 떨어진다"는 말이 진리가 아닌 것은 아니다. 많은 시인들이 이러한 종류의 진리를 시로 쓰고 있는데 이는 마치 침몰하는 배의 벽을 정물화로 장식하고 있는 화가와 같다.[60]

이 말은 일부 시인들의 비현실적인 태도와 반역사적인 태도를 비판한 것으로 생각된다. 비가 아래로 떨어진다는 사실은 시대를 초월한 진리이다. 그러나 이 비를 맞고 살아온 인간과 인간사회는 언제나 꼭 같지 않다. 소수 귀족이 다수 노예를 짐승처럼 취급한 시대도 있었고, 많

---

60 Meredith Tax, "Culture is not Neutral, Whom Does it Serve?", *Radical Perspective in the Arts*, Penguin Books 1972, 17면에서 재인용.

은 농민들이 반노예적(半奴隷的) 신분에서 학대받던 시대도 있었고, 다수 민족이 제국주의적 식민정책의 질곡 속에서 신음하던 시대도 있었다. 이와 같은 역사적 변천에도 불구하고 비는 계속 아래로 떨어졌고 봄이 되면 자연은 싱싱한 푸르름을 자랑해왔다. 인간이 불행했을 때도 비는 아래로 떨어졌고 행복했을 때도 비는 아래로 떨어졌다. 이조사회가 봉건적 착취로 병들어 대부분의 민중이 지옥 같은 생활을 하고 있을 때에도 비는 아래로 떨어졌고, 일제의 식민지 경영이 한국인들을 인간 이하의 생활로 몰아넣었을 때도 비는 아래로만 떨어졌다.

말하자면 비가 아래로 떨어진다는 사실은 시대를 초월한 영원한 진리임에 틀림없다. 그러나 시대를 초월한 진리라고 해서 모두 문학의 주제가 되는 것은 아니다. 자기가 살고 있는 시대가 위급하고 동시대인들이 고통을 받고 있는 때라면, 많은 사람들의 고통을 외면하고 비가 아래로 떨어진다는 식의 진리를 노래한다는 것은 마치 침몰하는 배의 벽을 정물화로 장식하는 화가와 마찬가지로 난센스이다. 배가 침몰하면 우선 배의 고장난 곳을 찾아서 고치는 일이 급선무다. 물이 들어오면 물을 퍼내야 한다. 이것은 '나' 혼자의 생명에 관한 일이 아니고 배에 타고 있는 사람들 전부의 문제다. 다 같이 죽거나 다 같이 살거나 하는 문제이지 다른 사람들은 다 죽고 나만 사는 일은 없는 법이다. 나는 기관사도 아니고 승무원도 아닌, 미(美)를 추구하는 화가이기 때문에 벽에 그림 그리는 일만이 내가 할 일이라고 생각하는 자가 있다면, 동료들과의 연대의식의 결여를 탓하기 전에 이미 맞아 죽었을 것이다.

자연이 아름답다고 해서 아름다운 자연만 노래한다는 것은 비가 아래로 떨어진다는 진리를 노래하는 시인과 다를 바 없다. 다산이 이조인(李朝人)들과 함께 타고 있던 '조선호(朝鮮號)'는 낡은 배였다. 부분적으로 물이 새고 돛이 찢어져 그냥 두면 침몰해버릴지도 모르는 낡은 배라고 다산은 생각했다. 이런 사실도 모르고 타고 있는 사람들은 배의 벽에 아름다운 정물화만 그리며 유유자적하고 있었다. 다산은 이 낡은 배를 수리하는 방법을 여러가지로 생각했다. 물이 새는 곳을 일시적으로 때우기도 하고 찢어진 돛을 깁기도 했다. 기관사들의 자질을 향상시켜보려고도 했고 선장에게 여러가지 충고도 해보았다. 그러나 그는 근본적으로 배 전체를 바꾸어서 갈아타지 않으면 안되겠다는 생각에 이른 것 같다. 배가 워낙 낡았기 때문이다. 게다가 승객들이 불안을 느끼고 반란을 일으키려는 기미마저 보이고 있었다.

그러나 배 전체를 바꾼다는 것은 여간한 모험이 아니었다. 절대적 권한을 가진 선장까지도 바꾸어야 하는 일이었기 때문이다. 벽에 정물화만 그리고 있는 동료 선원들의 반발도 너무나 큰 것이었다. 이들은 배가 침몰하리라는 것을 모르고 있다. "순조롭게 항해하고 있는 배를 왜 바꾸려고 하느냐? 물이 좀 새면 손을 써서 고치면 될 게 아니냐? 필시네가 선장 자리를 꿈꾸는 게 틀림없다"는 등의 비난과 중상모략을 당해야 했다. 이들의 눈에는 배에 아무런 이상이 없었던 것이다. 항해하면서 이들 눈에 보이는 백구(白鷗)는 아름답기만 하고 저 멀리 삼신산(三神山)이 보이는 듯했을 것이다. 이 자들이 뱃전에 올라 푸른 물결을 보고 감탄사를 발하여 시구를 읊조리고 있을 때 다산은 배의 어디가 새는가를 점검하고 있었던 것이다. 비가 아래로 떨어진다든가 자연이 아름답다는 식의 진리는 이처럼 반역사적이고 비현실적인 일면을 내포하고 있다.

「어부사시사(漁父四時詞)」가 쓰인 고산(孤山)의 부용동(芙蓉洞) 생활은 신선(神仙)을 흉내낸 생활이었다. 모든 세사(世事)와 절연된 채 아니면 절연된 체하고서 유유히 시종(侍從)들을 거느리고 거문고를 타면서 「어부사시사」를 지어 시종들과 기생들에게 읊게 했다. 이렇게 유람하면서 그가 부용동에서 지은 정대(亭臺)만 25개였다고 하니 그의 호화판 생활을 짐작할 만하다. 그의 시는 다시 말하자면 자족한 봉건귀족의 전원생활을 읊은 것이다. 그렇기 때문에 그의 「어부사시사」를 보면 이것이 어느 시대의 작품인지 모를 정도로 '통시적(通時的)'이다. 그런 의미에서 '영원불변한 진리'를 노래한 것이다. 신라시대의 작품일 수도 있고 고려시대의 작품일 수도 있다. 갈매기가 날든, 갈매기 날던 곳에 나비가 날든 아름다운 대상 자체는 시대를 초월해서 영원하다. 이렇게 미적 관조의 대상으로 바라보는 자연은 항상 고정되어 있다. 그렇기 때문에 그의 시에는 역사성이 결여되어 있다. 동시대인들과의 연대의식이 없다. 오직 시대를 초월한 '통시적인 영원'만이 있을 뿐이다. 자기가 사는 시대의 현실에 충실함으로써만 시대를 초월한 통시성을 획득할 수 있는 것이다.

제4장

다산의 우화시

1. 우화시의 성격

　다산은 동시대의 다른 시인들에 비하여 많은 양의 우화시(寓話詩)를 남겼는데, 이들 우화시에서 우리는 시인으로서의 그의 또다른 일면을 살필 수 있다. 다신의 우화시를 논하기 전에 우화시의 일반적 성격을 간단히 언급하고자 한다.

　첫째, 우화시는 알레고리(allegory)의 한 형태이다. 알레고리는 제시된 행동이나 사건 또는 상황이 그 자체로서 의미가 있을 뿐만 아니라, 이들 행동이나 사건 또는 상황이 지니는 표면적인 의미 이상의 것까지도 지시하기 위하여 사용되는 문학상(文學上)의 한 기법으로서 서사적인 문학에 주로 사용된다. 그러므로 우화시는 기본적으로 서사 장르에 속한다. 말하자면 일반적인 우화시에서는 복수의 인물이 등장하여 그 자체의 논리에 따라 사건이 전개되는 것이 보통이다. 이런 의미에서 우화시는 마음의 상태나 사상·감정을 단수의 화자(話者)를 통하여 표현하는 서정시와는 구별된다.

둘째, 우화시는 주로 의인화(擬人化)된 동물이나 식물을 등장시켜 (때로는 인간이 등장하기도 한다) 이들의 입을 빌리거나 이들 상호 간의 행동을 통하여 도덕적 명제나 인간행동의 원리를 예증(例證)해 보인다. 그러므로 우화시는 뚜렷한 목적하에서 쓰인다. 대부분의 경우, 시의 끝부분에 공식적인 격언이 붙어 있는 것이 이를 말해준다.

셋째, 알레고리의 일반적인 특질이 그렇듯이 우화시에서는 추상적인 내용이 구체적이고 가시적인 것으로 구상화(具象化)된다. 그렇게 함으로써 작가가 말하고자 하는 바를 직접적이고 효과적으로 전달할 수 있는 이점을 지닌다.

이상의 논리를 종합하면 성공적인 우화시는 명확한 주제파악과 고도의 지적(知的) 통제, 그리고 세련된 형상력(形象力)을 요구한다고 할 수 있다. 그러므로 다산이 많은 우화시를 썼다는 사실은 그의 시인으로서의 능력이 경세가(經世家)로서의 능력 못지않게 뛰어났음을 말해준다고 하겠다.

2. 교훈적 우화시

비교적 초기의 작품들에서는 이야기의 구성이 간단하고 교훈이 문맥에 노출되어 있어서 그 교훈법이 단순하고 직선적이다.

　　매잡이 매를 메고 높은 산 올라가고

사냥꾼 개 몰고 숲 속으로 들어가면

꿩들 깍깍 울면서 산굽이로 날아가니
바람처럼 날쌔게 날개 치며 매가 오네

꿩들은 혼비백산 숲 속에 숨는데
매, 아래로 덮치려 공중으로 날아 솟네

번개 번쩍 그 순간을 살필 수 없어
넋 잃고 빈 산중에 홀로 앉아 있었다네

오호라 꿩의 죄 용서하기 어렵도다
매가 꿩 내려친 건 진실로 장한 일

남의 곡식 쪼면서도 곧은 명예 훔치고
길쌈은 하지 않고 고운 옷만 입었으니

들판에 털과 피를 통쾌하게 휘뿌려
봉황이 듣는다면 매의 충성 기리리라[1]

鷹師臂鷹登高崧　佃夫嗾犬行林藪

雉飛角角流山曲　鷹來駃駃如飄風

---

1 『전서』 I-3, 31a, 「和崔斯文游獵篇」(1권 57면).

力盡魂飛雉伏莽　鷹將下擊還騰空
霹火閃爍不可諦　蒼茫獨坐空山中
嗚呼雉罪誠難赦　鷹兮搏擊眞豪雄
啄粒猶竊耿介譽　鮮衣不勞組織工
快向平蕪洒毛血　鳳凰聞之謂鷹忠

　매와 꿩과 봉황을 등장시켜 일반적인 교훈을 이야기한 시이다. 꿩은
무위도식(無爲徒食)하는 무리 또는 내실(內實)이 없이 외식(外飾)만 일
삼는 점잖은 체하는 선비로, 매는 이들 무리를 벌주는 정의의 사자로,
봉황은 심판관으로 그려져 있어서 그 대응관계가 퍽 단순하다. 그러나
직접 생산에 종사하는 사람이나 간접적으로나마 생산을 돕는 사람을
제외하고는 생산물을 분배받을 자격이 없다는 다산의 기본 사상이 명
료하게 형상화된 작품이라 생각된다.

　적기(赤驥)[2] 원래 뛰어난 기골을 지녀
　말갈기 휘날리며 날쌔게 달리는데

　사방으로 닫고 싶은 그 뜻이 막혀
　험준한 파촉(巴蜀) 땅에 갇히어 있네

　산길은 바위 많아 괴로운데다
　험한 바위 잇달아 수풀이 우거져서

---

2 주(周)나라 목왕(穆王)의 팔준마(八駿馬)의 하나로 명마(名馬)를 가리킨다.

슬피 울며 제 그림자 돌아보고는
먼 들판 긴 바람을 그리워하네

궁중의 마구간엔 번(繁)·영(纓)³도 많아
갈고 닦은 옥속(鋈續)⁴이 번쩍번쩍 빛나는데

통하고 막힘이 때 만남에 달렸으니
진실로 운명이 같지 않구나

소금수레 끄는 것이 그 직분 아니지만
애오라지 먹을 것이 없어서인데

도리어 조랑말이 그를 깔보고
동서로 날뛰며 깨물어대네

말아라 다시 또 말하지 말라
슬프게 푸른 하늘 올려다보네

달사(達士)가 그 마음 넓다고 해도
이 일을 생각하면 근심 걱정 쌓이네⁵

---

3 번(繁)은 말의 뱃대끈, 영(纓)은 말의 가슴걸이로 모두 말의 장식품이다.
4 말의 가슴걸이 끈을 잇는 흰 쇠고리.
5 같은 책 25a, 「赤驥行示崔生」(1권 54면).

赤驥負奇骨　駿邁颿風騣

鬱鬱四極志　乃處巴楘中

山蹊苦多石　牽碏連箐藂

悲鳴顧其影　潃宕懷長風

天廐多繁纓　逶纇光磨礱

所遇有亨否　寔維命不同

鹽車雖匪職　聊爲芻豆空

却被果下驚　啼齮紛西東

已矣勿復道　悵然仰蒼穹

達士雖放達　念此憂心忡

　이 시 역시 일반적인 교훈을 노래한 작품이다. 뛰어난 재주를 지니고 있으면서도 능력을 인정받지 못하여 버려진 인재를, 소금수레나 끌고 있는 적기(赤驥)에 비유한 시이다. 사건의 전개가 없고 단순히 상황만 묘사되어 있어 극적(劇的) 긴장이 결여된 결함을 지닌 채로 적기 이야기 자체는 충분한 설득력을 가진다. 한유(韓愈)의 「잡설(雜說)」에 나오는 천리마(千里馬)를 연상케 하는 작품이다.

　1801년 쓰인 「고시 27수(古詩二十七首)」에는 여러편의 우화시가 포함되어 있다.

　팔딱팔딱 연못 속 물고기 하나

　물속을 마음대로 돌아다니다

연꽃 사이 들락날락 헤엄치면서
쪼아 먹고 뛰노는 게 제 적성인데

주제넘게 멀리 한번 가보고 싶어
물길 따라 흘러서 넓은 바다 들어갔네

망망한 바다에서 길 잃고 헤매다가
큰 파도에 놀라기가 몇번이던가

간신히 악어 밥은 면했건마는
끝내는 큰 고래 만나고 말았네

고래 숨 들이쉬자 죽은 몸 되었다가
내뿜을 때 다행히 살아나서는

옛날 놀던 연못이 못내 그리워
괴로운 맘 근심에 싸여 있는데

신룡(神龍)이 이 고기 불쌍히 여겼던지
때마침 천둥 치고 비가 내리네[6]

撥剌池中魚　撥剌池中行

---

6 『전서』 I-4, 10a, 「古詩二十七首」 제6수(1권 66면).

游戲蓮葉間　呷唼常適情
矯然思遠游　隨流入滄瀛
望洋迷所向　蕩潏魂屢驚
崎嶇避蛟鰐　至竟值長鯨
倏鯨吸而死　忽鯨歠而生
耿耿思故池　囷囷憂心縈
神龍哀此魚　雷雨會有聲

　정조(正祖)의 죽음과 함께 장기(長鬐)로 유배당한 직후의 자기 심경
을 그린 시로 생각된다. 험한 벼슬길에 뛰어들어 몇번이고 죽을 고비를
넘기다가 간신히 목숨을 부지하여 귀양살이하면서 고향을 그리워하는
자신을 작은 물고기를 빌려 이야기한 것이다. 악어와 고래는 당시의 정
적(政敵)인 노론세력을 나타낸다. 이 시는 서사적 성격을 띠면서도 다
산 자신의 이야기를 하고 있기 때문에 서정적인 가락이 짙게 깔려 있다.
그러나 그것이 우화시의 형태를 파괴할 정도에까지는 이르지 않아서
시적 긴장이 계속 유지되고 있다. 알레고리적 형식의 작품 일반이 그렇
듯이 이 시도 고도의 지적 통제가 가해진 작품이다.
　「고시 27수」[7] 속의 제7수, 제8수, 그리고 제15수는 강자와 약자의 대
립을 주제로 한 우화시인데 이에 관해서는 제5장에서 자세히 언급된다.
　「오징어(烏鰂魚行)」에 와서야 우화작가로서의 다산의 진면목이 드러
난다.

---

7 같은 책 같은 곳.

오징어 한마리 물가에서 노닐다가
갑자기 백로와 부딪쳤는데

희기는 한 조각 눈결이요
맑고 고요하기 잔물결 같아

머리 들고 백로에게 이르는 말이
"그대 뜻은 도대체 알 수 없구나

기왕에 고기 잡아먹으려면서
청절(淸節)은 지켜서 무얼 하려나?

내 뱃속엔 언제나 검은 먹물 들어 있어
한번 뿜어 먼 데까지 시꺼멓게 할 수 있네

고기들 눈이 흐려 지척 분간 못하고
꼬리 치며 가려 해도 남북을 잃어버려

내 입 벌려 삼켜도 알지 못하니
나는 늘 배 불리고 고긴 늘 속고 있지

자네 날개 너무 희고 털은 또 유별나서
아래위로 흰옷이니 누가 의심 안 하겠나

간 곳마다 네 얼굴 물에 먼저 비쳐서
고기들 먼 데서도 너를 보고 피해 가니

하루종일 서 있은들 장차 무얼 기대하리
다리만 아프고 배는 항상 주릴 뿐

가마우지 찾아가 그 날개 빌려다가
본래 모습 감추고 적당히 살아보게

그래야 산더미 같은 고기 잡아서
암놈도 먹이고 새끼들도 먹일걸세"

백로가 오징어에게 답해 가로되
"자네 말도 일리가 없지 않으나

하늘이 나에게 결백함을 내리셨고
스스로 살펴봐도 더러운 곳 없으니

내 어찌 조그마한 이 배를 채우려고
모양까지 바꾸면서 그같이 하겠는가

고기 오면 잡아먹고 달아나면 쫓지 않고
꼿꼿이 서 있다가 천명(天命)을 기다릴 뿐"

오징어 화를 내고 먹물을 뿜으면서

"어리석다 백로여, 굶어 죽어 마땅하리"[8]

烏鰂水邊行	忽逢白鷺影
皎然一片雪	炯與水同靜
擧頭謂白鷺	子志吾不省
旣欲得魚噉	云何淸節秉
我腹常貯一囊墨	一吐能令數丈黑
魚目昏昏咫尺迷	掉尾欲往忘南北
我開口吞魚不覺	我腹常飽魚常惑
子羽太潔毛太奇	縞衣素裳誰不疑
行處玉貌先照水	魚皆遠望謹避之
子終日立將何待	子脛但酸腸常飢
子見烏鬼乞其羽	和光合汚從便宜
然後得魚如陵皁	啗子之雌與子兒
白鷺謂烏鰂	汝言亦有理
天旣賦予以潔白	予亦自視無塵滓
豈爲充玆一寸嗉	變易形貌乃如是
魚來則食去不追	我惟直立天命俟
烏鰂含墨嘆且噴	愚哉汝鷺當餓死

이 시에 등장하는 오징어와 백로는 추상적인 교훈을 전달하기 위한

---

8 같은 책 17b, 「烏鰂魚行」(1권 70면).

단순한 가면(假面)이 아니다. 교훈적 우화시에서는 동물이나 식물이 전적으로 교훈을 전달하기 위한 수단으로만 이용되기 때문에 동물 개개의 특징이나 심리적 묘사가 결여되어 있다. 다시 말하면 등장인물은 동물이나 식물의 이름을 가진 미덕(美德)이나 악덕(惡德)에 불과하기 때문에 동물의 외관이나 개성이 극히 추상화되어 생동하는 동물이 아니고 화석화된 이용물로 그려지는 경우가 많다. 이 시에서는 오징어와 백로가 그것대로 살아 움직이는 개성을 가진 동물로 그려져 있다. 오징어와 백로의 속성이나 생활습관이 상세하게 묘사되어 있고 특히 오징어가 백로를 유혹하는 장면은 매우 인상적이다.

이 시가 시사하는 교훈도 선악(善惡) 양분법에 의해서 결국은 선이 악을 이긴다는 도식적인 것이 아니다. 선을 나타내는 백로가 악을 나타내는 오징어를 무찌르는 통쾌한 이야기가 아니다. 오히려 오징어가 백로를 이긴 듯한 인상을 주기까지 한다. 그러나 오징어가 분명히 이긴 것도 아니다. 이야기 자체는 뚜렷한 승자도 패자도 없는 중립적인 사실의 보고로 끝난다. 그만큼 이 시는 독자의 상상력을 확대해준다. 한가지 분명한 사실은 오징어와 백로가 다 같이 고기를 잡아먹고 산다는 점이다. 고기는 약자이고 이들은 강자이다. 이 약자를 먹는 방법에 대해서 오징어와 백로가 의견을 달리할 뿐이지 먹는 것이 정당하다는 사실은 기정사실로 받아들여지고 있다. 그러므로 작은 물고기는 지배받는 일반 민중을 나타내고 오징어와 백로는 민중의 수탈 위에서 생활하는 양반 사대부 계층을 암시한다고 볼 수 있다. 그중에서 오징어는 부정직한 방법으로 착취를 일삼는 봉건관료를 상징하고 백로는 비교적 덜 부정직한, 벼슬 못한 무능한 선비를 가리킨다. 오징어를 나쁘게 보면서도 백로에게 결코 동정적인 시선을 던지지 않는 다산의 현실관을 이 시에서 읽을 수 있다.

3. 풍자적 우화시

다산은 우화시의 의미영역을 넓혀 자기가 살던 시대의 사회적인 여러 측면을 다양하게 반영하고 있다. 사실상 우화시의 생명이라고 할 수 있는 도덕은 고정불변한 것이 아니다. 시대와 장소와 시인의 철학에 따라서 얼마든지 달라질 수 있다. 시대와 장소를 초월한 영원불변한 도덕이란 있을 수 없다. 한 시대 한 장소의 도덕은 그 시대의 사회적인 조건들에 의하여 제약을 받기 마련이고 또 시인의 사회적인 신분이나 소속 계층에 따라 달라진다. 모든 사람들이 다 같은 육체적 조건을 가지고 있으면서도 그 정신이 각각 다르듯이 우화시의 영혼인 도덕도 우화시마다 다를 수 있는 것이다.

「솔피(海狼行)」에는 권력집단의 암투가 그려져 있다.

솔피란 놈 이리 몸에 수달의 가죽
가는 곳엔 수백마리 떼지어 다니는데

물속 동작 날쌔기가 나는 것 같아
갑자기 덮쳐 오면 고기들도 알지 못해

큰 고래 한입에 천석 고기 삼키니
한번 스쳐간 곳 고기 씨가 말라버려

솔피 차지 없어지자 고래를 원망하고
고래 죽이기로 계책을 짜내어

한 떼는 달려들어 고래 머리 들이받고
한 떼는 뒤로 가서 고래 꼬리 에워싸고

한 떼는 고래의 왼쪽을 엿보고
한 떼는 고래의 오른쪽 공격하고

한 떼는 물속에서 배때기를 올려 치고
한 떼는 뛰어올라 고래 등에 올라타서

상하사방 일제히 고함지르며
난폭하게 깨물고 잔인하게 할퀴니

우레처럼 소리치고 물을 내뿜어
바닷물 들끓고 갠 날에 무지개라

무지개 사라지고 파도 점점 가라앉자
아! 슬프도다 고래 죽고 말았구나

혼자서 많은 힘 당하지 못해
작은 꾀가 드디어 큰 미련 해치웠네

190

어찌하여 너희 혈전(血戰) 여기까지 이르렀나
원래는 기껏해야 먹이다툼 아니었나

호호탕탕 끝없이 넓은 바다에
지느러미 흔들고 꼬리 치면서
서로 함께 사이좋게 놀지 못하고[9]

海狼狼身而獺皮	行處十百群相隨
水中打圍捷如飛	欻忽揜襲魚不知
長鯨一吸魚千石	長鯨一過魚無跡
狼不逢魚恨長鯨	擬殺長鯨發謀策
一群衝鯨首	一群繞鯨後
一群伺鯨左	一群犯鯨右
一群沈水仰鯨腹	一群騰躍令鯨負
上下四方齊發號	抓膚齧肌何殘暴
鯨吼如雷口噴水	海波鼎沸晴虹起
虹光漸微波漸平	嗚呼哀哉鯨已死
獨夫不遑敵衆力	小黠乃能殲巨慝
汝輩血戰胡至此	本意不過爭飮食
瀛海溔洋浩無岸	汝輩何不揚鬐掉尾相休息

---

9 같은 책 13b, 「海狼行」(1권 68면).

고래 때문에 자기들의 고기 차지가 적어진 데에 원한을 품은 솔피들이 치밀한 작전계획과 집요한 공격 끝에 고래를 죽이고 만다는 이야기인데, 이 시도 선악 양분법에 의한 공식적인 우화시는 아니다. 선이 악을 이긴다는 통쾌한 이야기도 아니고 선한 자가 악한 자에게 무참히 희생되는 비극적인 이야기도 아니다. 이 점은 솔피를 '소힐(小黠)'로, 고래를 '거특(巨慝)'으로 묘사한 데에서 분명해진다. 힐(黠)이나 특(慝)이나 정도의 차이가 있을 뿐이지 그 속성은 마찬가지로 악한 것이다. 그러므로 솔피와 고래의 싸움은 선과 악의 싸움이 아니라 악과 또다른 악과의 싸움이다.

그러면 다산이 무엇을 말하기 위하여 고래와 솔피의 싸움이라는 기상천외의 생각을 하게 되었을까? 이 시가 고래와 솔피 간의 싸움을 문자 그대로 나타내려는 것이 아님은 분명하다. 고래와 솔피는 바다의 강자이고 작은 물고기를 밥으로 하는 지배세력이다. 이렇게 볼 때 고래와 솔피는 봉건적인 특권을 누리고 있는 집권관료층을 가리키고 물고기는 이들에게 시달리는 일반 백성을 지시한다고 볼 수 있다. 말하자면 이권을 놓고 다투는 지배계층 내부의 정치적 권력투쟁이 이 시의 주제가 되는 셈이다.

문제는 고래와 솔피가 각각 무엇을 가리키는가 하는 점이다. 고래는 지배계층 중에서 더 강력한 자이고 솔피는 덜 강력한 자라고 규정해버리면 문제는 간단히 해결된다. 그러나 그렇게 보기에는 몇가지 석연치 않은 점이 있다. 우선 고래는 단수이고 솔피는 복수이다. 뿐만 아니라 "큰 고래 한입에 천석 고기 삼키니/한번 스쳐간 곳 고기 씨가 말라버려"와 같은 표현에서 볼 수 있듯이 고래는 솔피에 비교할 수 없을 정도의 강력한 힘을 가지고 있다. 고래와 솔피가 다 같이 바다의 강자이긴 하지만 이 중에서 고래는 범상치 않은 강자임에 틀림없다.

이렇게 거대한 권력을 가진 단수의 인물은 누구인가? 지나친 논리의 비약이라는 모험을 무릅쓰고 확대해석한다면 고래는 왕(王)을 상징한다고 말할 수 있다. 그리고 솔피는 봉건귀족을 가리킨다. 역사적으로 볼 때 봉건사회에서 왕과 봉건귀족들이 끊임없는 대립관계에 있었던 것이 사실이었고, 봉건귀족들에 의하여 왕권이 약화되어 유명무실해진 적도 있었으며 때로는 왕이 제거되기도 했던 사실을 감안한다면 이 시를 왕권과 봉건귀족 세력 간의 암투로 볼 수도 있을 것 같다. 그러나 이렇게 보더라도 여전히 문제는 남는다. 다산이 과연 왕의 존재를 '거특(巨慝)'으로 생각했겠는가 하는 점이다. 이에 대한 마지막 판단은 보류할 수밖에 없다.

「고양이(貍奴行)」는 현실을 날카롭게 풍자함으로써 우화시를 한층 더 풍부하게 만들어주고 있다.

> 남산골 한 늙은이 고양이를 길렀더니
> 해묵고 꾀 들어 요망하기 여우로세
>
> 밤마다 초당에서 고기 뒤져 훔쳐먹고
> 항아리며 단지며 술병까지 뒤져 엎네
>
> 어둠 틈타 교활한 짓 제멋대로 다 하다가
> 문 열고 소리치면 그림자도 안 보이나
>
> 등불 켜고 비춰보면 더러운 자국 널려 있고

이빨 자국 나 있는 찌꺼기만 낭자하네

늙은 주인 잠 못 이뤄 근력은 줄어가고
이리저리 궁리하나 나오느니 긴 한숨뿐

생각하면 고양이 죄 극악하기 짝이 없어
당장에 칼을 뽑아 천벌을 내릴거나

하늘이 너를 낼 때 무엇에 쓰렸던가
너보고 쥐 잡아서 백성 피해 없애랬지

들쥐는 구멍 파서 여린 낟알 숨겨두고
집쥐는 이것저것 안 훔치는 물건 없어

백성들 쥐 등쌀에 나날이 초췌하고
기름 말라 피 말라 피골마저 말랐거니

이 때문에 너를 보내 쥐잡이 대장 삼았으니
마음대로 찢어 죽일 권력 네게 주었고

황금같이 반짝이는 두 눈을 주어
칠흑 같은 밤중에도 올빼미처럼
벼룩도 잡을 만큼 두 눈 밝혔지

너에게 보라매의 쇠발톱 주었고
너에게 톱날 같은 범의 이빨 주었고

나는 듯 치고받는 날쌘 용기 네게 주어
쥐들은 너를 보면 벌벌 떨며 엎드려서
공손하게 제 몸을 바치게 했지

하루에 백마리 쥐 잡은들 누가 말리랴
보는 사람 네 기상 뛰어나다고
입에 침 마르도록 칭찬해줄 뿐

너의 공로 보답하는 팔사제(八蜡祭)[10]에도
누런 갓 쓰고 큰 술잔 바치잖느냐

너 이제 한마리 쥐도 안 잡고
도리어 네놈이 도둑질을 하다니

쥐는 본래 좀도둑 피해 적지만
너는 기세 드높고 맘씨까지 거칠어

쥐가 못하는 짓 제멋대로 행하여

---

10 매년 농사가 끝나고 농사에 관계되는 여덟 신에게 지내는 제사. 고양이도 이 신들
중의 하나이다.

처마 타고 뚜껑 열고 담벽 무너뜨리니

이로부터 쥐들은 꺼릴 것 없어
들락날락 껄껄대며 수염을 흔드네

쥐들은 훔친 물건 뇌물로 주고
태연히 너와 함께 돌아다니니

호사자(好事者)들 때때로 네 그림 그리는데
무수한 쥐떼들이 하인처럼 호위하고

북 치고 나팔 불며 떼를 지어선
깃발을 휘날리며 앞장서 가는데

너는 큰 가마 타고 거만 부리며
쥐들의 떠받듦만 즐기고 있구나

내 이제 붉은 활에 큰 화살 메겨
내 손으로 네놈들을 쏘아 죽이고
만약에 쥐들이 행패 부리면
차라리 무서운 개 불러대리라[11]

---

11 『전서』 I-5, 33a, 「貍奴行」(1권 95면).

南山村翁養狸奴	歲久妖兇學老狐
夜夜草堂盜宿肉	翻瓨覆瓿連觸壺
乘時陰黑逞狡獪	推戶大喝形影無
呼燈照見穢跡徧	汁滓狼藉齒入膚
老夫失睡筋力短	百慮皎皎徒長吁
念此狸奴罪惡極	直欲奮劍行天誅
皇天生汝本何用	令汝捕鼠除民痛
田鼠穴田蓄稗稊	家鼠百物靡不偸
民被鼠割日憔悴	膏焦血涸皮骨枯
是以遣汝爲鼠帥	賜汝權力恣礫剞
賜汝一雙熒煌黃金眼	漆夜撮蚤如梟雛
賜汝鐵爪如秋隼	賜汝鋸齒如於菟
賜汝飛騰搏擊驍勇氣	鼠一見之淩兢俯伏恭獻軀
日殺百鼠誰禁止	但得觀者嘖嘖稱汝毛骨殊
所以八蜡之祭崇報汝	黃冠酌酒用大觚
汝今一鼠不曾捕	顧乃自犯爲穿窬
鼠本小盜其害小	汝今力雄勢高心計麤
鼠所不能汝唯意	攀檐撤蓋頹堅塗
自今群鼠無忌憚	出穴大笑掀其鬚
聚其盜物重賂汝	泰然與汝行相俱
好事往往亦貌汝	群鼠擁護如騶徒
吹螺擊皷爲法部	樹纛立旗爲先驅
汝乘大轎色夭矯	但喜群鼠爭奔趨
我今彤弓大箭手射汝	若鼠橫行寧嗾盧

남산골 늙은이는 일반 백성에, 쥐는 백성의 재물을 수탈하는 수령(守令)과 아전에, 고양이는 감사(監司)에 각각 비유되어 있다. 당시의 감사는 절대적인 권한을 쥐고 있어서 자기가 관할하고 있는 도(道)에 관한 경찰권·사법권·징세권 등을 독자적으로 행사할 수 있었다. 이와 같이 막강한 권한을 행사하여 악덕 지방관의 횡포로부터 백성을 보호하는 것이 감사의 중요한 임무이다. 마찬가지로 고양이는 쥐를 잡아서 사람에게 유익한 일을 한다는 것이 우리의 상식이다. 이 시는 이러한 일반적 상식을 뒤집어놓고 있다. 당시에는 비상식적인 일이 상식적인 일로 받아들여졌던 때이다. 감사와 지방 수령의 경우가 그 한 예가 된다. 다산은 「감사론(監司論)」에서 좀도둑·강도·화적(火賊)은 도둑이 아니고 감사야말로 큰 도둑이라고 규정하여 다음과 같이 말하고 있다.

토호(土豪)와 간사한 아전들이 인장(印章)을 새겨 거짓 문서로 법을 농간한 자가 있어도 "이것은 연못의 고기이니 살필 것이 못 된다" 하여 덮어두고, 효도하지 않고 우애하지 않으며 그 아내를 박대하고 음탕한 짓으로 인륜을 어지럽히는 자가 있어도 "이는 말을 전하는 자가 지나친 것이다" 하여 빙긋 웃고는 모르는 척 넘겨버리며, 부신(符信) 주머니를 차고 인끈을 늘어뜨린 자(수령—필자)가 조곡(糶穀)을 팔아먹고 부세(賦稅)를 도적질하기를 자기가 한 것과 같은데도 용서하여 그냥 두며 고과(考課)를 제일로 매겨 임금을 속이니 이와 같은 자가 어찌 큰 도적이 아니리요. 큰 도적이다.

이 도적은 야경꾼도 감히 심문하지 못하고, 집금오(執金吾)도 감히 체포하지 못하고, 어사(御史)도 감히 공격하지 못하고, 재상(宰相)도

감히 성토하는 말을 하지 못하며, 횡포한 짓을 제멋대로 해도 감히 힐
책하지 못하며, 엄청난 전토(田土)를 차지하여 종신토록 편안함을 누
려도 감히 나무라는 논의를 못하니 이와 같은 자가 어찌 큰 도적이 아
니리요. 큰 도적이다.[12]

이와 같이 감사가 감사로서의 직무를 수행하지 않고 도리어 악덕 지
방관들과 야합하여 백성들에게 더 큰 피해를 입히고 있었던 것이 당시
의 실정이었다. 「고양이」는 이러한 당시의 부패상을 풍자한 시이다.

이 시를 좀 다른 각도에서 이해하여 남산골 늙은이는 일반 백성으로,
쥐는 도둑으로, 고양이는 도둑 잡는 군관(軍官) 등의 하급관리로 볼 수
도 있다. 쥐를 잡아야 할 고양이가 쥐와 야합하듯이 도둑을 잡아야 할
군관이 도둑과 한패가 되는 것이다. 역시 우리의 상식과는 거리가 멀지
만 『목민심서』에는 이와 같은 사실이 여러 곳에 기록되어 있다.

무릇 포도군관(捕盜軍官)은 경향을 막론하고 모두 큰 도적이다. 도
적과 내통하여 그 장물을 나누어 먹고, 도적을 풀어 도둑질할 수 있도
록 방법을 제공하며, 수령이 도적을 잡으려고 하면 미리 기밀을 누설
해 도적으로 하여금 멀리 달아나게 하고, 수령이 도적을 처형하려고
하면 비밀히 옥졸(獄卒)을 사주하여 옥졸로 하여금 도적을 고의로 놓

---

12 『전서』 I-12, 12a~12b(1권 245면), "有土豪姦吏 刻章僞書 舞文弄法者 曰是淵魚不
足察 則掩匿之 有不孝不弟 薄其妻 淫黷亂倫者 曰是傳之者過也 裴然爲不知也者而過
之 厥有佩符囊 彈印綬者 販穀糶 竊賦稅 如己所爲 則恕而存之 課居最 以欺人主 若是
者 庸詎非大盜也與哉 大盜也已 是盜也 干撫不敢問 執金吾不敢捕 御史不敢擊 宰相不
敢言勘討 橫行暴戾 而莫之敢誰何 置田墅連阡陌 終身逸樂 而莫之敢訾議 若是者 庸詎
非大盜也與哉 大盜也."

치게 하니 그 천만가지 죄악을 다 말할 수가 없다.[13]

이렇게 도적과 군관, 감사와 수령이 야합하여 백성을 괴롭히는 일이 당시에는 상식적인 일이었는데 이 상식적인 일이 고양이와 쥐를 통해서 이야기될 때, 독자는 현실에서 느끼지 못한 충격과 분노를 느낀다. 풍자적 우화시의 특징 중의 하나가 바로 이런 것이다.

이 시에서 또 한가지 주목할 점은 묘사의 사실성이다. 특히 고양이의 묘사에 있어서는 고양이가 가진 신체적인 특징들, 예컨대 밤에도 잘 보이는 밝은 눈, 날카로운 발톱, 톱날 같은 이빨, 날쌘 동작 등이 세부적으로 묘사되어 있다. 쥐를 잡는 데 사용되어야 할 이러한 특권들이 사람에게 행사될 때의 모습 또한 실감나게 그려져 있다. 특히 고양이가 쥐와 야합해서 날뛰는 장면은 당시의 세태를 정확하게 반영한 것이라 보인다. 이조후기의 부패한 감사와 노회한 지방 하급관리들의 모습이 고양이를 통해서 성공적으로 형상화된 다산의 걸작 중의 하나로 평가되어야 할 것이다. 이 작품이 「해남촌의 아전(海南吏)」[14] 「파지촌의 아전(波地吏)」[15] 「용산촌의 아전(龍山吏)」[16] 등 아전을 주제로 한 시를 읽을 때와는 또다른 감동을 주는 이유는 이 시가 우화시로서 성공했기 때문일 것이다. 우화시는 짧지만 극화(劇化)된 이야기로 구성된 서사시이기 때문에 표면적인 이야기 자체도 재미있을 뿐만 아니라 독자에게 좀더 직

---

13 『전서』V-19, 13b(5권 371면), 『목민심서』吏典, 「馭衆」, "凡捕盜軍官 毋論京外 皆大盜也 與盜締交 分其贓物 縱盜行賊 授以方略 官欲捕盜 先泄秘機 使之遠遁 官欲殺盜 陰嗾獄卒 使之故逸 千罪萬惡 不可殫述."
14 『전서』I-5, 39a(1권 98면).
15 같은 책 같은 곳.
16 같은 책 38b(1권 97면).

접적인 감동을 주기까지 한다. 이런 계열의 우화시로는 「송충이(蟲食松)」 「모기(憎蚊)」[17] 등 여러편이 있다.

그대 아니 보았더냐 천관산(天冠山) 가득 찬 솔
천그루 만그루 봉마다 뒤덮였네

푸르고 울창한 노송뿐만 아니라
어여쁜 어린 솔도 총총히 돋았는데

하룻밤 새 모진 벌레 천지를 가득 메워
뭇 주둥이 솔잎 갉기 떡 먹듯 하는구나

어릴 때도 살빛 검어 추하고 밉더니
노란 털 붉은 반점 자랄수록 흉하도다

바늘 같은 잎을 갉아 진액을 말리더니
살갗까지 씹어서 부스럼 상처 냈네

소나무 날로 마르나 까닥도 하지 않고
곧추서서 죽는 모습 엄전하기 짝이 없네

연주창(連珠瘡)에 문둥병에 가지 줄기 처량하니

---

17 『전서』 I-4, 33a(1권 78면).

상쾌한 바람 울창한 숲 어디 가서 찾으리오

하늘이 솔을 낼 때 깊은 생각 있었기에
일년 사철 곱게 키워 한겨울도 몰랐었지

사랑받고 은혜 입어 나무 중에 뛰어나니
복사꽃 오얏꽃과 화려함을 다툴손가

대궐 명당 낡아서 무너질 때엔
들보 되고 기둥 되어 조정에 들어왔고

왜놈과 유구(琉球)가 덮쳐올 때엔
큰 배를 만들어 적의 예봉 꺾었지

너 이제 욕심 부려 솔 모두 죽여
말하려니 내 기가 받쳐 오르네

어찌하면 뇌공(雷公)의 벼락도끼 얻어내어
네놈의 족속들을 모조리 잡아다가
이글대는 화독 속에 넣어버릴고[18]

　　君不見天冠山中滿山松　千樹萬樹被衆峯

---

18 같은 책 30a, 「蟲食松」(1권 76면).

豈惟老大鬱蒼勁	每憐稗小羅丰茸
一夜沴蟲塞天地	衆喙食松如饕饗
初生醜惡肌肉黑	漸出金毛赤斑滋頑兇
始哧葉針竭津液	轉齧膚革成瘡癰
松日枯槁不敢一枝動	直立而死何其恭
瘏柯癩幹凄相向	爽籟茂樾嗟何從
天之生松深心在	四時護育無大冬
寵光隆渥出衆木	況與桃李爭華穠
太室明堂若傾圮	與作脩梁矗棟來朝宗
漆齒流求若隳突	與作艨艟巨艦摧前鋒
汝今私慾恣殄瘁	我欲言之氣上衝
安得雷公霹靂斧	盡將汝族秉畀炎火洪鑪鎔

이 시를, 단순히 소나무를 갉아먹는 송충이에 대한 증오심을 나타낸 것으로 해석해도 좋고, 우의적으로 해석할 수도 있다. 후자의 입장을 취한다면 송충이는 소나무같이 점잖은 군자를 괴롭히는 소인배를 가리킨다고 볼 수 있다. 또한 대궐의 기둥도 되고 왜적의 침입을 물리치는 선박도 될 수 있는 훌륭한 인재를 헐뜯고 모함하는 간신들에 비유될 수도 있다. 좀더 확대해석한다면 송충이는 선량한 백성들에게 기생하여 백성들의 피를 빨아먹는 지방관들을 상징한다고 볼 수도 있다. 어쨌든 이 시에서도 소나무 본래의 의연한 기상, 송충이의 침입을 받은 후의 소나무의 처참한 모습, 그리고 집요하고 악랄한 송충이의 속성 등이 치밀하게 묘사되어 있다.

「동시의 찡그린 얼굴(題東施效顰圖)」은 여러가지로 많은 문제점을 던

져주는 우화시이다.

푸른 치마 곱사등이 저 여자가 누구더냐
저라산(苧羅山) 밑 감호(鑑湖)가에 살던 여자네

봉두난발 붉은 머리 꾸불꾸불 흩어지고
삐뚤빼뚤 성긴 이 퍼렇게 드러나네

몸에는 때 끼어서 말은 족히 되고
방 안에 쌓인 먼지 천섬이 넘네

등에는 옴딱지 두꺼비 족속이요
턱밑 살 늘어져 사다새 무리로다

길가에 나서면 놀림받기 일쑤이고
문간에 들어서면 개들마저 짖어대네

더러운 그 꼴에 맘씨까지 곧지 못해
바람 앞에 맵시 내며 기지개 켜는 그 꼴이란

콧대는 구부러져 매부리코 형상이요
눈살을 찌푸리며 도깨비 신음 표정 짓네

용감한 자 손뼉 치고 겁 많은 자 달아나니

구자마모(九子魔母)[19] 귀신이 이 얼굴에 내려온 듯

자기 동네 서쪽에 서시(西施)[20]가 살아
그에게서 배웠다고 제 딴엔 말하지만

서시 본래 아름다워 찡그림도 고왔으나
네 얼굴의 찡그림은 본얼굴만 못하도다

아! 찡그림 흉내냄이 어찌 너뿐이랴
세상에 이런 일 나는 많이 보았노라

강좌(江左) 사람 모두 다 굽 높은 신 신었고[21]
업하(鄴下) 사람 모두 다 절각건(折角巾) 썼었지[22]

호랑이 그리고 따오기 새기면서
뻔뻔스레 부끄럼 전혀 없는데
가는 허리 높은 상투 어찌 족히 나무라랴[23]

---

19 질투심 많은 여자를 구자모(九子母)에 비유한 말. 구자모는 불교신화에 나오는 여신.
20 중국 오(吳)나라 임금 부차(夫差)의 총희였던 월(越)나라의 미인. 가슴앓이가 있어
   항상 얼굴을 찡그렸다고 한다.
21 중국 진(晉)나라 때 사안(謝安)이 물을 피하느라 굽 높은 나막신을 신었더니, 그 지
   방 사람들이 모두 따라서 굽 높은 나막신을 신었다는 고사.
22 중국 후한(後漢) 때 곽태(郭泰)가 하루는 비를 맞아 두건의 한쪽 귀가 접혔는데, 남
   들은 그를 따라 일부러 두건의 한쪽 귀를 접어 썼다고 한다.
23 중국 초나라 임금이 허리 가는 미인을 좋아했더니 그 시녀들이 허리를 가늘게 하기
   위하여 밥을 먹지 않다가 굶어 죽었다고 한다.

한단(邯鄲)의 걸음걸이 수릉(壽陵) 것만 못하였고[24]
우맹(優孟)의 변장술도 손숙오(孫叔敖)는 못 되느니[25]

태어날 때 체질은 제각기 다른 건데
어이하여 남만 따르고 나를 버리려느뇨[26]

靑裙踽僂彼何人	苧羅山下鑑湖濱
蓬頭亂髮紅拳曲	齞脣歷齒靑輪囷
膚革定帶三斗垢	閨房不減千斛塵
背疥仍是蝦蟆族	胡囊恰如淘河群
出街輒受揶揄弄	投門苦遭吽牙狺
陋腹猶藏不直意	臨風作態一欠伸
頯皮漸起彎弓勢	眉稜忽作盤茶呻
勇者拍掌怯者走	九子魔母此降神
自言此法有所受	里閈西與西施隣
西施本好顰亦好	汝顰不若守天眞
吁嗟效顰豈唯汝	我見世路多此顰
江左盡躡高齒屐	鄴下皆戴折角巾

---

24 어떤 사람이 초나라의 서울인 한단(邯鄲)에 가서 그곳의 걸음걸이를 배우다가 나
중엔 앉은뱅이걸음으로 기어서 돌아왔다고 한다.
25 우맹은 중국 초나라 때의 배우로, 죽은 신하인 손숙오로 변장하여 임금을 감동시켰
다고 한다.
26 『전서』 I-5, 23a(1권 90면), 「題東施效顰圖」.

206

畫虎刻鵠恬不愧　　細腰尺鬐那足嗔

邯鄲不如壽陵故　　優孟終非蒍敖倫

天生體質各有分　　胡爲殉物舍吾身

　못생긴 여자 동시(東施)의 이야기는 중국 전래의 우화다. 이 전래 우화에 시의 옷을 입힌 것이 이 작품이다. 후반부에서 여러가지 예를 들어 동시의 이야기를 보충 설명하고 마지막에 뚜렷한 결론을 내림으로써 시로서의 짜임새가 흐트러지긴 했지만 동시의 외모나 성격 묘사는 매우 사실적이다. 우리가 이 시에 주목하게 되는 이유는 다산의 주체의식이 강하게 깔려 있기 때문이다. 맹목적으로 남의 것을 모방하는 노예사상에 대한 경계가 이 작품의 주제인데 이것이 바로 중국문화권의 종속상태로부터 벗어나려는 다산의 주체성의 원리이다. 이 문제에 대해서는 제1장 제2절에서 자세히 논급된 바 있다.

　이상에서 다산의 우화시를 살펴보았거니와 내용면에서는 추상적 도덕훈(道德訓)보다 현실에 대한 풍자를 담은 것이 그 특징이다. 풍자는 인간이나 사회제도의 결함을 조소하거나 폭로하려는 목적으로 쓰이는데 여러가지 이유에서 풍자를 직접 수행하기 어려울 때 우화적 수법이 사용되는 경우가 많다. 다산의 우화시가 대부분 유배 이후에 쓰인 점으로 보아 일종의 국내적 망명상태에 있었던 그가 우화시로써 현실을 풍자한 것은 충분히 납득이 가는 일이다.

　형태적인 면에서 다산의 우화시는 고전적 우화시에 비해서 훨씬 정제(整齊)된 모습을 가지고 있다. 우선 이솝(Aesop) 우화에서와 같은 공식적인 격언을 없애거나 혹은 이야기 속에 스며들게 함으로써 시가 도덕에 종속되었다는 인상을 씻어준다. 물론 도덕은 우화시에서 매우 중요한 요소이다. 그러나 도덕을 전면에 노출함으로써 독자의 자유로운 상상력을 구속하고, 교훈이란 쓴 약을 먹이기 위한 당의정(糖衣錠)의 역할로 시를 격하시킨 것이 도덕적 우화시의 결함이었다. 앞에서 살펴본 바와 같이 다산의 우화시는 고전적 우화시가 가진 결함을 보완해서 우화시를 예술적으로 한층 더 심화했다고 말할 수 있다.

제5장

다산시의 대립적 구조

1. 다산철학의 개요

[1] 다산시의 가장 두드러진 구조적 특징은 대립의 구조이다. 여기서 구조적 특징이라고 말한 것은 형식이나 내용 어느 일면에 국한된 것이 아니고 내용과 형식을 함께 포괄할 수 있는 용어로서 편의상 붙인 명칭이다. 자연풍광을 읊고, 고적을 찾아 노래하고, 친구나 문중 어른들의 안부를 묻고, 인생의 무상함을 탄식하고, 부모·형제·자식 들을 생각하는 시 ─ 이런 시들은 교양을 갖춘 양반 사대부들이라면 누구나 썼던 비슷비슷한 시들이다 ─ 를 제외하고 다산만이 쓸 수 있었던 시들을 대상으로 할 때, 그의 시의 가장 뚜렷한 특징 중의 하나는 대립적 구조이다. 즉 그는 호랑이와 양, 구렁이와 까치, 농민과 사또, 굶주린 민중과 탐관오리들, 소나무와 송충이, 모기와 사람 등 본질적으로 대립관계에 있는 것들을 시의 소재로 삼았다. 약한 자와 강한 자, 먹는 자와 먹히

는 자, 또는 지배하는 자와 지배받는 자 사이의 이와 같은 대립의 양상을 시의 소재로 선택함으로써 다산이 의도하는 바가 무엇이고, 그것이 다산시에서 어떤 의미를 갖는 것이며, 또 그것이 다산의 현실관·세계관과 어떤 관계를 가지는가 하는 문제를 밝혀보려는 것이 이 장(章)의 목적이다.

이러한 문제의 해결을 위해서는 우선 다산의 철학에 대한 약간의 검토가 선행되어야 한다. 철학이란 사물을 보는 방식, 즉 사고의 방식을 연구하는 학문이다. 이 사고의 방식은, 현존하는 '나'의 감관(感官)으로 인식할 수 있는 모든 것, 즉 돌멩이나 거문고에서부터 전쟁·과거제도에까지, 나아가서는 세계와 우주의 생성에 이르기까지의 일체의 객관적 대상의 본질에 대한 인식을 지배한다. 다산이 살았던 이조후기 사회를 예로 든다면 이 객관적 현실에 대한 사고방식의 차이가 극단적으로 드러난 것이 주자학(朱子學)과 반(反)주자학이었다. 당시의 봉건지배층은 주자학적인 사상기반에서 현실긍정적인 태도를 취했고, 일부 진보적인 실학자들은 비판적인 입장을 취하면서 주자학에 비판적 태도를 취했다. 이렇게 같은 현실에 대해서 상반되는 두가지 견해를 낳은 요인은 사물을 보는 방식, 즉 철학적 입장의 차이에 있다. 그러므로 다산이 미신을 배격하고 성리학을 비판하고 기존 제도를 개혁하려 한 데에는 그만한 철학적 뒷받침이 있었다고 보아야 한다. 다산의 시도 근본적으로는 그의 철학적 태도가 인식한 현실을 예술적으로 형상화한 것이다. 그러므로 다산철학에 대한 이해는 다산이 사물과 현실을 어떤 방식으로 이해했는가에 대한 열쇠를 제공해주며 다산시의 이해에도 절대적인 조건이 된다.

② 다산은 철학사상을 체계적으로 정리한 저술을 남기지 않았다. 다만 방대한 양의 경서주석서(經書註釋書)에 단편적으로 그의 철학이 나타나 있을 뿐이다. 이제 이들 주석서를 중심으로 다산철학의 대강을 매우 피상적으로나마 훑어보기로 하겠다.

우선 그는 세계의 근원을 태극(太極)으로 보면서, 태극을 추상적인 이(理)로 보지 않고 구체적인 기(氣)로 이해했다. 그는 태극을 "천지가 나누어지기 전의 혼돈한 것으로서 형체 있는 것의 시초이고, 음양의 씨앗이고, 만물의 시초"[1]라 정의하고 송대(宋代) 이래의 태극에 대한 그릇된 견해를 다음과 같이 반박했다.

후세의 의론이 태극을 높이 받들어 형이상적(形而上的)인 것으로 만들고 매양 말하기를 이것은 이(理)요 기(氣)가 아니라느니, 이것은 무(無)이며 유(有)가 아니라느니 한다.[2]

이 말을 뒤집어 생각하면, 태극은 형이하적(形異下的)인 것이고, 기(氣)이며 유(有)라는 말이라 볼 수 있다. 다산의 이런 견해는 주자학적인 태극 개념을 정면으로 반박한 것이다. 주자는 태극을, 형체도 없고〔無狀〕소리도 없고〔無聲〕냄새도 없고〔無臭〕방소도 없는〔無方所〕하나의 선험근거(先驗根據)로서의 추상적인 이(理)로 생각했다. 그리고 이 추상적인 무형의 이(理)인 태극이 현상을 있게 했고 또 현상을 지배하

---

1 『전서』 Ⅱ-47, 1b, 『易學緖言』 권3, 「沙隨古占駁」(3권 524면), "太極者 天地未分之先 渾沌有形之始 陰陽之胚胎 萬物之太初也."
2 『전서』 Ⅱ-46, 3b, 『易學緖言』 권2, 「韓康伯玄談考」(3권 505면), "後世之論 推尊太極 爲形而上之物 每云 是理非氣 是無非有."

는 최고의 원리라고 생각했다. 이에 비해서 다산은, 태극이 현상을 있게 한 근원, 즉 만물의 시초라고는 생각하지만 태극을 추상적인 이(理)로 이해하여 천지만물의 주재자로 받드는 것은 받아들일 수 없다고 생각했다. 주자 식의 견해는, 인간의 지각활동 너머에 있는 초경험적이고 선(先)경험적인 어떤 섭리를 설정함으로써 현상을 설명하려고 하는 관념론적 사고의 소산인데, 합리적이고 과학적인 사고의 소유자였던 다산의 체질이 이를 거부한 것이다. 도대체 형체도 없는 추상적인 '그 무엇'이 세계의 주재자가 될 수 없다는 것이다.

> 대체로 천하에 형체가 없는 것은 주재자가 될 수 없다. 그러므로 한 집안의 어른이 우매하고 슬기롭지 못하면 집안 만사가 다스려지지 않고, 한 고을의 우두머리가 우매하고 슬기롭지 못하면 그 고을의 모든 일이 다스려지지 않는 법이다. 하물며 아득하게 텅 비어 있는 태허(太虛)한 이(理)를 가지고 천지만물을 주재하는 근본으로 삼는다면 천지간의 일들이 옳게 다스려지겠는가?[3]

다산은 태극을, 세계의 근원이고 만물의 시초인 기(氣)라고 생각했지, 세계의 주재자인 이(理)라고 생각하지는 않았다.

이와 같은 주자와 다산의 철학적 견해의 차이는 태극 개념에 관한 의견의 차이에 그치지 않고, 현실을 파악하는 입장의 차이로 그대로 연장된다. 주자 식의 사고방식에 의하면, 인간의 모든 도덕질서도 그것을 있

---

3 『전서』 II-6, 38b, 『孟子要義』 권2, 「盡心第七」(2권 144면), "凡天下無形之物 不能爲主宰 故一家之長 昏愚不慧 則家中萬事不理 一縣之長 昏愚不慧 則縣中萬事不理 況以空蕩蕩之太虛一理 爲天地萬物主宰根本 天地間事 其有濟乎."

게 한 선험근거인 소이연(所以然)의 이(理)의 작용이기 때문에 인위적으로 만들어진 것이 아니고 자연적으로 그렇게 되어 있는 것으로 된다.[4] 임금과 신하, 부모와 자식, 남편과 아내, 나아가서 지주와 농노 등의 모든 종적(縱的) 신분관계를 인간의 작위에서 이루어진 것이라 보지 않고, 조금도 이론의 여지가 없는 당연한 현상, 천리(天理)의 구현으로 생각한다. 우리나라 주자학의 가장 높은 봉우리였던 퇴계의 다음과 같은 말은 이를 더욱 분명하게 해준다.

무릇 배(舟)가 마땅히 물 위로 가야 하고 수레가 마땅히 육지로 가야 하는 이것이 이(理)이다. 배가 육지로 가고 수레가 물로 가면 이(理)가 아니다. 임금은 마땅히 인(仁)해야 하고 신하는 경(敬)해야 하고 아비는 자(慈)해야 하며 자식은 효(孝)해야 하는 이것이 이(理)이다. 임금으로서 불인(不仁)하고 신하로서 불경(不敬)하고 아비로서 부자(不慈)하고 자식으로 불효(不孝)한다면 이(理)가 아니다.[5]

이런 관점에서 보면 신하는 왕에게 무조건 충성해야 하고, 농노는 지주에게 무조건 봉사해야 한다. 이것은 현상고착적인 사고방식이고 또한 여기에는 완강한 체제유지적 보수성이 도사리고 있다.

---

4 이우성 교수의 「한국 사회경제사상 서설」(『한국사상대계』 II, 성균관대학교 대동문화연구원)과 「유교의 정치관과 근대적 정치이념」(『한국의 역사상』, 창작과비평사 1982) 두 논문 참조.

5 『退溪先生言行錄』 권4, 장1a, 「論理氣」(『增補退溪全書』 4, 성균관대학교 대동문화연구원 1978, 216면), "夫舟當行水 車當行陸 此理也 舟而行陸 車而行水 則非其理也 君當仁 臣當敬 父當慈 子當孝 此理也 君而不仁 臣而不敬 父而不慈 子而不孝 則非其理也."

이에 비하면 다산의 생각은 훨씬 진보적이다. 우선 다산은 임금과 신하, 지주와 농노의 관계를 절대적이고 무조건적인 상하관계로 보지 않는다. 이것은 이러한 상하관계를 있게 한 이(理) 또는 무형의 추상물인 태극을 세계의 최고 지배원리로 보지 않기 때문이다. 다산에게 있어 태극은 형이하학적인 것으로서 세계의 근원이 되는 유형물일 뿐이다. 유명한 「탕론(湯論)」에서 그는 천자(天子)의 존재를 다음과 같이 규정했다.

대저 천자(天子)란 것이 어떻게 하여 있게 된 것인가. 천자는 하늘에서 내려서 세운 것인가, 아니면 땅에서 솟아나서 천자로 된 것인가. 다섯 집이 인(隣)이 되는데 다섯 집에서 장(長)으로 추천된 자가 인장(隣長)이 되고, 오린(五隣)이 이(里)가 되는데 오린에서 장으로 추대된 자가 이장(里長)이 되고, 오비(五鄙)가 현(縣)으로 되는데 오비에서 추대된 자가 현장(縣長)이 되고, 여러 현장이 함께 추대한 자가 제후(諸侯)로 되며, 제후가 함께 추대한 자가 천자로 되니, 천자란 것은 대중이 추대하여서 된 것이다.[6]

천자는 하늘에서 내려왔거나 땅에서 솟아난 것이 아니라 대중이 추대하여 된 것이고, 그렇기 때문에 대중의 생각에 따라서 천자를 교체할 수도 있다는 것이 다산의 견해이다. 「원목(原牧)」에서도 비슷한 이론을 전개하여 "통치자가 백성을 위하여 존재하는가, 백성이 통치자를 위하

---

6 『전서』 I-11, 24a, 「湯論」(1권 233면), "夫天子 何爲而有也 將天雨天子而立之乎 抑涌出地爲天子乎 五家爲鄰 推長於五者 爲隣長 五鄰爲里 推長於五者 爲里長 五鄙爲縣 推長於五者 爲縣長 諸縣長之所共推者 爲諸侯 諸侯之所共推者 爲天子 天子者 衆推之而成者也."

여 존재하는가"라는 질문을 제기하고, 백성들이 필요에 의해서 통치자를 선출하였기 때문에 통치자는 백성을 위하여 존재한다고 말했다.[7] 이 말은 천자와 국가가 하늘의 예정된 결과라는 주자학적인 견해를 정면으로 부정한 것이다.

지주와 농노의 신분적 관계에 대해서도 다산은 이를 고정불변한 당연지리(當然之理)로 보지 않았다. 반면에 주자는 그의 「권농문(勸農文)」에서 지주와 전호(佃戶)의 상호공존을 역설했다. 즉 전호는 지주의 땅을 빌려 가족을 먹여 살리고, 지주는 전호의 경작에 힘입어 가계를 넉넉히 꾸려나가는 것이기 때문에 전호는 지주를 침범하지 말아야 하고 지주는 전호를 학대해서는 안 된다고 말했다.[8] 지주와 전호는 인간의 의사에 관계없이 선험적으로 이미 그렇게 구분되어 있는 천리(天理)이기 때문에 양자가 서로 사이좋게 지내야 한다는 견해이다. 그러나 다산은, 지주는 언제나 지주이고 농노는 언제나 농노이어야 한다는 주자 식의 견해를 용납하지 않는다. 도리어 그는 봉건적 생산관계의 기본구조인 지주·전호제 자체를 부정했다. 그의 이러한 생각은 「전론(田論)」[9]에 구체적으로 밝혀져 있다. 「전론」에 나타난 그의 토지개혁 사상이 당시로서는 실현성이 없었고 또 그런 만큼 다분히 공상적인 성격을 지니고는 있었지만, 토지제도를 개혁함으로써 지주·전호의 관계를 청산함은 물론 나아가서 사(士)·농(農)·공(工)·상(商)으로 엄격히 구분된 신분제적 사회질서 자체를 근본적으로 개편하여, 모든 사람이 똑같은 권리를 가지고 살자는 것이 그의 생각이었다. 즉 "농사짓는 사람은 전지(田地)를 얻

---

7 『전서』 I-10, 4b, 「原牧」(1권 203면).
8 『朱子大全』 卷100, 13a, 「勸農文」(『朱子大全』, 仁, 경문사 1977, 387면).
9 『전서』 I-11, 3a~7a, 「田論」(1권 223~25면).

게 되고, 농사짓지 않는 사람은 전지를 얻지 못하게 되며, 농사짓는 사람은 곡식을 얻게 되고, 농사짓지 않는 사람은 곡식을 얻지 못하게 되는"[10] 사회, "힘쓴 것이 많은 사람은 곡식을 많이 얻게 되고, 힘쓴 것이 적은 사람은 곡식을 적게 얻게 되는[11] 새 사회를 건설하려는 것이 다산의 의도였고, 이 새 사회 건설을 위해서 그는 실로 방대한 양의 개혁안을 제시하기도 했다.

이상과 같은 기본 원칙 위에 서 있기 때문에 다산의 철학은 현상을 고정불변한 것으로 보지 않고 끊임없이 변화하고 생성하고 발전하는 것으로 본다. 그러므로 그는 자기가 살던 시대의 현실을 선험적인 이(理)에 의해서 당연히 이루어진 결과라고 생각하지 않았다. 그는 이(理)의 실재성(實在性) 자체를 부정하고 있다. 그는 모든 사회제도·윤리규범 등이 시대에 따라, 객관적인 조건에 따라 끊임없이 변한다고 생각했고 또 변해야 한다고 생각했다. 그는 현상을 정적으로 파악하지 않고 동적으로 파악했다. 이러한 그의 철학은 우주생성의 원리를 설명하는 데서 분명히 드러나 있다. 그는 두 아들에게 준 편지에서 『주역(周易)』 본래의 정신에 입각하여 우주생성의 원리를 다음과 같이 말한다.

역(易)에 말하기를, 태극이 양의(兩儀)를 낳고, 양의가 사상(四象)을 낳고, 사상이 팔괘(八卦)를 낳았다. (…) 태극이란 선천(先天)의 기원이다. 태극이 갈라져서 하늘과 땅이 되었고 하늘과 땅이 퍼져서 하늘·땅·물·불이 되었다. 그리고 하늘과 불이 작용하여 바람과 우레로

---

10 같은 책 5b, 「田論」5(1권 224면), "農者得田 不爲農者 不得之 農者得穀 不爲農者 不得之."
11 같은 책 4b, 「田論」3(1권 223면), "用力多者 得糧高 用力寡者 得糧廉."

되었고, 땅과 물이 결합하여 산과 못이 되었다.[12]

여기까지는 별 새로운 말이 아니지만 태극이 양의를 낳고, 양의가 사상을 낳고, 사상이 팔괘를 낳는 기본 원리를 설명하는 과정에서 다산의 우주관이 드러난다. 그는 "태극은 음양이 섞여 있는 물건이다. 태극이 나누어져 양이 되고 음이 되는 것이다"[13]라고 하여 태극 안에 이미 음·양의 두 대립되는 요소가 내재해 있는 것이고, 이 대립물의 발현형태가 천(天)·지(地)의 양의로 나타난다고 설명한다. 그러므로 천과 지는 태극의 자기발전의 결과이지, 어떤 다른 요소의 작용에 의한 것이 아니다. 다산은, 태극이 양의를 낳는 과정뿐만 아니라 태극이 팔괘를 낳기까지의 전 과정을 같은 식으로 설명한다.

사상(四象)의 상(象)된 바는 하늘·땅·물·불이다. 하늘·땅·물·불은 스스로 상(象)을 이룬 것이지, 다른 물건이 섞인 것은 아니다. 이에 하늘이 불을 밀어내서 바람이 되고, 불이 하늘을 분발시켜 우레가 되고, 물이 땅을 깎아 산이 되고, 땅이 물을 감싸서 못이 되는 것이니 넷이 여덟을 낳은 것이다.[14]

---

12 『전서』 I-21, 19a, 「示兩兒」(1권 448면), "易曰 太極生兩儀 兩儀生四象 四象生八卦 (…) 太極者 先天之胚膜也 太極之判而爲天地 天地之叙而爲天地水火 天火之交而爲 風雷 地水之與而爲山澤."

13 『전서』 II-46, 28a, 『易學緖言』 권2, 「論邵氏八卦次序之圖」(3권 517면), "太極者 陰 陽混沌之物 太極分而生一陽一陰可也."

14 『전서』 I-21, 19a, 「示兩兒」(1권 448면), "四象之所象者 天地水火也 天地水火者 特 自成象 不雜他物者也 於是 天托火而爲風 火決天而爲雷 水削地而爲山 地圍水而爲澤 四 生八也."

하나가 둘을 낳는 것은 하나가 나누어져 둘이 되는 것이지, 태극의 바깥에 천·지가 따로 첨가된 것이 아니다. 둘이 넷을 낳는 것은 둘이 나누어져 넷이 되는 것이지, 천지의 바깥에 따로 사기(四氣)가 첨가된 것이 아니다. 넷이 여덟을 낳는 것은 넷이 나누어져서 여덟이 되는 것이지, 사기(四氣)의 바깥에 따로 하늘·땅·물·불·우레·바람·산·못이 첨가된 것이 아니다.[15]

결국 음(陰)·양(陽) 두 대립요소의 운동에 의해서 우주 삼라만상이 형성된다는 견해인데, 다산은 천(天)·지(地)·사시(四時)의 운동으로부터 파리가 날고 벼룩이 뛰는 것에까지 현상계의 모든 법칙을 위와 같은 『주역』의 원리로 설명한다. 다음과 같은 말은 좋은 예가 된다.

만물을 만들거나 만물이 생성하는 법은 비록 넓고 큰 것 같으나, 사실인즉 모두 하나의 같은 본보기를 쓰고 있다. 수박이 처음 싹틀 때는 좁쌀처럼 작지만 그 형체 속에서 점차로 커지는 까닭을 수박 자체에서 찾아본다면, 먼저 꼭지로부터 시작하여 조금 늘어나서 원형이 되고 다시 거두어들이어 꽃술이 되어, 이에 열매가 되고 커져서 큰 수박이 되는 것이다. 천지창조의 시초에 있어서의 법도도 또한 이와 꼭 같은 것이다.[16]

---

15 『전서』Ⅱ-47, 8a,『易學緖言』권3,「吳草盧纂言論」(3권 527면), "一生兩者 分一而爲兩 非於太極之外 添出個天地也 兩生四者 分兩而爲四 非於天地之外 添出個四氣也 四生八者 分四而爲八 非於四氣之外 添出個天地水火雷風山澤也."
16 『전서』Ⅱ-48, 7a,『易學緖言』권4,「陸德明釋文鈔」(3권 548면), "造物生物之法 雖若

이 글에서 "하나의 같은 본보기"란 것은, 태극이 나누어져서 천지만물이 된다는 『주역』의 원리를 가리킨다. 다산은 여기서 태극을 수박씨에 비유해서 말하고 있는 것이다. 그러므로 좁쌀만 한 수박씨가 커다란 수박으로 되는 것은 수박씨의 자기부정의 결과라는 이야기이다. 이것은 수박씨 안에 이미 씨 아닌, 씨와는 대립되는 요소가 내포되어 있어서 이 두 대립요소의 자기운동의 결과가 수박으로 나타난다는 말이다. 이렇게 보면, 현상계의 모든 사물이 끊임없이 변화하고 발전한다는 다산의 생각은, 태극이 태극으로만 남아 있지 않고 변화 발전해서 천지만물을 생성하기에 이른다는 생각과 같은 것이다. 그리고 이 생각은 수박씨가 수박이 되는 변화 —— 이 변화는 운동이며 발전이다 —— 에서 다시 확인된 셈이다. 또한 만물의 변화·발전을 가능하게 하는 근본 동인(動因)이 음·양의 대립이란 점도 대충 밝혀졌다. 태극이 발전해서 천지만물을 생성하는 것은, 태극 안에 음·양이 내재해 있기 때문이고, 이 음·양은, 낮과 밤, 더위와 추위, 남자와 여자 등으로 비유되듯이 본질적으로 대립적인 관계에 있다. 대립이 있기 때문에 운동이 가능한 것이다. 그러므로 대립은 운동의 적극적인 계기가 된다.

이상의 논의를 종합해볼 때, 대립과 운동이라는 두 개념이 다산철학을 구성하는 가장 본질적인 요소라고 말할 수 있다. 그리고 다산은, 대립과 운동의 원리인 『주역』의 원리가, 천지의 이치에서부터 파리·벼룩의 비약에까지 미친다고 말함으로써 일원론적(一元論的)인 세계관을

廣大 其實皆用一例 西瓜之始生也 其小如粟 而就其體中 求其所以漸大之故 則先自蔕
始 小舒爲圓形 復收爲花臍 乃實乃脹 以成大瓜 天地創造之初 其法亦必如此."

표명하고 있다. 『주역』의 원리가 우주생성의 설명에만 유효한 것이 아니고, 이 세계의 모든 현상에, 인간사회에까지도 적용된다고 다산은 생각한 것이다.

③ 지금까지 주로 자연계의 현상을 들어 전개한 다산의 이론이 인간사회에는 어떻게 적용되는 것일까? 그는 인간사회도 원칙적으로 『주역』의 원리가 지배한다고 생각했다.

한번 음이 되었다가 한번 양이 되는 것을 도(道)라 하는 이유는 하늘이 만물을 생육하기 때문이다. 그 신묘한 조화와 작용은 한번 낮이 되었다가 한번 밤이 되고, 한번 추웠다가 한번 더워지는 이치와 같은 것이다. 초목(草木)·금수(禽獸) 등 생명을 가지고 움직이는 것들이 이러한 이치로 양육되는 것이고, 사람이 경륜을 세우고 규범을 만들어 하늘을 대신하여 만물을 다스리는 것도 밤과 낮, 겨울과 여름의 교체되는 법칙을 배움으로써 되는 것이다.[17]

낮과 밤, 겨울과 여름이라는 대립요소의 운동으로 대표되는 음양의 법칙이 꼭 같이 인간사회에도 적용된다는 논리이다. 그러나 다산은 자연현상을 설명하는 것만큼 논리적이고 체계적으로 인간사회를 설명하지는 않았다. 단지 인간사회의 모든 현상은 밤낮이 바뀌고 춘하추동이 교체되는 것처럼 끊임없이 움직이고 변화한다는 정도의 견해로 그치고

17 『전서』 Ⅱ-46, 2a, 『易學緖言』 권2, 「韓康伯玄談考」(3권 504면), "一陰一陽之謂道者 天之所以生育萬物 其神化妙用 只是一晝一夜一寒一暑而已 草木禽獸含生蠢動之倫 於 是乎煦濡蕃發 而人之所以立經陳紀 代天理物 亦唯順晦明之節 協冬夏之紀而已."

있다. 이렇게 모든 현상은 끊임없이 움직이고 변화한다는 생각이 역사의 진보 개념으로까지 구체화되진 않고 있지만, 이 생각이야말로 그의 개혁사상의 근간을 이루는 핵심적인 요소이다. 그의 개혁안의 청사진이라고 할 만한『경세유표(經世遺表)』의 서문에서 다산은 개혁의 원리를 다음과 같이 말하고 있다.

그러나 은(殷)나라 사람이 하(夏)나라를 교체할 때 좋도록 가감하지 않을 수 없었고, 주(周)나라 사람이 은나라를 대신할 때에도 좋도록 가감하지 않을 수 없었으니, 무엇 때문인가 하면 세상의 도리는 강물이 흘러가는 것과 같으므로 한번 정해져서 만세나 되어도 변경되지 않는 것은 이치가 능히 그렇게 되는 것이 아니다. (…) 이 일로 미루어 살펴본다면 법을 고치지 못하는 것과 제도를 변경하지 못하는 것은 일체 사람의 어질고 어리석음에 근본을 둔 것이지, 천지의 이치가 원래 바꾸지 않고 변하지 않게 하려는 것이 아니다.[18]

"세상의 도리는 강물이 흘러가는 것과 같으므로" 또 "천지의 이치가 원래 바꾸지 않고 변하지 않게 하려는 것이 아니므로" 이 세상에는 변경되지 않고 고정불변한 것은 없다는 것이 다산의 생각이다. 그러나 세상의 도리가 강물이 흘러가듯 변하는 것이라고 해서 그냥 놓아두어도 제 갈 길을 간다는 말은 아니다. 변하고 움직이는 현상의 속성을 알아서 인간이 주체적으로, 시대와 역사적 조건에 맞게 그것을 고쳐나가야 한

---

18 『전서』 V-1, 2b,『經世遺表』 권1(5권 1면), "然殷人代夏 不能不有所損益 周人代殷 不能不有所損益 何則 世道如江河之推移 一定而萬世不動 非理之所能然也 (…) 由是觀之 法之不能改 制之不能變 一由夫本人之賢愚 非天地之理 原欲其無改無變也."

다는 것이 다산의 생각인 듯하다. 이것은 인간사회의 모든 법과 제도 그리고 그것에 의하여 제약되어 있는 모든 인간관계와 도덕질서를 당연의 이(當然之理)라 하여 현상대로 고착시키려는 주자학적 철학체계와는 다른 입장에 서 있는 견해이다.

　이런 입장에서 다산은, 그가 살고 있던 이조후기 사회도 어떤 형태로든지 변혁되어야 한다고 생각했다. 그리고 다산은 그 사회가 변혁되지 않으면 안 되는 이유는 그 사회가 여러가지 모순을 안고 있기 때문이라고 생각했다. 그는 이 모순을 병(病)에 비유해서, 자기가 살던 사회를 "털끝 하나도 병들지 않은 것이 없는"[19] 사회라고 말했다. 다산의 말처럼 당시 사회는 봉건사회의 말기적 병폐가 중첩되고 있어서 만신창이의 상태였다. 다산은 이 여러가지 병 중에서 봉건관료·부호들의 토지겸병과 농민의 궁핍화 현상이 가장 고질적인 병이라 보았다. 말하자면 다산의 눈에 비친 이조후기 사회의 구조적인 모순은 봉건관료와 농민의 대립에 있었던 것이다. 고관대작과 부호들의 토지겸병과 농민들의 토지상실, 그리고 지배층의 가렴주구로 인해서 이 대립관계는 더욱 격심해지고 있었다. 이와 같은 대립이 해결되어야 한다는 것이 다산의 견해였고, 그 해결책으로 제시한 것이 그의 개혁안이었다.

　얼른 보기에 너무나 당연한 것 같고 그런 만큼 평범한 것 같은 위와 같은 다산의 견해가 문제시되는 이유는 농민과 봉건관료 또는 지주와 전호의 관계를 주자(朱子)처럼 타협할 수 있는 공존관계로 보지 않고 해결되어야 할 대립관계로 본 점에 있다. 이 양 집단의 관계를 대립으로 보지 않는 입장에선 부분적인 개량만을 원하지 근본적인 변혁을 바라

---

19 같은 책 3b(5권 2면), "竊嘗思之 盖一毛一髮 無非病耳."

222

지 않는다. 다산이 두 집단을 대립관계로 파악한 것은 당시 사회의 병폐가 부분적인 개량에 의해서는 해결될 수 없다고 생각했기 때문일 것이다.

이 지점에서 다산의 시가 이해되어야 하리라고 본다. 다산시는 그가 파악한 이조후기 사회의 실상을 예술적으로 형상화한 것이기 때문에 자연히 농민과 봉건관료와의 첨예한 대립이 그 내용으로 되어 있다. 다산시에 빈번히 등장하는 자연계에서의 강자와 약자, 먹는 자와 먹히는 자 등의 대립도 모두 봉건지배층과 일반 백성과의 대립을 말하기 위한 알레고리로 볼 수 있다. 다산시의 대립적 구조도 이런 각도에서 파악되어야 한다. 이제 그의 시를 읽으면서 좀더 구체적으로 살펴보기로 한다.

2. 다산시의 구조적 특징

[1] 다산시의 대립적 구조는 주로 동물이나 식물이 등장하는 우화적 수법의 시에서 가장 뚜렷이 드러난다.

제비 한마리 처음 날아와
지지배배 그 소리 그치지 않네

말하는 뜻 분명히 알 수 없지만
집 없는 서러움을 호소하는 듯

"느릅나무 홰나무 묵어 구멍 많은데

어찌하여 그곳에 깃들지 않니?"

제비 다시 지저귀며
사람에게 말하는 듯

"느릅나무 구멍은 황새가 쪼고
홰나무 구멍은 뱀이 와서 뒤진다오"[20]

鷰子初來時　喃喃語不休
語意雖未明　似訴無家愁
楡槐老多穴　何不此淹留
燕子復喃喃　似與人語酬
楡穴鶴來啄　槐穴蛇來搜

　제비와 황새, 제비와 뱀이 대조되어 있다. 황새나 뱀은 자기들보다 약한 것들을 잡아먹는 자연계의 강자이고 제비는 약자이다. 다산은 자연계에서의 강자와 약자 간의 생존경쟁에서 빚어지는 대립관계에도 물론 관심이 있었겠지만, 제비에 가탁된 일반 민중의 슬픔과 황새·뱀에 가탁된 지배층의 횡포를 말하려는 것이 다산의 의도인 듯하다.

　온갖 풀이 모두 다 뿌리 있으나
　부평초 홀로이 꼭지가 없어

---

20 『전서』 1-4, 10b, 「古詩二十七首」 제8수(1권 66면).

물 위를 두둥실 떠도는 신세
언제나 바람에 불려다니네

살려는 의지가 없으리오만
붙인 목숨 진실로 작고 가늘어

연(蓮)잎이 너무도 업신여기고
마름은 줄기로 칭칭 감아 덮고 있네

한 연못 속에서 같이 살아가면서도
왜 이다지 몹시도 어긋나는가[21]

百草皆有根　浮萍獨無蔕
汎汎水上行　常爲風所曳
生意雖不泯　寄命良瑣細
蓮葉太凌藉　荇帶亦交蔽
同生一池中　何乃苦相戾

　부평초와 연잎·마름을 대조시켜 역시 강자의 횡포와 약자의 비애를
노래한 시이다. 흔히 인생의 무상함에 비유되는 부평초와, 주염계(周濂
溪)의 「애련설(愛蓮說)」을 연상하는 것이 고작인 연(蓮)과의 관계를 이

21 같은 책 같은 곳, 제7수.

처럼 대립적인 시선으로 보았다는 것은 다산의 상상력도 상상력이거니와 그의 현실인식이 얼마나 투철했는가를 우리에게 말해주는 하나의 보기가 된다.

호랑이가 어린 양을 잡아먹고는
입술에 붉은 피 낭자하건만

호랑이 위세가 이미 세워졌는지라
여우 토끼, 호랑이를 어질다 찬양하네[22]

虎狼食羊殺　朱血膏吻脣
虎狼威旣立　狐兎贊其仁

이 시에서는 대립의 양상이 좀더 노골적이고 대담하다. 호랑이는 봉건지배층을, 어린 양은 힘없는 백성들을, 그리고 여우와 토끼는 아첨을 일삼는 간신배를 각각 가리킨다고 볼 수 있는데, 여기서 우리는 당시 농민들과 봉건관료들과의 대립이 이미 화해할 수 없는 지경에까지 이르렀다는 것을 알 수 있다.

얼룩표범 숲 속에 엎드려 있으면
까막까치 나무에서 우짖어대고

---

22 『전서』 I-5, 3b, 「憂來二十章」 제11수(1권 80면).

구렁이가 울타리에 걸려 있으면
참새떼들 시끄럽게 사람에게 알리며

개백정 새끼줄 들고 지나가면은
온 동네 개들이 요란하게 짖어댄다[23]

文豹伏林中　烏鵲樹頭嗔
長蛇掛籬間　瓦雀噪報人
狗屠帶索過　群吠鬧四隣

이 시에서도 표범과 까치, 구렁이와 참새, 개백정과 개가 날카로운 대립관계를 이루고 있다. 이 대립관계는 먹는 자와 먹히는 자와의 대립관계이다. 그리고 다산은 자연계에서의 강자와 약자의 대립관계를 보편적인 현상으로 인식하는 데에 그치지 않고, 약자의 슬기로움에도 보편성을 부여해주고 있다. 이것은 같은 시의 다음 구절에서도 명백해진다.

새 짐승은 분노를 숨기지 못해
아는 것이 마치도 귀신 같구나

속마음이 잔학하면 드러나는 법
어떻게 백성들을 속일 수 있나

---

23 『전서』 I-4, 11a, 「古詩二十七首」 제15수(1권 67면).

禽獸不藏怒　其知乃如神

內虐必外著　何以欺愚民

　강자들이 제아무리 음흉한 흉계를 꾸미더라도 약자들의 슬기는 이를 '귀신같이' 알아챈다는 이야기다. 마찬가지로 어리석은 것 같은 백성들도 지배계층의 수탈을 모두 다 알고 있다는 말을 다산이 하고 싶었던 것이다. 이와 같이 보편적으로 대립관계에 있는 자연물을 대조시킴으로써 다산은 봉건지배층의 수탈과 농민의 고통을 극단적인 대립으로 몰고 간다. 이 밖에 다산은 농민과 봉건관료의 대립을 직접 그리기도 했다.

　집안에 남은 거란 송아지 한마리요
　쓸쓸한 귀뚜라미만 조문(弔問)을 하네

　텅 빈 집안엔 여우 토끼 뛰노는데
　대감님 댁 문간에는 용 같은 말이 뛰네

　백성들 뒤주에는 해 넘길 것 없는데
　관가 창고는 겨울나기 수월하네

　궁한 백성 부엌에는 바람 서리만 쌓이는데
　대감님 밥상에는 고기 생선 갖춰 있네[24]

24 『전서』 I-2, 33a, 「孟華堯臣盛言公州倉穀爲弊政民不聊生試述其言爲長篇三十韻」 (1권 38면) 중에서.

所餘唯短犢　相弔有寒蛩
白屋狐兼免　朱門馬似龍
村糧無卒歲　官廩利經冬
窮蔀風霜重　珍盤水陸供

　환자〔還上〕에 시달려 피폐한 농가의 모습과 농민의 희생 위에서 살찌는 봉건관료들의 모습을 직접 대립시킨 시이다. 「굶주리는 백성(飢民詩)」에서도 이와 같은 대립을 직접 그리고 있다.

　　마른 목은 길쭉하여 따오기 모양이요
　　병든 살갗 주름져 닭살 같구나

　　우물은 있다마는 새벽 물 긷지 않고
　　땔감은 있다마는 저녁밥 짓지 못해

　　사지(四肢)는 아직도 움직일 때이련만
　　걸음걸이 혼자서 옮길 수 없게 됐네

　　넓은 들엔 슬픈 바람 불어대는데
　　애처로운 기러기는 이 저녁에 어딜 가나

　　(…)

슬피 울며 고을 문 나서고 보니
어지럽고 캄캄하여 앞길이 안 보이네

누런 풀 언덕 위에 잠시 발 멈추어서
무릎을 펴고 앉아 우는 것 달래면서

고개 숙여 어린것 서캐를 잡노라니
두 줄기 눈물이 비 오듯 쏟아지네[25]

槁項頻鵠形　病肉緦雞皮
有井不晨汲　有薪不夜炊
四肢雖得運　行步不自持
曠野多悲風　哀鴻暮何之
(…)
哀號出縣門　眩旋迷路岐
暫就黃莎岸　舒膝挽啼兒
低頭捕蟣蝨　汪然雙淚垂

　　흉년에 굶주리는 백성들의 참상을 매우 사실적으로 묘사하고 있다.
그러나 이 시가 굶주리는 백성들의 참상을 묘사하는 것만으로 그치지
않는 것은 같은 시의

25 같은 책 12b, 「飢民詩」(1권 27면) 중에서.

고관대작 집안엔 술과 고기 풍성하고
거문고 피리 소리 예쁜 계집 맞이하네

희희낙락 즐거운 태평세월 모습이여
나라 정치 한답시고 근엄한 체하는 꼴

朱門多酒肉　絲管邀名姬
熙熙太平象　儼儼廊廟姿

라는 부분을 봐서도 알 수 있다. 농민들과 고관대작의 대립을 말하려고
한 시이다. 물론 이 시에 그려진 백성들의 굶주림은 흉년이 직접적인 원
인이다. 그러나 봉건지배층의 '태평세월'은 농민들의 희생 위에서만 가
능하다고 다산은 생각했다. "관가의 마구간에 살진 저 말은/진실로 우
리들의 피와 살이네"[26]라고 절규하는 농민과 이렇게 굶주리는 백성들
을 보고 "오곡이 풍성하여 산더미 같은데/게으른 놈 굶는 것은 모두 다
제 탓이지"[27]라고 뇌까리는 지배층 사이에는 넘을 수 없는 간극이 있는
것이다.

　다산시에는 농민과 봉건관료들과의 대립이 여러가지 사례를 통하여
구체적으로 다양하게 전개된다. 「애절양(哀絶陽)」[28]에서는, 군포(軍布)
에 시달리다 못하여 자기의 생식기를 자르는 농민과 무위도식하는 고
관대작의 대립이 그려져 있고, 「호랑이 사냥(獵虎行)」[29]에서는, 민가에

---

26 같은 책 같은 곳, "官廐愛馬肥 實爲我膚肌."
27 같은 책 같은 곳, "五穀且如土 惰農自乏貨."
28 『전서』 I-4, 29b(1권 76면), 64면 참조.

해를 입히는 호랑이를 잡는다는 구실로 민가에 들어와서 호랑이보다 더 큰 피해를 입히는 관리들과 촌민들의 대립이 묘사되어 있다. 「장마(苦雨歎示南皐)」는, 농민과 지배층과의 거리가 좁혀질 수 없다는 것을 구체적인 사건을 통해서 묘사한 시이다. 장마가 져서 모내기를 할 수 없게 되자 감사가 공문을 띄워 모내기를 재촉하고 사또는 친히 들에 나가 농민들을 들볶는다는 내용이다.

사또님 말을 타고 친히 들에 출두하여
집집마다 다니면서 소리치고 꾸짖으니

젊은 사람 달아나고 노인 나와 엎드리며
"생각건대 모내기는 이미 때가 늦었다오

지금 와서 모심는 건 공력만 허비할 뿐
가을에 누가 와도 낫질 구경 못하리라

목화밭 기장밭에 잡초가 우거져서
여덟 식구 호미 매도 하루해가 모자란데

사람 사서 일하려면 새참은 먹여야지
어디 가서 쌀 한말 구할 수 있으리오"

---

29 『전서』 I-5, 27a(1권 92면), 66면 참조.

사또님 말을 세워 채찍 찾아 손에 들고
"게으른 놈 어찌 감히 안일을 꾀하는고"

며느리 자식 불러 모아 들일 가기 독촉하여
다섯 발 열 발마다 모 하나씩 심게 하네

사또님 말을 돌려 관아로 가버리자
논두렁에 다리 뻗고 쓴웃음만 날리네

일년 중 농가에서 가장 크게 바라는 건
벼 심어 자라면 그 열매 따먹는 것

때맞춰 일하기를 비호처럼 해왔는데
그 어찌 꾸중 듣고 겁이 나야 일하리오

삼사하오 사또님, 굶주릴까 걱정하여
친히 와서 우리들 어리석음 깨우치니[30]

使君騎馬親出野　家家門前逞呵叱
健兒踰垣翁出伏　恭惟挿秧時已失
于今但得費服力　秋來誰遣觀刈銍
棉田黍田蒡桀桀　八口荷鋤方惜日

---

30 『전서』 I-2, 21b, 「苦雨歎示南皐」(1권 32면) 중에서.

備人作事須有饎　一斗之米從何出
使君立馬索簞楚　惰農政欲偸安佚
傳呼婦子催出田　五步十步立苗一
使君回馬入府去　隴頭放脚相笑哇
農家一年所大慾　種稻成禾食其實
赴幾常如鶩鳥迅　豈待威嚴相恐怵
多謝使君念我饑　親來教我牖迷窒

　이상에서 살펴본 바와 같이 농민과 봉건관료와의 대립은 다산시에서
가장 중요한 테마의 하나이다. 이와 같이 농민과 봉건관료와의 대립을
시의 주제로 삼은 것은, 다산이 당시 사회의 구조적인 모순을 양 집단
간의 본원적인 대립관계로 파악했기 때문이다.

　② 다산시의 대립적 구조는, 농민과 봉건지배층과의 대립에 머물지
않고 더 넓은 범위로 확산된다. 농민과 봉건지배층의 대립이 가장 두드
러진 대립이었지만 이보다 덜 두드러진 대립관계도 있을 수 있기 때문
이다. 다산시의 대립적 구조는 그가 쓴 거의 모든 시의 일반적인 특징
이 되어 있다. 「홀곡(笏谷行呈遂安守)」[31]에서는 광산촌과 농촌이 대립관
계로 묘사되어 있고 「솔피(海狼行)」[32]라는 우화시에서는 고래와 솔피가
대립물로 등장하기도 한다. 고래와 솔피는 다 같이 작은 물고기를 잡아
먹는 바다의 강자들이다. 그러므로 이 시는 강자와 약자의 대립이 아니

---

31 『전서』 I-3, 26a(1권 54면), 101면 참조.
32 『전서』 I-4, 13b(1권 68면), 133면 참조.

라, 강자와 또다른 강자와의 대립을 그린 시이다. 자연계에서 가장 극단적인 대립관계를 이루고 있는 것은 강자와 약자이지만, 강자들 사이, 약자들 사이에도 그 나름의 대립관계가 형성되어 있는 것이어서, 한 강자가 자기보다 더 힘센 강자를 만나면 약자의 처지가 되고 만다. 약자의 경우도 마찬가지다. 제비와 뱀의 관계에서는 뱀이 강자이고 제비가 약자이지만, 제비와 벌레의 관계에선 제비가 강자로 된다.

이렇게 강자와 약자의 개념은 상대적인 것이어서 상황과 조건에 따라 그 위치가 바뀐다. 「솔피」에서 고래는 강자 집단에서 강자이고 솔피는 같은 집단의 약자이다. 그러나 작은 물고기로 대표되는 약자 집단에서 볼 때에는, 고래와 솔피 모두 먹는 자이고 지배하는 자이다.

이 밖에도 다산은 여러가지 형태의 대립관계를 시에서 다루었다. 교활한 인간과 선량한 인간의 대립을 오징어와 백로를 통해 형상화하기도 했고(「오징어烏鰂魚行」)[33] "석회(石灰)는 물을 줘야 비로소 타고/옻칠은 습한 곳에 두어야 마른다"[34]에서 보는 바와 같이 사물에 내재하는 상반되는 성질의 대립관계를 그리기도 했으며, 가마 타는 자와 가마 메는 자의 대립을 다음과 같이 노래하기도 했다.

> 사람들 아는 것은 가마 타는 즐거움뿐
> 가마 메는 괴로움은 모르고 있네
>
> (…)

---

33 같은 책 17b(1권 70면), 130면 참조.
34 『전서』 I-2, 25b, 「古詩二十四首」 제18수(1권 34면), "石灰澆則焚 漆汁濕乃乾."

가마꾼 숨소리 폭포소리에 뒤섞이고
땀이 흘러 해진 옷 흠뻑 적시네

외진 모퉁이 지날 땐 옆사람 빠져나고
험한 곳 오를 때엔 앞사람 구부린다

밧줄에 눌려서 두 어깨에 자국 나고
돌에 채여 비틀비틀 상처가 낫지 않네

자기는 고생하며 남을 편케 해주니
하는 일, 말 당나귀와 다를 바 없네[35]

人知坐輿樂　　不識肩輿苦
(…)
喘息雜湍瀑　　汗漿徹襤褸
度隩旁者落　　陟險前者傴
壓繩肩有瘢　　觸石趼未瘉
自恃以寧人　　職與驢馬伍

③ 이상에서 다산이 세계와 인간사회의 구조를 대립으로 파악하고
그것을 시로 형상화했음을 보았다. 그러면 이 대립물 상호 간의 적대관

---

35 『전서』 I-6, 32b, 「肩輿歎」(1권 114면) 중에서.

계를 다산은 어떻게 해결하려고 했는가? 기본적으로는 『주역(周易)』의 원리인 대립물 간의 운동에 의해서 대립관계가 해소된다고 보았다. 앞에서 인용한 수박의 예와 같이 애초엔 좁쌀만 하던 수박씨가 여러 단계의 자기운동을 거쳐서 그것과는 질적으로 다른 수박으로 발전하는 원리와 같은 차원에서 대립관계가 해소된다고 생각한 듯하다. 이것은, 태극 안에 음·양이 섞여 있는 것으로 그치지 않고 이 두 대립물이 자기운동을 해서 천지만물을 형성하는 이치와 같다. 만일 음·양이 태극 안에 대립된 상태로만 계속 존재한다면, 태극은 영원히 태극으로만 남아 있지, 그것이 천지만물의 형성으로까지 발전하지 못했을 것이다.

그러나 인간사회는 자연현상처럼 기계적으로 발전하지 않는다. 예를 들어 농민과 봉건관료와의 대립은, 수박씨가 수박으로 되듯 시간이 흐른다고 자연히 해결되지는 않는 것이다. 인간의 주체적인 노력이 가해져야 한다. 다산은 제도개혁에 의해서 이 대립관계가 해소된다고 생각한 것 같다. 이 대립을 해결하기 위해서 다산이 제시한 개혁안 중에서 가장 혁명적인 것은 「전론(田論)」에서 구상한 '여전제(閭田制)'로의 토지개혁인데,[36] 다산이 구상한 대로 개혁이 이루어진다면 농민과 봉건관료 사이의 대립은 물론 해결된다. 이 새로운 사회는 모든 사람들이 토지를 공유하고 노동일수(勞動日數)에 의하여 생산물을 공동 분배한다는 원칙 위에 구성되는 사회이기 때문에, 양반과 평민, 부자와 가난한 자의 구분이 없어지고 모든 사람들이 다 똑같은 권리를 가지고 사는 평등한 사회인 것으로 되어 있다. 이와 같은 새 사회가 건설되면 대립관계는 해소되지만, 다산의 개혁안은 현실적으로 실현 가능성이 희박한 것

36 『전서』 I-11, 4a, 「田論」 3(1권 223면).

이었다.

이 실현성이 희박한 가장 큰 이유는, 제도개혁을 왕의 결단에 의해서 수행하려고 한 점이다. 물론 당시의 사정으로는 왕의 결단에 의하지 않고서는 개혁이 이루어질 수 없기는 했지만, 왕 자체가 지배층의 가장 강력한 세력이었던 만큼 왕이 그와 같은 개혁안에 동의할 리가 없다. 다산은 대립물 자체의 자기운동에 의해서 대립이 해소된다는 기본 원칙은 알고 있었으나 그것이 철저하지 못했던 것 같다. 그의 시도 이러한 생각을 반영하고 있다.

　　산골짝 푸른 시내 흙과 돌이 가로막아
　　가득히 고인 물이 막혀서 돌아들 때

　　긴 삽 들고 일어나서 모래주머니 터뜨리니
　　우레처럼 소리치며 쏜살같이 흘러간다

　　이 어찌 통쾌한 일 아니겠는가[37]

　　疊石橫堤碧澗限　　盈盈滀水鬱盤廻
　　長鑱起作囊沙決　　澎湃奔流勢若雷
　　不亦快哉

　　가지 끝에 맴돌면서 어미 까치 급히 운다

---

37 『전서』 I-13, 13a, 「不亦快哉行二十首」 제2수 (1권 48면).

비늘 달린 시꺼먼 놈 둥지로 기어드네

어디서 호령하며 목 긴 새 날아들어
범 울듯이 달려들어 머리통을 쪼았네

이 어찌 통쾌한 일 아니겠는가[38]

嘵嘵嗔鵲繞林梢　黑質俏鱗正入巢
何處戞然長頸鳥　啄將珠腦勢如虓
不亦快哉

　이 시에서도 대립관계가 그려져 있다. 계속해서 흘러가는 것이 물의
속성인데 돌무더기〔疊石〕와 둑〔堤〕이 이를 방해한다. 물론 이 둑은 수리
(水利)를 위해서 인위적으로 만든 둑이 아니다. 그러므로 물과 둑은 대
립관계에 있다. "비늘 달린 시꺼먼 놈"(구렁이)과 까치새끼도 화해할 수
없는 대립관계에 있다. 이 일련의 대립물을 대조시키면서 다산은 막히
고 먹히는 처지에 있는 약자 편에 선다. 그러나 대립관계를 해결하고 약
자를 도와주는 방법을 제삼자의 구원에서 찾고 있다. 막혀서 소용돌이
치는 물길을 사람이 터주는 것, "목 긴 새"(황새)가 구렁이를 쪼아서 까
치새끼를 구해주는 것이 통쾌한 일임에는 틀림없지만, 고인 물이 불어
나 넘쳐서 둑을 무너뜨린다든가, 까치들이 단결하고 전략을 세워서 구
렁이와 대항함으로써 약자가 승리를 거두는 방향으로까지 다산의 생각

---

38 같은 책 같은 곳, 제18수.

이 미치지 못하고 있다. 「송충이(蟲食松)」[39]에서의 소나무와 송충이 역시 마찬가지다. "어릴 때도 살빛 검어 추하고 밉더니/노란 털 붉은 반점 자랄수록 흉"한 송충이와 "사랑받고 은혜 입어 나무 중에 뛰어난" 소나무를 대립시켜, 송충이 같은 관리들과 선량한 농민들이 숙명적인 적대관계에 있다는 걸 말하고 있는데, 여기서도 다산은 "어찌하면 뇌공(雷公)의 벼락 도끼 얻어내어/네놈의 족속들을 모조리 잡아다가/이글대는 화독 속에 넣어버릴고"라 하여 송충이를 제거할 방도를 자체에서 찾지 않고 다른 곳에서 찾고 있다.

이와 같은 한계를 감안하고서도 다산의 생각은 우리의 연구에 충분한 보답을 해준다. 이것은 그가 농민과 봉건관료, 지주와 전호의 관계를 대립관계로, 그것도 개량이나 타협에 의해서는 해결될 수 없는 본원적인 대립관계로 파악했고, 농민과 전호의 편에 서서 이 대립을 해결해야 한다고 생각했기 때문이다. 주자(朱子)가 당연의 이(當然之理)라는 구차스런 이론으로 설명한 지주와 전호의 평화공존은 다산에게는 있을 수 없는 일이었다. 송충이가 소나무를 갉아먹고 구렁이가 까치새끼를 잡아먹는 것이 송충이와 구렁이의 속성이듯이, 농민들의 희생 위에서 살찌는 것이 봉건지배층의 속성이기 때문에 이들 양자 간의 거리는 좁혀질 수 없다는 것이 다산의 생각이다. 소나무가 송충이와 타협을 한다거나 구렁이가 까치새끼와 사이좋게 지낼 수는 없는 일이다. 그러므로 이 대립관계는 양측이 서로 조금씩 양보해서 수습될 성질의 것이 아니라, 어떤 방법으로든 송충이를 죽여버리고, 막힌 물줄기를 터주고, 구렁이를 없애버리듯이 해야 해결된다고 다산은 생각했다. 물론 다산이 현

---

39 『전서』1-4, 30a(1권 76면), 142면 참조.

상을 유지하는 범위 내에서 부분적인 개량을 시도하지 않은 것은 아니다. 그러나 다산의 근본 생각은 거기에 있었던 것이 아니다.

결론

이상에서 다산시를 개략적으로 살펴보았거니와 근 200여년 전에 쓰인 다산의 시가 오늘날까지 계속 살아남아서 문제가 되고 있는 것은 그가 자기 시대를 철저히 살았기 때문이다. 자기 시대를 철저히 살았다는 말은 그 시대가 안고 있는 문제들을 외면하지 않고 과감히 맞부딪쳐서 그 해결책을 진지하게 모색했다는 말이다.

어느 시대에나 그 시대가 안고 있는 문제는 인간을 둘러싼 문제이다. 여기서 말하는 인간은 다른 동물과 구별되는 유개념(類槪念)으로서의 보편적인 인류 전체를 가리키는 것이 아니다. 역사발전 단계의 특정한 시기, 특정한 장소에서 특정한 사회적 제약을 받으며 함께 살아가는 사람들을 지칭한다. 이 사람들 중에서 다수이면서 통치권의 행사에 직접 참여하지 못하는 계층을 잠정적으로 민중이라 부를 수 있다면 이 민중이 안고 있는 문제가 그 시대의 핵심적인 문제라 할 수 있다. 민중 자신이 자각하든 자각하지 못하든 간에 역사발전의 주체는 민중이기 때문이다.

민중은 역사발전의 각 단계에 따라 그 실체가 달라진다. 원시공동사회에서는 민중이 따로 존재하지 않았다. 사회구성원의 계층분화가 이루어지지 않았기 때문이다. 고대사회에서는 노예 및 노예상태에 있는 계층이 민중이었고 봉건사회의 민중은 농민이라고 할 수 있다. 자본주의사회에 이르면 민중의 실체가 또 달라진다.

다산이 살았던 우리나라의 18·19세기는 다수의 농민이 소수의 봉건귀족들에게 지배당한 봉건제사회였다. 그러므로 이 시대의 민중은 농민이었다. 물론 농민 이외에 상인·수공업자들도 넓은 의미에서 민중의 개념에 포함되어야 하겠지만, 지주·전호제를 근간으로 한 농업생산이 주가 되었던 당시의 생산양식하에서 이들 상인·수공업자 들은 아직 사회적인 세력을 형성할 만큼 성장하지 못하고 있었다.

다산시가 다룬 일차적인 대상은 이들 농민이었다. 이씨조선이 기본적으로 농업생산 국가였고 국민의 대다수가 농민이었던 만큼 다산이 농민문제에 가장 큰 관심을 기울인 것은 그의 민중지향적인 자세가 올바르게 정립되어 있다는 점에서 긍정적인 평가를 받아야 할 것이다. 그러나 다산의 시가 민중문학 자체가 될 수는 없다. 참다운 민중문학은 적어도 다음과 같은 요건을 구비해야 한다.

우선 민중문학은 민중의식의 표출이어야 한다. 민중의식이란 민중의 각성된 의식을 말한다. 각성된 의식이라 함은 민중이 역사발전의 주체라는 사실을 자각함을 뜻한다. 역사는 소수의 지배자에 의해서가 아니라 다수 민중의 힘에 의해서 발전한다는 사실을 민중 스스로가 자각했을 때 이를 민중의식이라 부를 수 있을 것이다. 이렇게 민중의식을 작품 속에 구현하기 위해서는 그 작품이 민중 자신에 의해서 쓰일 것과 한글

244

로 쓰일 것을 일차적인 조건으로 한다. 당시의 한자(漢字)는 민중의 글이 아니었기 때문이다. 이렇게 볼 때 다산의 시는 엄격히 말해서 민중지향적인 시이지 민중의 시는 아니다.

그러나 다산이 한글로 시를 쓰지 않았고, 자신의 신분이 양반 사대부 계층에 속해 있었다는 사실이, 그의 시가 과소평가될 적극적인 이유는 될 수 없다고 생각한다. 그는 여러가지 제약조건을 지닌 채로 당시의 봉건통치 권력층과 농민의 중간 위치에 서서 자기가 해야 할 일이 무엇인가를 자각하고 있었다. 즉 그는 봉건관료의 이익에 봉사하는 대신 농민의 이익을 위하여 봉사하는 것이 그의 임무라고 생각했다. 따라서 지금까지 검토한 바와 같이 그의 시는 사치스러운 음풍농월로 일관되어 있지 않다. 당시의 한시 대부분은 민중의 지배자로 군림한 양반 사대부들의 손에서 제작되었기 때문에 양반사회의 의식구조를 짙게 반영하고 있다. 그렇기 때문에 한시는 사대부들 사이에서 필수적인 교양 정도로밖에 인식되어 있지 않았던 것이 사실이다. 극단적으로 말하면 한시는 돈 많은 사장족(社長族)들이 골프를 치는 것과 같이 사대부들의 최고급 오락이었다. 골프를 칠 줄 모르면 사장사회(社長社會)에 끼일 수 없듯이 한시를 지을 줄 모르면 양반사회에서 행세를 할 수가 없었던 것이다. 물론 한시가 모두 그렇다는 것은 아니다. 인간과 세계에 대한 심오한 철학적 사색을 한시로 읊기도 했고, 인간이 지켜야 할 윤리규범을 한시로 노래하기도 했으며, 국가와 민족에 대한 뜨거운 애정을 한시에 담기도 했다. 그러나 철학을 노래한 시이든, 윤리규범을 노래한 시이든, 민족애를 노래한 시이든 간에, 이들 시가 민중생활의 실상과 유리되어 있다는 사실을 부정할 수 없다.

다산의 시도 기본적으로 양반 사대부의 문학임에는 틀림없다. 그러나 그는 당시의 어느 양반 사대부보다 자신의 신분적인 제약에서 멀리 벗어나 농민생활에 가까이 접근해 있었다. 문제는 그의 시가 얼마나 민중적이냐 하는 것인데, 한편으로는 그가 민중의 이익을 적극적으로 대변했고, 또 한편으로는 신분적인 위치가 그의 의식을 제약하고 있었기 때문에 그의 시에는 이 양자의 궤적이 다 같이 그려져 있다. 그렇지만 18년간의 유배기간 중에 쓴 많은 시들에서 우리는 그의 정서가 민중적인 정서와 상당한 정도로 융합되어 있음을 알 수 있다.

어저귀 먼저 베고 삼밭에 호미질
늙은 할멈 쑥대머리 밤에야 빗질하며

일찍 자는 첨지 영감 발로 차 일으키고
풍로에 불붙이고 물레도 고치라네[1]

毚麻初剪牡麻鋤　　公姥蓬頭夜始梳
蹴起僉知休早臥　　風爐吹火改繅車

　　농민들의 애환을 이만큼 사실적으로 노래할 수 있기 위해서는 농민생활 속에 깊숙이 들어가지 않으면 안 된다. 즉 농민을 멀리서 바라보는 입장에서가 아니라 농민의 기쁨과 슬픔을 자기화함으로써만 쓸 수 있는 시라고 하겠다. 「적성촌에서(奉旨廉察到積城村舍作)」[2] 「굶주리는 백

1 『전서』 I-4, 18a, 「長鬐農歌十章」 제6수(1권 70면).
2 『전서』 I-2, 11a(1권 27면).

성들(飢民詩)」³ 등 초기의 시들에서 우리는 다산의 강렬한 민중지향적 의지를 읽을 수 있으면서도 그것이 주로 그의 지성(知性)에 의존하고 있음을 느낄 수 있는데, 「장기농가(長鬐農歌)」⁴ 「탐진촌요(耽津村謠)」⁵ 「탐진어가(耽津漁歌)」⁶ 「탐진농가(耽津農歌)」⁷ 등 민요풍의 시에 이르면 그의 지성과 감성이 어느정도 조화를 이루게 된다. 이것은 그만큼 그의 정서가 농민의 정서와 가까워졌음을 의미한다. 또다른 예를 보자.

상춧잎에 보리밥 싸서
파 고추장 섞어 먹세

금년엔 넙치마저 구하기 어렵구나
잡는 족족 말려서 관청에 바쳤으니⁸

萵葉團包麥飯吞　合同椒醬與葱根
今年比目猶難得　盡作乾鱐入縣門

이 시에서 우리는 지방관들에 대한 농민들의 원망의 소리가 다산의 소리와 거의 구별할 수 없을 정도로 섞여 있음을 보게 된다. 「승냥이와 이리(豺狼)」⁹와 같은 시에 이르면 다산의 목소리는 농민의 목소리로 육

---

3 『전서』 I-2, 12b (1권 27면).
4 『전서』 I-4, 17b (1권 70면).
5 『전서』 I-4, 26a (1권 74면).
6 『전서』 I-4, 28a (1권 75면).
7 『전서』 I-4, 27b (1권 75면).
8 『전서』 I-4, 17b, 「長鬐農歌十章」 제7수 (1권 70면).

화(肉化)된다. 사또를 향하여 부르짖는 "승냥이여, 이리여!"라는 절규는
농민들의 절규이자 곧 다산의 절규이기도 한 것이다. 다음과 같은 시들
에서도 그의 의식의 일단을 살필 수 있다.

아내는 참깨 털고 남편은 타작하는
이 세상 호걸이 바로 이 농민이라[10]

妻打胡麻郎穫稻　世間豪傑是農民

평화롭게 일하는 저 들판의 농부들
그 동작 진실로 호일(豪逸)하구나[11]

熙熙田野氓　動作何豪逸

나라 다스리는 방책을 알려거든
마땅히 농부들께 물어야 할 일[12]

欲識治安策　端宜問野農

이상 시들에서 그가 농민을 '호걸(豪傑)'로 표현하고, 일하는 농민의

9 『전서』 I-5, 37b(1권 97면).
10 『전서』 I-2, 30b, 「行次靑陽縣」(1권 36면) 중에서.
11 『전서』 I-4, 10a, 「古詩二十七首」 제3수(1권 66면) 중에서.
12 『전서』 I-4, 7a, 「楡林晩步二首」(1권 65면) 중에서.

모습을 '호일(豪逸)하다'고 묘사한 것은 동정이나 연민의 정을 가지고 농민을 바라본 것이 아니라 농민 속에서 힘과 슬기를 발견했기 때문이다. 그렇기 때문에 "나라 다스리는 방책을 알려거든 마땅히 농부들께 물어야"한다고 말한 것이다.

이와 같이 다산의 시가 한글로 쓰이지 않았고 또 그렇기 때문에 민중문학 자체는 될 수 없지만 그럼에도 불구하고 그의 시가 우리에게 강렬한 감동을 주는 이유는 당시 한글로 쓰인 어느 작품 못지않게 '민중적'이기 때문이다. 예를 들어 19세기 전반을 다산과 함께 살았던 신재효(申在孝)의 다음과 같은 가사(歌辭)와 다산의 시를 비교해보자.

허랑커 만지말고 관담속답 농ᄉᆞᄒᆞ야 츄슈타죠 한연후의 왕셰션쳑
졔슈ᄒᆞ고 나문곡식 이리저리 이달져달 명심ᄒᆞ야 싱곡식 동을 ᄃᆡ며
질슴ᄒᆞ돈 익겨씨고 공물ᄃᆡ답 ᄒᆞ연후의 ᄒᆞ양두양 슈십양을 모와짜가
논도ᄉᆞ고 밧도ᄉᆞ며 그리져리 ᄒᆞ거드면 ᄌᆞ연치가 되난이라[13]

신재효가 남긴 「치산가(治産歌)」의 1절인데 농민들이 왕세(王稅) 내고 공물(貢物) 바치고 길쌈한 돈을 아껴 써서 한푼 두푼 저축하면 자연히 치가(治家)된다는 다분히 계몽적인 가사이다. 같은 가사에서 그는 "귀하고 천ᄒᆞ거슬 격심ᄒᆞ면 못할손가"라고 말하면서, 부지런히 일하면 "환상ᄉᆞ빗 간ᄃᆡ업고 의식이 풍죡"하게 된다고 설교하고 있다. 한마디로 말해서 잘살고 못사는 것은 마음먹기 달렸으며 가난한 것은 그 누구의 탓도 아니고 순전히 자기 탓이라는 논리이다.

---

13 강한영 교주(校註) 『신재효 판소리사설집』, 민중서관 1971, 675면.

이러한 신재효의 의식과 제2장에서 살펴본 다산의 의식을 비교해보면 어느 편이 더 '민중적'인가는 분명해질 것이다. 물론 그렇다고 해서 우리나라 18·19세기에 생산된 훌륭한 민중문학의 유산을 과소평가하려는 것은 아니다. 또 다산의 한시와 민중문학을 비교하여 그 우열을 따지려는 것도 아니다. 다만 민중문학의 의의는 그것대로 인정하면서 다산의 한시가 지닌 문학사적 의의도 정당하게 평가하자는 것일 뿐이다. 다산의 시가 민중문학이 되기에는 넘을 수 없는 벽이 가로놓여 있지만, 어느 의미에서는 민중 자신에 의한 민중문학을 만족할 만하게 꽃피우지 못했던 18·19세기 한국문학의 상황에서 다산의 업적은 결코 과소평가될 수 없으리라고 생각한다.

다산의 사언시(四言詩)에 대하여

1

　다산(茶山) 정약용(丁若鏞, 1762~1836)은 강진에서 유배생활을 하던 중 두 아들에게 보낸 편지에서 다음과 같이 말한 바 있다.

　내가 요사이 생각해보니 뜻을 표현하고 품은 생각을 읊는 데에는 사언(四言)만 한 것이 없다. 후대의 시가(詩家)들이 모방하여 본뜬다는 허물이 있음을 혐의하여 드디어 사언을 폐해버렸다. 그러나 지금 나와 같은 처지에서는 사언시(四言詩)를 짓는 것이 정말 좋다. 너희들도 풍아(風雅)의 근본을 깊이 연구하고 아래로 도연명(陶淵明)과 사영운(謝靈運)의 정화를 채집하여 모름지기 사언시를 짓도록 하여라.[1]

---

1 『전서』 I-21, 18b(1권 447면), 「示兩兒」, "余近思之 寫志詠懷 莫如四言 後來詩家 嫌

여기서 "뜻을 표현하고 품은 생각을 읊는"다는 것은 일반적인 시작(詩作) 행위를 지칭하는데, 이렇게 일반적으로 시를 쓰는 데에 사언(四言)만 한 것이 없다는 말이다. 그래서 아들들에게도 모름지기 사언시를 짓도록 당부하고 있다.

이 편지에서 다산이 말한 사언시는 물론 시경체(詩經體)의 시를 가리킨다. 경전(經典)으로서의『시경』에 관해서는 당시 사대부라면 누구나 관심을 가졌겠지만, 다산은『시경』과 특별한 인연이 있었다. 그는 30세 때(1791년) 정조가 내린『시경』조문(條問) 800여 조(條)에 대하여 백가(百家)의 설을 인용하고 자신의 견해를 첨부하여 조대(條對)를 했는데 정조로부터 훌륭하다는 비답(批答)을 받은 바 있다. 유배기간에도 다산은『시경』에 대하여 지속적인 관심을 가졌다. 정조에게 올린 조대를 정리하여『시경강의(詩經講義)』12권을 편집하고 빠진 부분을 보충하여『시경강의보(詩經講義補)』3권을 별도로 저술했다. 그는 아들들에게 보낸 편지에서도『시경』의 정신을 본받아 시를 쓰라고 거듭 당부하고 있으며 다산 자신도 활발하게 사언시를 창작했다.

이렇게 다산이 시경체의 사언시를 중시하게 된 이론적인 근거가 무엇이며 사언시 창작의 동기와 배경 및 그 의의가 무엇인지 살펴보고, 다산이 쓴 사언시를 분석함으로써 그의 이론이 실제 시에 어떻게 구현되었는가를 구명하려는 것이 본고의 목적이다.

有模擬之累 遂廢四言 然如吾今日處地 正好作四言 汝亦深究 風雅之本 下採陶謝之英 須作四言也."

2

다산의 시경론(詩經論)에 관해서는 이미 김흥규(金興圭) 교수와 심경호(沈慶昊) 교수의 선구적인 업적에 의해서 그 성격이 자세히 밝혀졌다.[2] 그리고 최근에는 한 석사논문에서 좀더 깊이 있는 연구가 이루어졌다.[3] 그러므로 본고에서는 다산의 시경론에 대한 상론(詳論)은 피하기로 한다. 다만 논의과정에서 기존의 연구업적과 견해를 달리하는 부분에 대해서만 필자의 생각을 조심스럽게 개진하고자 한다.

다산의 문학관과 그것의 연장선상에 있는 사언시와 관련해서 볼 때 다산 시경론에서 가장 특징적인 것은 '풍(風)'과 '사무사(思無邪)'의 해석 두가지라 생각된다. 먼저 풍(風)의 개념에 대하여 살펴본다.

풍(風)에는 두가지의 뜻이 있고 또한 두가지의 음이 있으니 그 가리키는 의미가 아주 달라서 서로 통할 수가 없다. 윗사람이 풍으로써 아랫사람을 교화하는 것은 풍교(風敎)·풍화(風化)·풍속(風俗)이니 그 음이 평성(平聲)이다. 아랫사람이 풍으로써 윗사람을 찌르는 것은 풍간(風諫)·풍자(風刺)·풍유(風喩)이니 그 음이 거성(去聲)이 된다. 어떻게 하나의 풍(風) 자가 거듭 두가지의 뜻을 포함하고 두가지의 뜻을 지녔는가? (…)「시서(詩序)」에서는 두가지의 뜻을 겸비하고자

---

2 김흥규『조선후기의 시경론과 시의식』, 고려대학교 민족문화연구소 1982; 심경호
『조선시대 한문학과 시경론』, 일지사 1999.
3 김수경「다산 시경론에 있어서의 흥(興)에 대한 연구」, 고려대학교 석사학위 논문
2003.

했는데 그것이 가능한가? 주자(朱子)의 『시집전(詩集傳)』에서는 풍자는 제거하고 풍화만을 남겨놓았다. 비록 그렇지만 이를 바탕으로 풍자의 뜻도 강론해볼 수 있다.[4]

비록 조심스럽게 말하고 있지만 '풍'을 풍화의 의미보다는 풍자의 의미로 해석하려는 다산의 의도를 읽을 수 있다. 같은 글에서 그는 이 '풍'의 의미를 좀더 분명히 하고 있다.

> 풍(風)이란 풍(諷)이다. 더러 선사(善事)를 서술하여 스스로 깨닫게 하고 더러 악사(惡事)를 서술하여 스스로 깨우치게 하며, 기뻐하고 비분하며 부끄러워하고 두려워하고 슬퍼하고 후회하며 느끼고 움직이게 하되, 잡아끌지 아니하고 스스로 깨닫게 하며 몰아붙이지 아니하고 스스로 깨닫게 한다. 이것이 풍시(風詩)가 만들어진 까닭이고 『시경』이 천하에 가르침이 되는 까닭이다.[5]

다산은 여기서 풍(風)을 풍(諷)이라 단정적으로 말하고 있다. 풍(諷)이란 '직설적으로 말하지 않고 넌지시 말하여 스스로 깨우치게 한다'는 뜻이다. 그렇다면 누구를 깨우치기 위하여 국풍(國風)의 시들이 쓰였는

---

4 『전서』 II-21, 1b, 『詩經講義補遺』, 「國風」(2권 461면), "風有二義 亦有二音 指趣逈別 不能相通 上以風化下者 風敎也風化也風俗也 其音爲平聲 下以風刺上者 風諫也風刺 也風喩也 其音爲去聲 安得以一風字 雙含二義 跨據二音乎 (…) 序說欲兼通二義而可 得乎 朱子集傳 削去風化 孤存風化 雖然風刺之義 因可講也."

5 같은 책 같은 곳, "風也者 諷也 或述善事 使自喩之 或述惡事 使自喩之 悅之憤之 愧之 懼之 哀之悔之 感之動之 不提不挈 使自喩之 不捨不擊 使自喩之 此風詩之所以作 而 詩之所以爲敎於天下也."

가? 깨우치려는 대상이 누구인가? 다산은 일차적으로 임금을 깨우치기 위한 것으로 보았다.

이로 볼 것 같으면 풍시(風詩)는 임금을 풍간(諷諫)한 것이 아니겠는가?[6]

국풍의 여러 시도 또한 한번 임금을 바로잡는 데에 힘쓴 것이다.[7]

이런 말들을 종합해보면 다산이 풍간의 대상을 임금으로 생각한 것은 분명한 듯하다. 나아가 그는 『맹자(孟子)』의 "王者之迹熄而詩亡 詩亡然後 春秋作"(왕자의 자취가 사라지자 시가 없어졌고 시가 없어지자 춘추가 지어졌다)을 해석하는 가운데, "시가 없어졌다"(詩亡)는 말을 조기(趙岐)나 주자와는 달리 "풍송주포지법(諷誦誅褒之法)"이 사라진 것으로 파악하여 옳은 것을 기리고 그른 것을 꾸짖는 것이 『시경』의 기능이라고 말했다.[8] 왕도정치가 쇠퇴하여 시가 이런 구실을 하지 못하게 되자 공자가 『춘추(春秋)』를 지어 이러한 시의 기능을 대신하게 되었다는 것이다. 이렇게 볼 때 『시경』은 국가의 제반 현실문제에 대한 강력한 비판의 수단이 된다. 따라서 시의 사회적 기능이 매우 중요시된다.

그러나 다산이 풍(風)을 풍(諷)이라 하여 '스스로 깨우치게 하려는

---

6 『전서』 II-21, 3a, 『詩經講義補遺』, 「國風」(2권 426면), "由是觀之 風詩非所以諷人主乎."
7 『전서』 II-21, 5b, 『詩經講義補遺』, 「周南 二」(2권 463면), "國風諸詩 亦唯以一正君爲務."
8 『전서』 II-5, 61a, 『孟子要義』, 「離婁第四」 참조.

것'이 풍(風)의 기능이라 했을 때, 깨우치려는 대상이 꼭 임금만이라 할 수는 없다. 앞서 인용한 두 아들에게 보낸 편지에서 "모름지기 사언시를 짓도록 하여라"고 당부한 다음 다산은 이어서 이렇게 말했다.

무릇 시의 근본은 부자(父子)·군신(君臣)·부부(夫婦)가 지켜야 할 도리에 있으니, 더러는 그 즐거운 뜻을 선양하기도 하고 더러는 그 원망하면서도 사모하는 마음을 넌지시 알려주기도 한다. 그다음으로는 세상을 걱정하고 백성을 불쌍히 여겨 항상 힘없는 사람을 구제하고 재물이 없는 사람을 구휼하고자 하여 방황하고 슬퍼하며 차마 그들을 버릴 수 없는 마음을 가진 후에야 바야흐로 시가 된다. 만약 자기의 이해만 챙긴다면 이는 시가 아니다.[9]

'시의 근본이 부자·군신·부부가 지켜야 할 도리에 있다'고 했다. 여기서 말하는 '시'는 『시경』의 시 또는 『시경』의 정신을 구현한 시 일반을 가리킨다. 부자·군신·부부가 지켜야 할 도리를 표현하는 것이 시의 본질이라는 말인데, 군신(君臣) 간의 도리에 있어서는 신하 된 자가 마땅히 시정(時政)의 잘잘못을 지적하여 임금을 깨우치는 것이 중요하다. 그러나 이에 못지않게 부자·부부 간의 도리도 중요하다. 부자·부부 간의 윤기(倫紀)를 바로잡기 위하여 아비와 자식, 남편과 아내가 서로를 깨우치는 것도 시의 중요한 기능이라는 말이다.

---

9 주1과 같은 곳, "凡詩之本 在於父子君臣夫婦之倫 或宣揚其樂意 或導達其怨慕 其次 憂世恤民 常有欲拯無力 欲賙無財 彷徨惻傷 不忍遽捨之意 然後方是詩也 若只管 自己 利害 便不是詩."

후세의 시율(詩律)은 마땅히 두공부(杜工部)를 공자로 여겨야 한다. 대개 그의 시가 백가(百家)의 으뜸이 된 까닭은 삼백편의 유의(遺意)를 터득했기 때문이다. 삼백편은 모두 충신·효자·열부(烈婦)·양우(良友)의 측달충후(惻怛忠厚)한 마음의 발로이다. 임금을 사랑하고 나라를 근심하지 않는 것은 시가 아니고, 시대를 아파하고 세속을 개탄하지 않는 것은 시가 아니며, 선(善)을 찬미하여 권하고 악(惡)을 풍자하여 징계하려는 뜻이 없는 것은 시가 아니다. 그러므로 뜻이 확립되지 않고 학문이 도탑지 않으며 대도(大道)를 듣지 못하여 임금을 바르게 인도하여 백성에게 혜택을 베풀려는 마음을 가질 수 없는 자는 시를 지을 수 없다.[10]

다산이 강진에 유배된 지 8년째 되는 1808년에 큰아들에게 보낸 편지인데, 여기서도 시의 정치·사회적 비판기능을 중시하고 있다. 그러나 "삼백편은 모두 충신·효자·열부·양우의 측달충후한 마음의 발로이다"라 말했을 때, 이 충신·효자·열부·양우 들이 한결같이 "임금을 바르게 인도하여 백성에게 혜택을 베풀려는 마음"을 가지고 시를 썼다고 보기는 어렵다. 이들의 "측달충후한 마음"을 크게 보면 "임금을 바르게 인도하여 백성에게 혜택을 베풀려는 마음"이라 말할 수 있겠지만 범위를 좁혀 임금과 신하, 아비와 자식, 남편과 아내, 친구와 친구 사이에서 우러나는 성실하고 순후(醇厚)한 마음의 발로라 보아도 좋을 것이다.

---

10 『전서』 I-21, 9b, 「寄淵兒」(1권 443면), "後世詩律 當杜工部爲孔子 蓋其詩之所以冠冕百家者 以得三百篇遺意也 三百篇者 皆忠臣孝子烈婦良友 惻怛忠厚之發 不愛君憂國 非詩也 不傷時憤俗 非詩也 非有美刺勸懲之義 非詩也 故志不立 學不醇 不聞大道 不能有致君澤民之心者 不能作詩."

이렇게 볼 때 다산이 『시경』을 중시한 것은 『시경』이 지닌 정치·사회적 비판기능 때문이기도 하지만, 그에 못지않게 부자·군신·부부·붕우로 대표되는 인간관계의 올바른 도리를 『시경』이 노래하고 있기 때문이 아닌가 한다. 다산은 "우리 도(道)는 인륜(人倫) 외에 다른 것이 아니다"라고 했다.[11] 그리고 이 인륜의 최고 덕목을 효(孝)·제(弟)·자(慈)로 요약했다. 다산은 『시경』이 이러한 효·제·자를 구현한 것으로 보았던 것이다. 기존의 연구에서는 다산의 시경관(詩經觀)을 지나치게 정치·사회적 비판의 측면으로만 이해한 감이 있다.

다산 시경론의 또 한가지 특이한 점은 '사무사(思無邪)'에 관한 해석이다. 주지하는 바와 같이 주자(朱子)는 채시관풍설(採詩觀風說)에 의거하여 『시경』의 풍시(風詩)를 민속가요라 규정했다. 그러나 다산은 단호하게 『시경』 전체를 "현인군자지작(賢人君子之作)"으로 단정했다. 그는 이른바 음시(淫詩)로 일컬어지는 『시경』 정풍(鄭風)의 「숙우전(叔于田)」을 논하는 가운데 다음과 같이 말했다.

정풍(鄭風)에는 음시(淫詩)가 없습니다. 남녀가 즐거워하는 시는 모두 음란함을 풍자하는 시입니다. 시 삼백(詩三百)은 한마디로 말하여 사무사(思無邪)라 했으니 시 삼백은 한마디로 말하여 현인군자지작(賢人君子之作)입니다. (…) 시(詩)의 찬미와 풍자는 『춘추(春秋)』의 포폄(褒貶)입니다. 그러므로 시가 없어지자 춘추가 지어졌다는 것입니다.[12]

11 『전서』 II-8, 19b, 『論語古今注』 권2(2권 189면), "吾道不外乎人倫."
12 『전서』 II-17, 49a, 『詩經講義』 권1, 「叔于田」(2권 404면), "鄭風無淫詩 其有男女之說者 皆刺淫 之詩也 詩三百 一言以蔽之曰 思無邪 則詩三百一言以蔽之曰 賢人君子之

다산은 주자와 달리 '사무사'를 작시자의 마음으로 보았다. 삼백편을 지은 사람이 현인군자이기 때문에 마음에 사악함이 있을 수 없다는 것이고, 또한 현인군자가 지은 시에 음시가 있을 수 없다는 것이다. 그러므로 정풍의 시는 '음시'가 아니라 '음란함을 풍자한 시'라는 논리이다. 이렇게 현인군자가 사무사의 마음을 가지고 지었기에 『시경』은 『춘추』에서의 포폄의 기능을 수행할 수 있었던 것이라고 다산은 생각했다.

그렇다면 다산이 말하는 '현인군자'는 누구를 가리키는가? 다산의 말을 빌린다면 "측달충후(惻怛忠厚)"한 마음을 가진 "충신·효자·열부·양우"를 지칭한다. 결국 충신·효자·열부·양우가 사무사의 마음으로 효(孝)·제(弟)·자(慈)를 노래한 것이 다산이 생각하는 『시경』의 시인 셈이다. 충신의 시에는 임금을 풍간하여 사회를 바로잡으려는 충정이 담겨 있을 것이고 효자·열부·양우의 시에는 인륜의 떳떳함이 표현되어 있을 것이다. 이렇게 볼 때 다산이 『시경』을 격렬한 사회적 비판이나 정치적 풍자로만 이해하지 않았음을 알 수 있다. 다산이 창작한 사언시도 이러한 『시경』의 정신을 충실히 계승한 것으로 보인다.

3

『여유당전서』에는 총 15편 39장의 사언시가 수록되어 있다. 이 중 분장(分章)하지 않은 것이 5편이다. 이를 시기별로 보면 유배 이전의 시가

作也 (…) 詩之美刺 春秋之襃也 故曰 詩亡而春秋作."

2편 4장이고 유배시절의 시가 11편 30장이고 해배(解配) 이후의 시가 3편 5장이다.

의란(猗蘭)

곧고 고운 난초가
산비탈에 자라네

아름다운 벗님네
덕을 지켜 반듯하네

좋은 딴 벗 없으련만
그대 생각 많고 많네

蘭兮猗兮　生彼中陂
友兮洵美　秉德不頗
豈無他好　念子實多

곧고 고운 난초가
저 언덕에 자라네

지금 세상 보통 사람
빨리도 변하기에

그대 생각 잊지 못해
속마음 안절부절

蘭兮猗兮　生彼中丘
凡今之人　不其疾渝
念子不忘　中心是猶

곧고 고운 난초가
쑥대밭에 자라네

가라지 우거져도
그 누가 김매주리

그대 생각 잊지 못해
속마음 애가 타네

蘭兮猗兮　生彼蓬蒿
蒡兮蒡兮　誰其蔣兮
念子不忘　中心是勞

猗蘭三章章六句[13]

---

13 『전서』 I-2, 39b, 「猗蘭 美友人也」(1권 41면).

『여유당전서』에 보이는 최초의 사언시로 1796년(35세)의 작품이다. 분장복구(分章複句)의 형태를 취하여 『시경』의 체제를 그대로 답습하고 있다. 시의 주제는 제목에 나와 있는 대로 벗을 찬미하는 내용인데 다산이 찬미하는 벗이 누구인지는 알 수 없다. 1794년 말, 중국인 신부 주문모(周文謨)의 밀입국으로 많은 남인 학자들이 반대파의 모함을 받아 수난을 겪었는데 다산도 1795년 7월에 금정찰방(金井察訪)으로 좌천되었다. 이 시는 이때 죄 없이 수난을 겪은 친구들을 위하여 쓴 시로 추정된다. 더 구체적으로는 1795년 충주목사로 좌천된 이가환(李家煥)이나 다산의 외6촌인 윤지범(尹持範)쯤으로 추정된다.

다산은 이 시에서 벗을 "곧고 고운 난초"에 비유하고 있다. 1장에서는 난초처럼 곧고 고운 벗이 덕(德)을 지켜 반듯하다고 했다. 그래서 다른 좋은 벗이 많지만 그대를 특히 생각한다는 것이다. 1장에서 난초가 "산비탈[陂]"에서 자란다고 했는데 2장에서는 "언덕[丘]"에서 자란다고 했다. 언덕은 산비탈보다 더 높은 곳이다. 이것은 아름다운 자질을 가진 벗이 성장하여 사회로 진출했음을 뜻한다. 그러나 여기에는 아름답지 못하고 곧지 못한 범인(凡人)들이 함께 살고 있다. 그들은 덕을 지키지 못하고 쉽게 변하는 사람들이다. 그래서 벗이 이들로부터 해를 입지 않을까 "속마음이 안절부절"하다. 1장에서 "그대 생각 많고 많네(念子實多)"라 하여 다른 벗보다 그대를 더 그리워함을 나타내었는데 2장에서는 "그대 생각 잊지 못한다(念子不忘)"라 하여 벗이 해를 입지나 않을까 염려하는 마음을 나타내고 있다. 그래서 "속마음이 안절부절"하다고 했다. 3장에서는 난초가 쑥대밭에서 자란다고 했다. 벗이 더 험한 환경에 처한 것이다. 가라지가 우거져 난초를 해치는데도 김매줄 사람이 없다. 그래서 "속마음 애가 탄다."

이 시를 쓸 당시의 구체적인 상황과 그 대상인 벗이 누구인지 확인할 수는 없지만 벗에 대한 다산의 깊은 우정을 읽을 수 있다. 이 시야말로 그가 아들들에게 보낸 편지에서 말한 바, "시 삼백은 모두 충신·효자· 열부·양우(良友)의 측달충후(惻怛忠厚)한 마음의 발로이다"라는 언술에 걸맞은 작품임에 틀림없다. 이 시의 경우에는 '양우'의 사무사(思無邪)한 측달충후한 마음이 발로된 것으로 볼 수 있다.

다산이 벗에 대한 측달충후한 심경을 표현하기 위해서 사언시의 형식을 택한 것은 매우 적절하다고 생각된다. 우선 사언시는 그 속성상 화려한 기교나 수식을 요하지 않는다. 자신의 충후한 마음을 분식(粉飾) 없이 그대로 드러내는 데에는 사언시만 한 것이 없다고 여긴 것이다. 또한 "난혜의혜(蘭兮猗兮)"를 반복함으로써 벗의 아름다움을 강조하고, 분장(分章) 형식을 통하여 시상(詩想)을 점층적으로 발전시켰다. 뿐만 아니라 '난(蘭)' '쑥대풀[蓬蒿]' '가라지[莠]' 등의 비유를 동원함으로써 자신의 정서를 직서(直敍)하지 않고도 큰 울림을 주는 시를 쓸 수 있었던 것이다. 이러한 것들이 시경체(詩經體)의 사언시가 갖는 두드러진 특징이다.

다산의 사언시 15편 39장 중 11편 30장이 유배시절에 쓰인 것이다. 강진에서 "내가 요사이 생각해보니 뜻을 표현하고 품은 생각을 읊는 데에는 사언만 한 것이 없다"고 한 말에서도 유배생활과 사언시의 상관관계를 짐작할 수 있다. 그는 1808년 두 아들에게 준 가계(家誡)에서 이렇게 말한 바 있다.

『시경』 삼백편은 모두 현성(賢聖)들이 뜻을 잃고 시대를 근심한 작품이다. 그러므로 시에는 감개(感慨)함이 있어야 한다. 그러나 반드시

은미하고 완곡하게 표현해야지 얄팍하게 드러나게 해서는 안 된다.[14]

여기서 '현성(賢聖)'이란 꼭 공자·맹자와 같은 성현을 가리킨다기보다 앞에서 말한 현인군자, 즉 충신·효자·열부·양우(良友)의 부류를 지칭하는 것으로 이해해야 할 것이다. 이 현인군자가 뜻을 펴지 못하고 시대를 근심하는 상황이 강진에서 유배생활을 하고 있는 자신의 처지와 비슷하다고 생각했을 것이다. 그래서『시경』의 정신을 본받아 사언시를 집중적으로 쓴 것으로 보인다.

그런데 다산은 여기서 사언시를 쓸 때 "반드시 은미하고 완곡하게 표현해야지 얄팍하게 드러나게 해서는 안 된다"고 했다. 그는 다른 글에서도 "풍(風)이란 풍(諷)이다. 은미한 말에 뜻을 붙여 선(善)을 개진하고 간사함을 막음이 풍(風)의 묘리이다"[15]라고 말하고 있다. 다산이 이렇게 '은미함'을 강조한 것은『시경』의 '흥(興)'을 염두에 둔 것으로 보인다. 공영달(孔穎達)이 말한 바와 같이 "부(賦)는 직설적이고 흥(興)은 은미하며 비(比)는 드러나고 흥은 숨어 있다."[16] 그러므로 흥체(興體)의 시에서는 '은미하게 숨어 있는' 시의 본뜻을 파악하는 일이 중요하다. 다산은 그의 사언시에서『모시(毛詩)』의 체제를 따라 흥체의 시에만 스스로 "흥야(興也)"라 표기해놓고 있다. 나머지는 부(賦)이거나 비(比)라고 볼 수 있다.

14『전서』I-18, 7b,「又示二子家誡」(1권 378면), "詩三百 皆賢聖失意憂時之作 故詩要有感慨 然極須微婉 不可淺露."

15『전서』II-20, 2b,『詩經講義補遺』,「國風」(2권 461면), "風也者諷也 託意微言 陳善閉邪 風之妙也."

16『毛詩正義』권2, "賦直而興微 比顯而興隱."

채갈(采葛)

칡을 캐네
산기슭에서

그 잎사귀 무성하여
숙부님을 바라보네

칡 캐는 게 아니라
숙부님을 바라보네

我采葛兮　于山之麓
其葉沃兮　瞻望叔兮
匪采葛也　瞻望叔兮

칡을 캐네
산등성이에서

그 마디 굵어서
형님을 우러르네

칡 캐는 게 아니라
형님을 우러르네

我采葛兮　于山之岡
其節荒兮　瞻望兄兮
匪采葛也　瞻望兄兮

칡을 캐네
산골 물가에서

그 덩굴 무성하여
자식들 바라보네

칡 캐는 게 아니라
자식들 바라보네

我采葛兮　于澗之涘
有蕡其藚　瞻望子兮
匪采葛也　瞻望子兮

답답한 이 마음
근심을 풀 수 없네

우러러도 안 보이니
오래 서 있지 못해

맛 좋은 술 있어도

거를 수 없네

心之癙矣　不可紓兮

瞻望不見　不可佇兮

雖有旨酒　不可醑兮

采葛四章章六句[17]

　1801년 장기(長鬐)에 유배되어 있을 때의 작품이다. 시의 제목이 「채
갈(采葛)」인데, 제목 뒤에 "채갈은 귀양 온 사람이 스스로를 슬퍼한 것
이다. 부자·형제와 헤어졌기 때문이다"라고 하여 소서(小序)에 해당하
는 말을 붙여놓아서 시의 이해를 돕고 있다. 그리고 시의 본문에도 자
세한 자주(自註)가 달려 있다. 그렇기 때문에 다산 자신이 '흥(興)'으로
분류한 시임에도 불구하고 흥 특유의 은미한 뜻을 파악하기가 어렵지
않다.

　1장은 산기슭에서 칡 잎사귀를 보며 숙부님을 생각하고, 2장은 산등
성이에서 칡 마디를 보며 형님을 생각하고, 3장은 다시 산을 내려와서
칡덩굴을 보고 자식들을 생각하며, 4장은 귀양살이하는 자신의 심회를
노래하는 구조로 짜여 있다.

　이 시는 칡을 보고 흥(興)을 일으킨 것인데, 칡으로부터 숙부·형님·
자식들로의 상상력의 흐름이 매우 치밀하다. 다산의 자주(自註)를 통해

---

17 『전서』 I-4, 16b, 「采葛 遷人自傷也 父子兄弟離析焉」(1권 69면).

서 이를 살펴보기로 한다. 1장에는 "잎이 나니 이른 시기이다. 숙(叔)은 숙부이다. 잎이 뿌리를 덮고 있는 것이 마치 아비가 자식을 감싸고 있는 것과 같다"[18]라는 주가 있고, 2장에는 "황(荒)은 크다는 뜻이다. 때는 늦은 계절이다. 같은 뿌리에서 다른 마디이니 형제이다"[19]라는 주가 있고, 3장에는 "류(藟)는 덩굴이다. 덩굴이 뻗은 것이 마치 자손과 같다"[20]라는 주가 달려 있다.

이렇게 칡의 잎과 마디와 덩굴을 보고 숙부와 형과 자식들을 생각하고 그리워한다는 다산의 주(註)는 그대로 이 시를 해설하는 글이다. 마치 『시경집전(詩經集傳)』을 읽는 듯한 느낌이 든다. 앞에서 인용한 주 이외에도 이 시에는 많은 주가 더 달려 있는데, 그가 왜 이렇게 많은 주를 달았는지 알 수가 없다. 아마 그가 『시경』 흥체(興體)의 시들을 주석하면서 경험한 시 해독(解讀)의 부담을 자기 시를 읽는 독자들에게 지우지 않으려는 배려인지도 모르겠다. 즉 칡 잎사귀에서 숙부로, 칡마디에서 형님으로, 칡덩굴에서 자식들로의 연상이 다소 엉뚱하고 비약적이라 여겨 독자의 이해를 돕기 위해서 주를 달았다고 생각할 수도 있다. 그러나 다산 자신의 말과 같이 "은미하고 완곡하게 표현하여 얄팍하게 드러나지 않게 하는" 흥시(興詩) 본래의 맛이 번다한 주(註)로 인하여 반감되고 있는 것은 사실이다.

그리고 이 시도 『시경』의 흥체(興體)를 본뜬 전형적인 사언시이지만 격렬한 사회비판적인 내용을 담고 있지 않다. 부모·형제·자식들에 대한 애틋한 그리움을 노래한 시이다. 이것으로 보아도 다산의 시경관(詩

---

18 "葉生則時早也 叔叔父也 葉之庇根 如父之廕子."
19 "荒大也 時已晚矣 同根異節 兄弟也."
20 "藟蔓也 蔓延如子姓."

經觀)이 정치·사회적인 비판과 풍자에만 모아져 있지 않다는 사실을 알
수 있다.

영산(靈山)

저 영산에 올라가
가시나무 베리라

농사짓기 힘드네
나의 가난 모르다니

진실로 저 군자는
나라의 신하련만

陟彼靈山　言伐其榛
稼穡卒勞　莫知我貧
展矣君子　邦之臣兮

저 영산에 올라가
바윗돌 파내리라

농사짓기 힘드네
내 슬픔 모르다니

진실로 저 군자는

나라의 장(長)이련만

陟彼靈山　言鑿其石

稼穡卒勞　莫知我戚

展矣君子　邦之伯兮

저 영산에 올라가

샘물을 트리라

깃발을 휘날리며

무리들 많고 많네

진실로 저 군자는

왕명 두루 펴야지

陟彼靈山　言疏其泉

旟旐央央　烝徒詵詵

展矣君子　侯旬侯宣

靈山三章章六句[21]

---

21 『전서』 I-5, 15a, 「靈山〈刺失職也, 按察之臣 游豫匪度 勞者弗息焉〉」(1권 86면).

이 시에도 제목 다음에 "영산(靈山)은 직무수행의 잘못을 풍자한 것이다. 안찰(按察)의 임무를 맡은 신하가 절도 없이 놀기만 일삼아 고단한 백성들이 쉬지를 못 한다"는 소서(小序)가 붙어 있다. 1806년의 작품으로 "임금을 사랑하고 나라를 근심하지 않는 것은 시가 아니다. 시대를 아파하고 세속을 통분해하지 않는 것은 시가 아니다"[22]라는 그의 말을 시로 실천한 것이다. 이 시에서는 시적 화자인 농민의 말을 빌려 다산 자신의 감개(感慨)를 나타내고 있다.

이 시는 다산 자신이 '흥'으로 분류해놓았기 때문에 "은미하게 숨어 있는" 작시자의 본뜻을 파악해야 한다. 시적 화자인 '나(我)'는 3장에 걸쳐 '영산'에 올라가 세가지 행동을 한다. 1장에서는 가시나무를 베고 2장에서는 바윗돌을 파내고 3장에서는 샘물을 튼다. 그러므로 이 영산이 무엇을 의미하는지 그리고 '나'의 세가지 행동이 무엇을 상징하는지를 밝히는 것이 이 시 이해의 관건이 된다.

우선 영산을 실재 산으로 볼 수도 있다. 이 경우 영산이라는 이름으로 실재하는 산을 지칭할 수도 있고, 아니면 강진 근처의 영암(靈巖) 월출산(月出山)을 영산으로 표기했을 수도 있다. 그러나 실재하지 않는 '신령스러운 산'쯤으로 이해하는 것이 타당할 듯하다. 신령스러운 산은 백성들이 올라가서 기원을 하면 응답을 하는 산이다. 그래서 '나'가 이 산에 올라가는 것이다. 1장에서는 산에 올라가서 가시나무(榛)를 벤다. 아니 가시나무를 베어버리겠다는 다짐을 한다. 아니 가시나무를 베어달라고 산신령에게 기원을 한다. 가시나무는 거친 땅에 난생(亂生)하는 쓸모없는 나무다. 바로 "농사짓기 힘드네/나의 가난을 모르"는 탐관오

---

22 주 10과 같음.

리를 가리킨다. 2장에서는 바윗돌(石)을 파낸다. 이 바윗돌은 백성들이 살아가는 데에 걸림돌이 되는 장애물을 가리키는 것으로 보인다. 아마 『시경』 소아(小雅)의 「참참지석(漸漸之石)」을 염두에 둔 듯하다. 이 역시 탐관오리를 가리킨다. 3장에서는 샘물을 터버리는데 이것이 무엇을 의미하는지 분명하지 않다. '샘물을 터서, 깃발을 휘날리며 가는 안찰사와 그 추종자들이 물결에 휩쓸려 떠내려가게 하겠다'로 보는 것이 가능한 한가지 해석이다.

이 시를 이와는 달리 해석할 수도 있다. 1장의 "가시나무 베리라"를 "가시나무 벤다네"로, 2장의 "바윗돌 파내리라"를 "바윗돌 파낸다네"로, 3장의 "샘물을 트리라"를 "샘물을 튼다네"로 해석하여 백성들이 실제로 가시나무를 베고 바윗돌을 파내고 샘물을 트는 노역을 한다고 보는 것이다. 이 경우에는 세가지 행위가 모두 안찰사의 유람을 돕기 위한 것이 된다. 즉 안찰사가 유람을 즐기도록 하기 위해서 산의 가시나무를 말끔히 베고 바위도 치워버리고 물길을 끌어 샘을 만든다고 해석하는 것이다. 이렇게 해석하면 3장의 뜻은 분명해지지만, 다산 자신이 '흥(興)'으로 분류한 이 시가 '부(賦)'의 성격을 띠게 된다. 흥과 부에 대해서 다산은 이렇게 말한 바 있다.

풍(風)이란 풍(諷)이다. 더러 의미를 펴고 진술하여 스스로 깨우치게 하고, 더러 사물의 비슷한 것에 견주어서 스스로 깨우치게 하고, 더러 깊고 먼 뜻을 의탁하여 스스로 깨우치게 하는 것이니 이것은 모두 풍시(風詩)의 체제이다. 그러므로 풍(風)·부(賦)·비(比)·흥(興)은 본래 육의(六義)의 네 부분이다.[23]

이 글에 따르면 "의미를 펴고 진술하여 스스로 깨우치게 하는 것"이 부(賦)이고, "깊고 먼 뜻을 의탁하여 스스로 깨우치게 하는 것"이 흥(興)이다. 이것은 『모시정의(毛詩正義)』에서 말한 바 "부는 직설적이고 흥은 은미하고 숨어 있다"는 말과 맥락을 같이한다. 그러므로 앞의 시에서 "가시나무를 벤다"는 구절을 직설적인 진술로 보면 이 시는 부가 된다. 그러나 다산 자신의 규정에 따라 흥으로 보는 것이 타당하다고 생각된다. 다산은 흥 특유의 비유법을 적절하게 구사하여 탐관오리에 대한 참을 수 없는 분노를 비교적 "은미하고 완곡하게" 표현하고 있다. 이렇게 하는 것이 『시경』 본래의 정신이라 생각한 것이다. 말하자면 온유돈후(溫柔敦厚)의 시교(詩敎)를 실천하려는 의지를 보여주고 있다. 그리고 이 시는 「채갈(采葛)」과는 달리 번다한 주를 생략하여 훨씬 정제된 형태를 보여준다.

채근(采蘄)

왜당귀를 캐네 왜당귀를 캐네
저 산기슭에서

쌓인 것은 돌무더기요
남가새도 무성하니

---

23 『전서』 II-20, 6a, 『詩經講義補遺』, 「六義」(2권 463면), "風者諷也 或鋪陳義理 使自喩之 或比物連類 使自喩之 或託寓深遠 使自喩之 此皆風詩之體也 故風賦比興 本爲六詩之四."

왜 힘들지 안으랴만
왜당귀가 있으니까

采薪采薪　于彼山樊
硪砢者石　蒺藜蕃兮
豈不病也　唯薪之存

왜당귀를 캐네 왜당귀를 캐네
저 산꼭대기에서

호랑이 새끼치며
날뛰고 으릉대니

왜 힘들지 안으랴만
왜당귀 싹 보이니까

采薪采薪　于彼山椒
有虎穀子　逢且虓兮
豈不病也　視彼薪苗

采薪二章章六句[24]

24 『전서』 I-5, 15b, 「采薪求道也 求道者 不可辭難焉」(1권 86면).

이 시도 흥(興)인데 역시 제목 옆에 "채근(采蘄)은 도(道)를 구하는 것이다. 구도자는 어려움을 마다해서는 안 된다"라는 소서(小序)에 해당하는 구절이 붙어 있다. 여기서 구도자가 추구하는 도는 '왜당귀[蘄]'로 설정되어 있다. 왜당귀는 귀한 약재이다. 이 왜당귀를 캐는 일은 쉽지 않다. 돌무더기가 쌓여 있고 억센 가시가 나 있는 남가새가 널려 있어서 접근이 용이하지 않다. 또한 새끼를 기르는 호랑이가 으르렁대기 때문에 왜당귀 캐기가 더욱 어렵다. 이런 어려움을 무릅쓰고 왜당귀를 캐는 것은 "왜당귀가 있기" 때문이고 "왜당귀의 싹이 보이기" 때문이다. 왜당귀가 없으면 모르지만 그리고 왜당귀가 있어도 눈에 보이지 않으면 모르지만, 왜당귀가 엄연히 존재하고 또 눈에 보이는 이상 어떤 어려움이 있더라도 캐지 않을 수 없다. 추구해야 할 도(道)가 존재하는 이상 어려움이 따르더라도 구도의 행위를 멈출 수 없다는 것이 이 시의 주제이다.

이 시야말로 『시경』의 흥체(興體)를 가장 성공적으로 계승한 사언시라 할 만하다. 다산이 말한 대로 "현인군자의 측달충후한 마음"을 나타내었을 뿐만 아니라, "은미하고 완곡하게 표현해야지 얄팍하게 드러나게 해서는 안 된다"는 자신의 이론을 실천했다고 말할 수 있겠다.

그러나 1810년에 쓰인 「전간기사(田間紀事)」에 오면 사정이 달라진다. 이 작품은 1809년 기사년(己巳年)의 대흉년에다가 관리들의 침탈까지 겹쳐 극도로 피폐해 있는 백성들의 참상을 그린 6편의 연작 사언시이다. 이 중에서 3장으로 구성되어 있는 「승냥이와 이리(豺狼)」의 마지막 장을 살펴본다.

승냥이여, 호랑이여!
말한들 무엇하리

금수(禽獸) 같은 놈들이여
나무란들 무엇하리

부모가 있다지만
믿을 수 없네

달려가 호소하나
들은 체도 하지 않네

우리의 논밭을 바라보아라
얼마나 크나큰 참상이더냐

백성들 이리저리 유랑하다가
시궁창 구덩이를 가득 메우네

아버지여, 어머니여!
고량진미 먹으면서

방에는 기생 두어
얼굴이 연꽃 같네

豺兮虎兮　不可以語
禽兮獸兮　不可以詬

276

亦有父母　不可以恃
薄言往愬　襃如充耳
視我田疇　亦孔之慘
流兮轉兮　塡于坑坎
父兮母兮　粱肉是啖
房有妓女　顏如菡萏²⁵

"금수 같은 것들"은 백성들을 토색질하는 아전을 가리키고 "부모"는
사또 또는 그 이상의 관리를 가리킨다. 이 시는 흥체(興體)가 아니다. 부
체(賦體)에 가깝다. 또한 "은미하고 완곡하게 표현해야지 얄팍하게 드
러나게 해서는 안 된다"고 한 자신의 말을 따르지도 않았다. 다산의 분
노가 표면에 드러나 있다. 사또를 비록 '부모'라 부르고 있지만, 백성의
부모 노릇을 해야 할 사또가 백성의 굶주림을 외면하고 호의호식하고
있는 것을 신랄하게 비꼬는 표현이다. 「전간기사」 6편의 사언시가 모두
흉년의 참상과 관리들의 횡포를 직설적으로 토로한 것이어서 결코 온
유돈후하다고 할 수 없다. 아마 은미하고 완곡하게 표현하기에는 현실
의 상황이 너무 급박하다고 생각했는지 모르겠다. 다산은 은미하고 완
곡하게 표현하는 하나의 방법으로 사언시 대신에 오·칠언의 우화시를
많이 창작한 것으로 보인다.

---

25 『전서』 I-5, 37b, 豺狼哀民散也 南有二村 曰龍曰鳳 龍有某甲 鳳有某乙 偶戲相毆 乙
者病斃 二村之民 畏於官檢 令甲自裁 甲欣然自死 以安村里 旣數月 吏知之 聲罪二村
徵錢全三萬 寸布粒粟 靡有遺者 其毒急於凶年 吏歸之日 二村則流 有一婦 訴于縣令
令曰爾出而索之(1권 97면).

4

　다산이 남긴 15편의 사언시는 2,500여수에 달하는 그의 전체 시작품에 비추어 볼 때 결코 많은 양이라 할 수 없다. "뜻을 표현하고 품은 생각을 읊는 데에는 사언만 한 것이 없다"고 말하며 아들들에게 "모름지기 사언시를 짓도록 하여라"고 당부했던 그가 왜 지속적으로 사언시를 짓지 않았는가?

　사언만 한 것이 없다고 한 다산의 말을 일종의 선언적(宣言的) 진술로 보아야 할 것이다. 2언→4언→5언→7언으로 변화한 중국시의 사적(史的) 전개과정은 그 자체가 시 형식의 발전이다. 사회의 발전에 따라 어휘가 증가하고 어법이 복잡해지면서 시의 형식도 이언에서 사언으로, 사언에서 오·칠언으로 변화하지 않을 수 없었던 것이다. 그리하여 한대(漢代) 이후에는 사언시가 거의 창작되지 않고, 명문(銘文)이나 찬(贊)·송(頌)에만 주로 사용되었을 뿐이다.

　다산의 경우, 19세기에 살면서 기원전 11세기~6세기에 창작된 시 형식을 그대로 답습한다는 것은 무리한 일이다. 이렇게 2000여년 전의 형식을 그대로 답습하여 많은 양의 시를 지을 수도 없으려니와 또 그럴 필요도 없다. 다산도 이 점을 잘 알고 있었을 것이다. 그럼에도 불구하고 사언시 지을 것을 강조한 것은, "충신·효자·열부·양우(良友)의 측달충후(惻怛忠厚)한 마음"에서 우러나오는 것과 같은 그런 시를 써야 한다는 선언적 천명(闡明)으로 보인다. 실제로 그는 사언이 아닌 오·칠언으로 측달충후한 마음을 표현하는 시를 많이 썼던 것이다.

　다산이 사언시를 많이 짓지 않았으면서도 사언시를 강조한 또 하나의 이유는, 오·칠언 근체시의 지나친 형식주의를 경계하려는 의도가 있었기 때문이다. 사언시는 오·칠언시에 비하여 글자 수가 적은 만큼 수식과 조탁(彫琢)의 여지 또한 적다. 그리고 까다로운 성률(聲律)이나 구법(句法)으로부터 비교적 자유롭게 시인의 사상과 정서를 표현할 수 있다. 이렇게 해서 쓰인 시가 건강한 시라 생각한 것이다.

결국 다산은 사언시를 통하여 자신이 생각하는 시의 본질과 효용을 『시경』의 권위를 빌려 선언적으로 표명한 것이라 할 수 있다.

—『다산학』 6호(2005)

| 참고문헌 |

자료

『增補 與猶堂全書』(全六冊), 景仁文化社 1969.

『與猶堂全書 補遺』(全五冊), 景仁文化社 1974.

『增補 退溪全書』(全五冊), 成均館大學校 大東文化硏究院 1978.

『晦齋全書』(全一冊), 成均館大學校 大東文化硏究院 1973.

『申緯全集』(全五冊), 孫八洲 編, 太學社 1983.

『許筠全集』(全一冊), 成均館大學校 大東文化硏究院 1972.

『孤山遺稿』, 李朝名賢集 3 所收, 成均館大學校 大東文化硏究院 1973.

『補閑集』, 高麗名賢集 2 所收, 成均館大學校 大東文化硏究院 1973.

『過庭錄』, 韓國漢文學硏究 第6輯 所收, 韓國漢文學硏究會 1982.

『朱子大全』(全三冊), 景文社 1977.

『弘齋全書』(全五冊), 太學社 1978.

『俟菴先生年譜』, 丁奎英 編.

단행본

金智勇 『茶山詩文選』, 大洋書籍 1975.

金聖培 外 『註解 歌辭文學全集』, 精研社 1961.

金元龍 『韓國美術史』, 汎文社 1973.

金興圭 『朝鮮後期 詩經論과 詩意識』, 高大民族文化研究所 1982.

宋載邵 『茶山詩選』, 創作과批評社 1981; 창비 2013(개정증보판).

沈慶昊 『漢文學과 詩經論』, 一志社, 1999.

李佑成 『韓國의 歷史象』, 創作과批評社 1982.

洪以燮 『丁若鏞의 政治經濟思想研究』, 韓國研究圖書館 1959.

金相洪 『流刑地의 哀歌』, 檀國大出版部 1981.

金相洪 『茶山 丁若鏞 文學研究』, 檀國大出版部, 1985.

趙東一 『韓國文學思想史試論』, 知識産業社 1978.

논문

金容燮 「18·9世紀의 農村實情과 새로운 農業經營論」(『大東文化研究』 9輯, 19/2).

金興圭 「丁若鏞의 詩論」(茶山學 學術會議 發表要旨, 1982.11).

金興圭 「茶山의 文學論에 있어서의 道와 文」(『현상과 인식』 5호, 1978).

金相洪 「丁茶山의 社會詩 研究」(『國文學論集』 9, 1978).

金相洪 「丁茶山의 樂府詩 研究」(『檀國大學校論文集』 13, 1979).

金相洪 「茶山의 文學思想」(『東洋學』 10, 檀國大 東洋學研究所, 1980).

金相洪 「茶山詩攷」(『檀國大學校論文集』 15, 1981).

金相洪 「茶山의 文體醇正論 研究」(『檀國大學校論文集』 14, 1980).

金智勇 「茶山文學論」(『국어국문학』 33, 국어국문학회, 1966).

金智勇 「茶山文學의 寫實性」(『국어국문학』72~73, 국어국문학회 1976).

金智勇 「丁茶山의 寫實的인 文章論」(『廣場』, 1976).

金智勇 「丁若鏞論」(『韓國文學作家論』, 螢雪出版社 1977).

金智勇 「丁茶山의 詩論攷」(『月巖朴晟義博士還曆記念論叢』, 1977).

金智勇 「丁茶山의 文藝論의 先覺者的 特性」(『韓國學』15·16, 1979).

朴茂英 「丁若鏞 詩文學의 研究」, 이화여대 박사학위 논문, 1993.

尹絲淳 「退溪의 價値觀에 관한 研究」(『亞細亞研究』54호, 高麗大 亞細亞問題研究所 1975).

尹絲淳 「茶山의 人間觀」(『茶山學 學術會議 發表要旨』, 1982, 11).

윤성근 「尹善道의 自然觀」(『문화비평』통권 7·8호, 1970).

李東歡 「退溪 詩世界의 한 局面」(『退溪學報』25, 退溪學研究院 1980).

李東歡 「退溪의 詩에 對하여」(『退溪學報』19, 1978).

金秀烓 「茶山 詩經論에 있어서의 興에 대한 研究」, 고려대학교 박사학위 논문, 2003.

李源周 「退溪先生의 文學觀」(『韓國學論集』8, 啓明大學校 韓國學研究所 1981).

李佑成 「韓國 社會經濟思想 序說」(『韓國思想大系』II, 成均館大學校 大東文化研究院 1976).

崔信浩 「丁茶山의 文學觀」(『韓國漢文學研究』1, 韓國漢文學研究會 1976).

D. H. 로런스 「세잔과 常套型」(『藝術의 創造』, 金鍾哲 譯, 太極出版社 1974).

| 찾아보기 |

옮긴이/송재소 宋載邵

1943년 경북 성주에서 태어났다. 서울대학교 문리대 영문학과와 같은 학교 대학원 국문학과를 졸업하고「다산문학연구」로 문학박사학위를 받았다. 한국한문학회 회장을 지냈고, 성균관대학교 한문학과 교수로 정년을 맞았다. 현재 성균관대학교 명예교수, 퇴계학연구원 원장이자 다산연구소 이사로 활동하고 있다. 다산 정약용의 학문과 문학 세계를 알리는 데 오랫동안 힘써왔고, 우리 한문학을 유려하게 번역하는 것으로 정평이 나 있다. 저서로『다산시 연구』『한시 미학과 역사적 진실』『주먹바람 돈바람』『한국 한문학의 사상적 지평』『몸은 곤궁하나 시는 썩지 않네』『한국한시작가열전』, 역서로『다산시선』『다산의 한평생: 사암선생연보』『역주 목민심서』(공역) 등이 있다.

개정증보판

다산시 연구

초판 1쇄 발행／1986년 11월 25일
초판 5쇄 발행／1994년 8월 15일
개정증보판 1쇄 발행／2014년 11월 25일

지은이／송재소
펴낸이／강일우
책임편집／정편집실
펴낸곳／(주)창비
등록／1986년 8월 5일 제85호
주소／413-120 경기도 파주시 회동길 184
전화／031-955-3333
팩시밀리／영업 031-955-3399 편집 031-955-3400
홈페이지／www.changbi.com
전자우편／nonfic@changbi.com

ⓒ 송재소 2014
ISBN 978-89-364-7254-2 93810